MO YAN

{ 莫 言 作 品 典 藏 }

Winner of the
Nobel Prize
in Literature

天堂蒜薹之歌

天堂蒜薹之歌

THE GARLIC BALLADS

莫　言
Mo Yan

2005年5月,在韩国演讲

1987年，在总参政治部文化部一间仓库创作《天堂蒜薹之歌》

1987年夏，军旅时期

1988年,军旅时期

2012年12月,在中国驻瑞典大使馆

2004年法兰西文化与艺术骑士勋章

2012年诺贝尔文学奖证书

第二十章

> 唱的是八七年五月间
> 天堂县发了大案件
> 十路警察齐出动
> 逮捕了百姓九十三
> 死的死，判的判
> 老百姓何日见青天
> ——张扣在县政府西侧斜对街上演唱。

（一）

唱完了一个段子，他摸起搁在身边的铁皮水壶，喝了一口水，润了润干燥痛痒的嗓咙。他听到围在他周围的人们噼啪地鼓起掌来，有几个年轻的嘶哑嗓咙大声地吼叫着："张扣，唱得好啊！唱得过瘾！"听着他们的声音，张扣仿佛看到了他们满身的煤土和他们灼灼的眼睛。时间已是深秋，天堂蒜薹案件经过一阵大呼小叫之后，早已风平浪静，以高马为首的二十几个农民到劳改农场去服刑，县长仲为民和县委书记纪南城调到别的县去工作。新来的县长和县委书记在全县干部会上做了几个报告，并组织县委机关的干部搞了一次义务劳动，将满县城腐烂恶臭的蒜薹捞到横贯县城的白水河中。最初在盛夏季节里，蒜薹的臭气弥漫了整个县城，几场暴雨过后，

《天堂蒜薹之歌》手稿

目　录

第一章

1

第二章

17

第三章

43

第四章

63

第五章

83

第六章

93

第七章

109

第八章
133

第九章
159

第十章
177

第十一章
187

第十二章
201

第十三章
227

第十四章
239

第十五章
263

第十六章
281

第十七章

297

第十八章

311

第十九章

331

第二十章

349

第二十一章

367

新版后记

381

第一章

> 尊一声众乡亲细听端详
> 张扣俺表一表人间天堂
> 肥沃的良田二十万亩
> 清清的河水哗哗流淌
> 养育过美女俊男千千万
> 白汁儿蒜薹天下名扬

——天堂县瞎子张扣演唱的歌谣。

一

"高羊!"

那天中午,阳光十分强烈。久旱无雨,天空和大地之间游走着混浊的尘埃,弥漫着腐烂蒜薹的臭气。一群蓝色的乌鸦疲惫地从院子上空掠过,地上闪过灰淡的阴影。已经收获的大蒜没及编成辫子,散乱地堆在院子里,被炎阳曝晒着,发出阵阵恶臭。在堂屋里,他蹲在一张矮桌前,耷拉着两撇倒运的掉梢眉毛,端起一碗蒜薹汤,克制着从胃底泛上来的恶心,刚要伸嘴强喝,就听到从虚掩的破旧院门外,传来一声焦灼的吼叫。他听出这是村主任高金角在呼叫自己的名字,便匆忙放下碗,大声应着,往院里走。

站在堂屋门口,他说:"是金角大叔吧? 来家里坐坐?"

院门外的声音柔和了些:"高羊,你出来一下,有要紧事跟你商量。"

他不敢怠慢,回头嘱咐了一句:"杏花,你别乱摸,别烫着。"饭桌旁,他的八岁的双目失明的女儿杏花睁着两只光彩夺人两团漆黑的眼睛呆坐着,好像一截黑木头。在院子里走着,灼热的土地烙着脚,热气上冲,他感到双眼正在分泌眼眵。他搓着胸脯上的灰泥,听到新生的婴儿在炕上啼哭。身有残疾的老婆似乎在炕上咕噜了一句什么。总算生了个男孩! 他望望黑洞洞的窗户,欣慰地想着。西南风刮来了成熟小麦的焦香,就要开镰收割了。他的心突然感到十分沉重,冰凉的感觉从背后缓缓升起。很想收住脚,但脚却带着他向前走。蒜薹和蒜头的辣臭,熏得他眼泪汪汪。抬起赤裸的胳膊擦了一把眼,他知道自己没有哭。

拉开大门,他问:"大叔,有什么……哎哟娘——"眼前一片翠绿的线条晃动,好像千万根新鲜的蒜薹飞舞。右脚踝子骨上遭了一着打击,非常迟钝,非常沉重,仿佛连心肝都被扯动了。他闭着眼,恍惚中觉得嘴里发出一声惨叫,身体不由自主地往右倾斜,而这时,左腿弯子又挨了一击。他惨叫着,身体一罗锅,莫名其妙地跪在了门前的石头台阶上。他想睁眼,眼皮沉重,蒜薹和蒜头的辣臭气刺激得眼珠疼痛难忍,眼泪乱纷纷涌出来。他知道自己没有哭。正想抬头揉眼,两件冰冷刺骨的东西卡到了手脖子上,双耳深处轻微地脆响了两声,好像有两根钢针扎在了脑袋上。

好久他才睁开眼,透过朦胧的泪水——他想,我没有哭——他看到两位白衣绿裤、绿裤上镶着红线条、身材魁梧的警察。他先是看到他们的腰膝:绿裤上端沾着一些发白的污迹,白褂下襟上沾着一些发黑的斑渍,宽宽的棕色人造革腰带上,挂着手枪和黑色的棒子,腰带的锁口铁闪闪发亮。他仰了一下脸,看到了两张冷冰冰的、毫无表情的脸。没及他开口,左边那个警察把一张盖着红印的白纸在他眼前晃了一下,轻轻地、略微有点口吃地说:"你——你被捕了。"

这时,他才发现扎眼的钢圈箍在了自己漆黑的手脖子上。两道钢圈之间,垂着一根沉甸甸的白色链条,他一抬手,那链条就很慢地悠荡着。一阵彻头彻尾的寒冷几乎使他的血液凝固,冰凉的血缓慢地、凝滞地流动着。他全身紧缩,两只睾丸提上去,拉扯得小肠发紧,一股凉尿淌出来,他感觉到自己在撒尿。他想控制住自己的尿。他听到了瞎子张扣那悠扬的、哭泣般的胡琴声,从不知何处传来,全身的肌肉一下子松弛了,瘫痪了。冰凉的尿流到了大腿上,濡湿了屁股,沾染了生满胼胝的脚掌,因为他跪着。他听到了尿在自己裤裆里簌簌的喷射声和汩汩的流动声。

警察伸出一只冷冰冰的手,抓住他的胳膊,往上提着,依然有点口吃地说着:"起——起来。"

他迷迷糊糊地,想用手去抓住警察的胳膊,手脖子上的钢圈咯咯吱吱地鸣叫起来。它一边鸣叫着,一边往肉里杀。他惊恐万状地松开手,胳膊平托着,双手里好像捧着一件易碎的珍宝,双臂如同两支木棒。

"起——起来。"耳边又响起警察的催促声。他双腿用力,站起来,脚一着地,踝子骨那儿爆发了一股火苗般的疼痛。他身体一歪,又一次跪在石头台阶上。

两个警察从两边架着他的胳肢窝,把他抬起来。他的腿像弹簧一样缩着,瘦小的身体像挂钟的摆吊在警察的手臂上。

右边的警察曲起膝盖在他的尾骨上的短促一击分散了踝骨上的痛苦。他猛一颤抖,双脚着地,站住了。警察松开了手,那个略微口吃的警察低声对他说:"快——快往前走。"

头眩晕着,虽然清楚地知道自己没有哭,但热辣辣的泪水却泉水般往外涌,使他看起东西来模糊不清。警察又一次催促他向前走。那咬住手腕的铐子的沉重,使他突然明白发生了什么事情。他鼓足了勇气,运动着僵硬的舌头,不敢问警察,可怜巴巴地盯着萎缩在槐树下的村主任高金角。

"金角大叔……为什么抓我……我没干坏事……"

哀号着,他知道自己哭了,却并无眼泪流出来,双眼又干又辣。他询问着骗他出院的村主任。村主任背靠在树上,像受到大人盘问的小孩子一样,机械地用脊梁撞着槐树,脸上的肌肉都横七竖八地挪动了位置。"大叔,我没犯罪,你骗我出来干什么?"他叫着。村主任半秃的脑袋上凝着一片大汗珠子,迟迟不往下流,满嘴龇出黄牙,好像随时要拔腿逃跑要咧嘴号哭。

警察又用膝盖顶他的尾骨,催促他往前走。他转回身,望着警察的脸,说:"同志……首长……你们抓错了吧?我叫高羊,你们一定抓错了……"

口吃的警察说:"抓的就是你!"

"我叫高羊啊……"

"抓的就是高羊!"

"我犯了什么罪您们抓我?"

"你在今年5月28日中午,带头砸了县政府!"口吃的警察流利地说。

他眼前一阵黑,一头栽到地上。警察把他架起来时,他翻着灰白的眼珠,胆怯地问:"那就叫犯罪?"

"是的,那就是犯了罪。走吧!"

"可不光我一个人,有好多好多人都冲进去了……"

"一个也跑不了!"

他垂下了头,心想着一头撞在房墙上死了利索,但两个警察一左一右挟持着他,使他动弹不得。他恍惚听到瞎子张扣那激动人心的、凄凉的歌唱声:

> 说话间到了民国十年,
> 天堂县出了热血儿男,
> 凭空里打起红旗一杆,
> 领着咱穷爷爷们抗粮抗捐。
> 县太爷领兵丁围了高瞳,
> 抓住了高大义要把头斩,
> 高大义挺胸膛双眼如电,
> 共产党像韭菜割杀不完。

他的肚子里一阵热,双腿上有了些力气,嘴唇哆嗦着,心里竟生出一种奇怪的念头,妄想喊句口号。一侧脸,正碰上警察大檐帽上那鲜红的国徽,立刻感到又羞又愧,急忙低下了头,平端着双手,跟着警察往前走。

一阵笃笃的声响在身后响起,他扭回脖子,看见女儿杏花握着一根烫着焦黄花纹的小竹竿,探着路,探到门口的石头阶上,声响格外清脆,好像戳着他的心。他的嘴巴不由自主地歪扭着,热泪忽忽地流出来。他知道自己真哭了。他想说句什么,喉咙却被一团滚烫的东西哽住了。

杏花光着背，穿一条鲜红的小裤头，脚上穿一双红色的塑料鞋，鞋带断了几次，用醒目的黑线连缀着。她的肚皮上、脖颈上布满斑斑点点的灰尘，剪了一个男孩式样的小平头，两只白色的耳朵警觉地竖着。他用力吞咽着那团哽住喉咙的东西，却总是咽不下去。

杏花高高地抬起腿——他从来没有注意到，女儿竟有这样长的腿——迈出门槛，站在适才他跪过的石头台阶上，轻轻地扶着花竹竿——竹竿高过她的头顶一尺——他惊讶地发现，女儿偷偷地长得有半根门框那么高了——他用力吞咽着那团稠黏的东西，看着女儿抹着锅门灰的脸庞上那两只漆黑的眼睛。这双眼里几乎没有眼白，黑得有些森森鬼气。她把头微微倾斜着，脸上挂着一种类似成熟老练的表情，她先是轻声地、探询性地叫了一声爹，然后便哭咧咧地、放开喉咙高叫了一声："爹！"

他用力吞咽着堵塞住咽喉的异物，同时咽下流到嘴里的眼泪。警察畏畏缩缩地搡搡他，小声地说："快——快走吧——没准几天就会放回你来。"

他盯着结巴警察那张有几分讨好的脸，胃部同喉头一阵痉挛，上下牙自动分开，吐出了一些白色泡沫和浅蓝的涎线，嗓子通畅，他抓紧时机叫了一声："杏花——！告诉你娘……"一语未了，又有一团异物哽住了咽喉。

高金角弓着腰走到石头台阶前，对女孩说："回家告诉你娘，你爹被公安局抓走了。"

他看到女儿一腚坐在门槛上，因坐得太猛，身体后仰，但她立即一手撑着地，一手撑着竹竿，从门槛上一跃而起。他只能看到女儿大张着嘴好像吼叫什么，耳朵里滚动着一阵阵雷声，除此之外什么也听不到。他感到一阵阵的恶心。女儿像只被皮鞭抽打着被铁链牵扯着的小猴子,无声地、狂暴地跳跃着。她用花竹竿敲打着石头台阶,敲打着朽腐的门框,敲打着干硬的地面,地面上出现了一层苍白的斑点。

妻子的号叫声也从院子里传来了。两个警察吼一声:"高村长,你在前边带路!"然后,不由分说,每个架住他一只胳膊,像挟持着一个瘦弱的顽童,拖拖拉拉,飞快地往村子后头跑去。

二

他被拖得心跳气喘,满身臭汗。定下脚,一抬眼望见一片黑黑的槐树林。槐林西侧,有三间红砖的瓦屋,他不常到村后来,弄不清这是谁的家。警察把他架到槐树林子里,直着腰喘气。他看到他们肩膀周围和腰带上下的衣服都被汗湿透了,心里生出了对警察的敬仰和怜悯之情。高金角弯着腰踅进槐树林子,低声说:"在屋里……我趴在窗外看了,正四仰八叉地在炕上睡觉呢……"

"怎——怎么抓?"结巴警察看着同伴问,"还让高村长把他骗出来?这小子当过兵,怕不好对付。"

他立刻猜到了他们要抓谁。高马,他们一定要捉高马!他鄙夷地看着秃头的村主任高金角,恨不得冲上去咬他一口。但转瞬间那怒气便消了,心里竟奇怪地盼望着警察多抓些人与自己做伴。如果全村男人都被抓走,老婆的心就会平和,他想。最好把高马抓到,蹲监狱也应该有个头领,而高马正是最好的头领。

"不要了,冲进去抓就是,实在不行就用电棒放倒他!"警察说。

"首长,没我的事,我走啦。"高金角说。

"怎——怎么没事呢?你看着他!"

他恨恨地盯着高金角。

"首长,不行,我可看不住他,万一跑了,我可担当不起这个责任。"高金角瞄一眼高羊,目光立即便跳了。

结巴警察抬起袖子擦擦脸上的汗,问:"高羊,你敢跑吗?"

他一时邪火攻心,竟咬牙切齿地说:"敢!"

结巴警察嘻嘻地笑起来,龇出两颗亮晶晶的小虎牙:"你——你听到了没有,他——他还敢跑!跑——跑了和尚跑不了庙。"

结巴警察从腰里掏出一串亮晶晶的小钥匙,随便摸着镣铐的中间,咔嚓咔嚓替他开铐。警察笑眯眯地对他笑。摸着手脖子上被镣铐咬出来的紫色槽印,一阵巨大的感激的浪潮包围了他。他又一次流了泪。他执拗地对着自己的心说:淌眼泪归淌眼泪,我没有哭。

他满怀希望地仰望着警察的脸,问:"同志,俺可以回家了吗?"

警察说:"回家?早晚要送你回家,但现在不行。"

结巴警察对同伴使了个眼色,那人转到了他背后,猛力一推,把他拥到了一棵槐树上。在他鼻子被粗糙的树皮撞酸的一瞬间,双手又被结巴警察抓去,没等他反应过来,那两个钢圈又套到了他的手脖子上。他怀抱着一棵碗口粗的槐树,看不到自己的手。手铐把他跟树连在了一起。他恼怒地用额头撞树,树上的叶子瑟瑟抖,蝉惊飞,冰凉的蝉尿落了他一脖子。

他听到结巴警察说:"你不是要跑——跑吗?跑吧,有力气拔出树来,你——你抱着树跑吧!"

他扭动着身体,一根坚硬尖利的槐针扎进了肚皮,仿佛连肠子都扎着了,因为他感到肠子猛烈地抽动一下。为了让槐针从肚皮上拔出来,他不得不把双臂死劲往后拉——忍受着弹簧镣铐咬进手脖的痛苦。他弓着背,垂着头,看到黑红色的槐针已从肚皮上拔出来,针尖上挂着一缕白色的纤维。肚皮上的孔里慢慢地渗出了一滴血,也是黑红色,跟槐树针的颜色一样。他在低头的时候,还看到自己被尿浸湿的裤衩已经半干了,尿渍的边缘曲曲折折,好像天边的云团。他还看到了右脚的踝子骨肿胀起来,发着青,破烂的皮肤退到肿包的旁边,翻卷着,有清楚的纹理,宛若白色的蛇蜕。

他把身体旋转了一下,避开了那根槐针,用仇视的、胆怯的目光跟踪警察的脚。那四只脚上套着黑色的皮鞋,鞋面虽然积满了尘土,但还能闪烁出亮光。他想,如果他们穿的是布鞋,自己的踝子骨绝不会肿得这样高。他动了一下脚,像裂开了一条骨缝般的尖辣痛苦放射出来。他眼里盈满了泪水,但他还是认真地提醒自己:"高羊,你流了泪,但你没有哭!"

两个警察蹑手蹑脚,一个握着枪,另一个擎着黑棒子,往高马的院子逼近着。

高马院落的东墙倒了半截,只剩下半米高的砖基,警察一抬腿就跨了过去。院子里的景物一目了然:两棵耷拉着叶子的臭椿树立在西墙根,几只鸡卧在树阴下喘气,阳光银子一样洒在地上。灼热的银箔般的阳光铺叠在当院里堆着的那些腐烂的蒜薹上。蒜薹堆上冒着若有若无的白气。高羊恶心,直想呕吐。自从上个月里蒜薹跌价后,他就把这些细长光滑的玩意儿跟粪便里的蛔虫联系在一起,越是恶心越是这样想。一只破了底的铁锅反扣在窗前。他辨认出了,那个提着黑棒的是结巴警察。结巴警察伸长了脖颈,往窗户里张望着。窗户里是炕。高马躺在炕上。村主任高金角又用背靠住了一棵树,一下一下地撞击着。几只白色的脏鸡在阳光下的一堆乱草里躺着,伸展着翅膀,扎煞着羽毛挨晒。"鸡晒翅膀,三日内必有大雨",他的心感到安慰,歪着头,去看交叉的槐枝分割破天。天似乎是湛蓝的,紫色的阳光飞雨般下射着,连一片云也没有。鸡又动了动,用爪子把一些草蹬开。另一名警察立在结巴警察背后,平端着蓝汪汪的枪,大张着嘴,似乎连喘气也没有。

他低了一下头,把额上的冷汗往树皮上蹭了蹭。两个警察交换了一下眼神,然后你推我搡,好像在推让着什么。高羊马上猜到了他们推让什么。他们好像决定了。结巴警察把腰带往上提提,另一位警察闭上嘴,远看已无嘴唇,只有一条紧张的发亮的细线。高金角对准槐树放了一个很长的屁。警察的身体紧缩起来,好像要向老鼠发起冲击的狸猫一样。

"高马!快跑啊!警察抓你啦!"他高叫着。把话喊出来后,他全身发冷,牙齿嗒嗒地撞击着。他知道自己害怕了,后悔了,便在抖颤中紧住嘴唇,眼巴巴地看着。结巴警察回了一下头,脚被那口暗红色的破锅绊了一下,趔趄,但没有摔倒在地。另一个警察举着手枪冲进了房门。结巴警察紧随着同伴冲了进去。房门发出破裂的咯吱声,又发出撞在墙上的咣啷声。

"举起手来!"

"举起手来!"

高羊满眼是泪,他对自己说:"我没有哭……我没有哭……"他仿佛看到两个明亮的钢圈套到了高马粗壮的手脖子上,那钢圈与自己手脖子上的钢圈一模一样。双手发胀、发沉,隔着槐树看不到自己的手,但他能感觉到,像气体一样在手内膨胀了的鲜血,随时都会胀破皮肤喷射出来。

屋子里一阵乱响,窗户哗啷一声开了。一道黑色的影子闪过,他看到只穿着一条草绿色大裤衩子的高马跌在破锅上。但高马一翻身就爬了起来。高马翻身爬起的动作又笨又拙:屁股撅得高高的,四个爪子着地,很像刚会爬行的婴孩在"支锅"。他咧了咧嘴,他听到脑子深处一个似自己非自己的人在说："你没有笑,知道不知道,你没有笑。"

没有哭,也没有笑,他披着一件蓑衣,光着头,像个大刺猬,赤着脚站在街上。大雨过后,厚重的破云里射出一道金色的阳光,阳光从西边天射出,东边天出现一道彩虹,街上流水哗哗响,水上漂浮着鸡毛蒜皮死耗子。一群光腚的男孩子站在一堆黑色的粪肥旁,手持柳条和柴棍,轻轻地掸打着一只青蛙的背,在掸打过程中,青蛙的肚皮逐渐膨胀,眼睛紧闭,四肢绷直,肚皮高高支起。"支锅"啦,"支锅"啦。快抽快打,快抽快打!嘭!青蛙爆炸。

你没哭,也没有笑,高羊!

彩虹消逝,天空瓦蓝,阳光如火。

嘭!

结巴警察从窗口跳出,笨重皮鞋跺在破锅上,跺出了一个大窟窿。他一条腿站在锅里,一条腿在锅沿上摩擦着,一只手还紧握着黑棒子,一只手扶着地。"支锅"啦!"支锅"啦!另一位警察从门口跑出来,一只手端着枪,口里高喊:"站住!站住!再跑就开枪了!"他并不开枪。高马已敏捷地跳过残墙,几步蹿过胡同,惊飞了躺在乱草中晒翅膀的老母鸡,它们咯咯地叫着,跟在高马身后跑。结巴警察的大檐帽被窗框碰掉,先掉在窗台上,又掉到结巴警察腚上,又落在地上滚动,滚动着,被持枪警察踢了一脚。

持枪警察一脚把同伴的帽子踢出五米远,耸身跃出残墙。结巴警察高举起黑棒子,敲打着铁锅,铁片迸飞,铁锅响。高羊看到他小心翼翼把腿从锅里拔出来。高羊很短地一想:警察的腿。结巴警察拾帽子扣在头上,也跳出残墙来。

高马在槐树林子里奔跑着。高羊用力把头往回扭,看着高马跑。

高马笨手笨脚。高马好像瞎子一样。他跌跌撞撞,还边跑边回头,撞得细槐树摇摇晃晃粗槐树啪啪地响。他替高马着急,高马你怎么跑得这样慢!你快跑呀!警察在追你!高马你长腿大胳膊为什么跑不动!他焦急地看着,在斑驳的刺槐阴影里,高马棕色的皮肤上缓慢地滑动着一些白色与黄色的光点,他的双腿间好像有什么连扯着,好像一匹上了绊索的高头大马。他的胳膊甩得很笨,好像拉钻一样。你回头干什么?你这个笨蛋!高马龇着牙,脸拉得很长,真像一匹马。

两个警察一前一后在槐林里跑。结巴警察的右腿有点瘸,叫铁锅咬的,活该!他的踝子骨又像裂开了缝,渗出了尖锐的痛苦,活该!活该!他听到在耳道的深处一个咬牙切齿的声音在响。

"站住!他妈的,站住!再跑就开枪了!"端枪的警察高喊着,但他到底不开枪。他弯着腰,持着枪,从一棵树空跳到另一棵树空,一蹿一蹿地,像一匹机敏的野兔。

槐林的尽头是一道一人高的土墙,墙头上覆盖着麦秸草编结的遮雨苫。高羊扭动着身体,看到高马跑到墙根,似乎愣了一下。两个警察逼近了,这两人都举着枪,高叫:"不许动!"高马把身体靠在墙上,牙缝里流着血,右手腕子上套着一个钢圈,钢圈下是链子,链子下挂着又一个钢圈。警察只锁住了高马的一只手。

"站住,不许动!你这个拒捕的反革命!"

两个并着肩,一步步逼上前,结巴警察的腿还是有点瘸。

他哆嗦起来,所有槐叶都跟着他哆嗦。他不敢看高马那张越来越远的脸。警察白色的背影与高马棕色的脸与黑色的槐叶都被挤扁了,印在了一个黄色的平面上。

后来发生的事令他猝不及想,令警察猝不及防——高马闪电般弯下腰,从地上挖起两把尘土,猛地打在两个警察脸上,黄尘飞散犹如硝烟，警察下意识地抬臂护眼，身子歪斜后仰后退，从那平面里凸出来。高马转过身，双手扒住墙头，身体耸起来，整个人上了墙。两声枪响，墙上飞起两股烟，高马叫一声娘，跌到墙那边去了。

他也叫了一声，头碰到树干上。

一个女孩尖利的哭叫声从高马家房屋后的槐树林传来。

槐林后是一条几乎颓平的沙堤，沙堤外是一丛丛的红柳长在沙滩上，沙滩外是干涸的河床，河床外又是红柳长在沙滩上，再往外，就是乡政府的被白杨掩映着的大院和一条直通县城的柏油大道。

第二章

天堂县的蒜薹又脆又长
炒猪肝爆羊肉不用葱姜
栽大蒜卖蒜薹发家致富
裁新衣盖新房娶了新娘

——瞎子张扣1986年某夏夜演唱歌词断章。

一

蒜薹全部卖光,蒜头也成辫成串地挂在了房檐下。小麦收割完毕,脱粒翻晒,入瓮的入瓮,入缸的入缸。四婶家门前的打麦场,傍晚时就扫得干干净净,几垛麦秸草,在晶亮的星光下,黑黢黢地蹲着,散发着持续不断的香气。田野里刮来了六月的清风,虽然隔着玻璃灯罩,马灯的火苗还是摇曳不定,绿色的飞虫往灯罩上碰撞着,噼噼啪啪的细微声响发出。没有任何人注意这些,只有高马注意了。围着马灯的光或蹲着或站着的人们,都把眼神集中起来,注视着端坐在马灯背后一条方凳上的瞎子张扣。金黄灯光涂在张扣漆黑的瘦脸上,使那两块高耸的颧骨上闪烁出两片釉彩。

今天晚上,我一定要抓住她的手!高马激动地想着,身上泛起一阵阵幸福的凉意。他侧目直视着离他三步远的地方,那里站着四婶的女儿金菊。我一定要抓住她的手,就像于连·索黑尔在那个乘凉的夜晚里,等待着教堂的钟声,等钟声敲过九响,就大胆地、不顾死活地抓住市长夫人的手一样。等张扣的琴声一响,等张扣唱出第一句歌词时,我就要抓住她的手,要狠狠地抓住,狠狠地捏住,把她的每一个手指头都捏遍!她的脸,圆圆的,像葵花盘子一样圆圆的脸上涂着一层葵花瓣儿般动人的金黄。她身材不高,身材健壮,活像一头小牛犊子。她已经二十岁了。我该行动了。她身上的热量已经辐射到我的身上。张扣咳嗽了一声。高马向金菊的方向移动了一步。他悄悄地移动,他的眼与众人的眼一样,紧盯着张扣。但张扣唱的什么词儿他却一个字也听不到了。

一股马粪的清新香味从打麦场上掠过。打麦场的边缘上,一匹枣红色的小马驹子嗒嗒地奔跑着。它有时还调皮地打响鼻。星光闪烁,天幕深厚柔软,毛茸茸的,田野里正在努力生长的玉米嚓嚓地响着。人们都看着张扣,有的还说一句含混的话。张扣挺直腰板伸出一只手拧着二胡上的旋扭,另一只手抽动着马尾弓子,马尾摩擦丝弦,发出暗哑干涩的声响,紧接着,声音渐渐圆润明亮起来。人心都紧缩着,好像在等待着什么。张扣凹陷的眼窝里睫毛眨动着,脖子伸直,瘦脸往后仰着,好像眺望满天繁星。

高马又朝着金菊的方向挪动了一步。他听到了金菊细微的呼吸声,更加清楚地感觉到了她的丰腴的肉体上放出来的热量。他的手像一只胆怯的小兽的尖吻,试试探探地伸出去。坐在金菊面前高凳上的四婶咳嗽了一声,高马打了一个冷战,遍体凉透,把那只手赶紧插进裤袋里,好像不耐烦地耸了耸肩,同时避开灯光,把脸隐蔽在一个粗壮中年汉子头颅的暗影里。

张扣的二胡像哭声一样响起来,但这哭声是柔软的,像丝绸一样光滑流利,轻轻地擦拭着人心上的积垢,擦拭着肌肤上的尘土。大家看到张扣的嘴夸张地张开,一句沙哑的、高亢的歌唱从那大张着的嘴巴里流出来:

表的是(这个"是"字高扬上去,又缓缓地降下来,降下来,好像要众人都随着他走,随着他滑到一个与人间隔绝的地方去闭着眼幻想)——表的是三中全会刮春风——天堂县人民不再受穷——二胡重复着简单的旋律,人群里发出窃笑声。都在笑张扣因歌唱而咧得极大的嘴,能揎进个馎饦去。这个瞎杂种不知道自己这张嘴有多大。他听到金菊也在哧哧地笑,他想象着她的笑脸。因为笑她的睫毛颤抖着,因为笑她的牙齿露出,像碎玉一样闪烁。他克制不住自己,脖子扭动,头顺便歪了。金菊聚精会神地听着张扣演唱,睫毛不眨动,双唇紧绷着,一粒牙也未曾露出。她十分严肃,这严肃的脸在他心里激起了一种隐隐约约的受辱感。

县政府号召咱齐把大蒜种——供销社收蒜薹安磅设秤——一斤蒜薹一元挂零——收购了蒜薹放进冷库——春节时拿来卖生意兴隆……张扣并不因群众的窃笑不敢张嘴,群众对张扣的大嘴也习以为常,都不笑了,好像在认真地听着张扣的唱词。卖蒜薹赚了钱家家欢乐——炒猪肉擀单饼卷上大葱——张大娘撑得肚皮像瓮——夹白:怀孩子啦!群众怪笑不止,有女人骂:该死的瞎张扣!李大姐胀得热屁崩哽——啊哈哈哈,女人们有一半弯下了腰。

金菊也弯下了腰。死张扣,说点正经的吧!你弯下了腰,你把浑圆结实的屁股撅了起来,你的薄薄的裤子分明地显示出你的裤头的形状,白天,你在田野里弯腰锄豆时我就看到了。你接着说《红岩》吧张扣!我一定要抓住你的手,我已经二十七岁了,你二十岁了,我要娶你做老婆。白天,你在锄豆,我在给玉米喷药。天旱,玉米生了蚜虫,喷雾器咝咝地响着,好像我的心响。田野辽阔无边,小周山在正南立着,山顶开了一个口,口中罩着一团白云。我多么想跟你说句话,可是你的两个哥哥一左一右挟持着你。你的两个哥哥赤脚赤背,是黑色的,你穿着衣服,你的汗湿了衣服,你是什么色的,金菊?你是黄色的,你是红色的,你是金色的,你有金子一样的颜色,你有金子一样的光芒。二胡婉转悠扬,张扣顿喉高唱:

> 江雪琴行走在大街上,
> 对面走来了警察局长。
> 金壳的手表手上戴,
> 蒜薹脖子一丈多长。
> 这小子还是个虾米腰。
> 这小子是中国爹美国娘,
> 做出了一个活阎王。
> 这小子斜斜着母狗眼,
> 手里提着二把匣子枪,
> 他截住了江姐一声奸笑,
> 哼哼……
> 匣子枪顶在江姐胸脯上。

……你的小模样长得这么强,嫁给刘胜利,好比鲜花插在牛粪上,又好比花蝴蝶嫁给屎壳郎。我一定要抓住你的手,今晚上,就是今晚上!高马又往左移动了一步,这时他已经和金菊并肩站着,他感觉到自己的裤子已经和金菊的裤子接触在一起。他装出若无其事的样子,看着张扣一张一合的嘴,这张嘴里一点声音也发不出,周围一片嗖嗖的声响,玉米叶在微风中摩擦着,好像我的心脏在跳动。我仰面朝天躺在玉米地里,透过刀剑般的玉米叶,看着天上的云。没有云,云飘走了,阳光炽烈,滚烫的浮土烫着我的背,白色的药液凝成珠子,挂在玉米叶的绒毛上,欲滴不滴,像挂在她睫毛上的眼泪……麦浪滚滚,风停止时,没有了麦浪。成熟的小麦微微低垂着头,两只喜鹊掠着麦穗飞,一前一后追逐着,后边的一只总想咬住前边一只的尾巴,它们喳喳唧唧地叫着。一只麻雀好奇地跟随着它们飞,也喳喳唧唧地叫着。空气里充满蒜薹拔过从蒜秸深处放出来的味道。金菊一个人弯腰割着麦,她把麦子一把把塞进两腿之间,麦穗沉甸甸晃动着,高高地翘在她的屁股后,好像粗大的金尾巴。我的麦子割完了,一捆捆摆在地上,麦茬缝里一行行瘦弱的玉米见到阳光,它们是套种的,被麦子欺侮得又细又黄。我是光棍一条,二亩地不够种的。自从我前年复员回乡,就注意到了这个姑娘。她长得不漂亮。当然我也不漂亮。当然她也不难看。当然我也不难看。记得我当兵走时她是那么小,那么细,现在她这么大这么粗。我喜欢粗大。我的麦子下午运回家。我抬手看看表,上海产宝石花牌手表,每天注定要比标准时间快跑二十秒,现在11点零30秒,前天跟着收音机对过表。每天扣去二十秒,现在11点零10秒,回家不着急,这是去年的事情。

  高马心里怀着深深的怜悯,提着镰刀,站在金菊身后。金菊不知道身后有人,弯着腰只顾割麦。那时喜鹊又从远处追逐着飞回来,麻雀依然跟着。袖珍录音机装在衣兜里,耳机堵在耳朵上。电池的电量不足了,放到耳朵里的音乐有点怪声怪气,但还是挺好听就是。姑娘好像花一样。她的背又宽阔又平坦,头发上一片水光。她沉重地喘着气。小伙子胸怀多宽广。他把耳机摘下来,耳机卡在脖子上,还能听到变调的音乐。

"金菊。"高马低声说。耳机的两团海绵卡在喉上,音乐刺激喉头,麻酥酥地发痒。他用手拨拉了它们一下。

金菊慢慢地直起腰来,满是汗水和灰尘的脸上呈现着麻木呆滞的表情。她右手提镰刀,左手握着一把麦子,看着高马,没有说话。

高马看着她那件破旧的男式蓝布制服褂子,和那两个凸起在两只口袋处的乳房的轮廓,一时也没话。

金菊扔下镰刀,把手里的麦子分成两撮,拧成了一根鞘子,放在地上,然后劈开双腿,把夹在裆里的麦子抱出,放在鞘上。

"金菊……怎么就你一个割?"

"噢,俺哥赶集去了。"她低声说着,抬起袖子擦擦脸上的汗,然后半握着拳头,捶打着左右两边的腰眼。

她的脸被汗水洗得有些发白,几绺头发粘在鬓角上。

"腰痛吧?"

她无声地笑笑。她的两只门牙上有些青色的斑点,其他的牙齿白得耀眼。褂子缺扣,脖子下一大段胸脯袒露着,他看到了她的松软的乳房边缘,心里很紧张。那里,布满了被麦秸的锐利茬口戳出来的红斑点,还沾着些白色的麦壳和焦黄的麦芒。

"你大哥也赶集去了?"他问过了就有些后悔。她大哥是个跛子,行走不便,赶集的事都是她二哥的。

金菊平淡地回答:"没有。"

"那他也该来帮帮你。"

金菊不说话,抬头望望太阳,阳光刺得她把眼眯缝起来。

他突然感到她很可怜。

"几点了,高马大哥?"她问。

高马看表,说:"12点15分。"说完了又紧接着补充:"我的表有点快。"

金菊侧过脸,望望那一片麦子,轻轻地叹了一口气,说:"还是你好,高马大哥,一个人无牵无挂,就那么点活干完了就耍。"

她又叹了一口气,转回身去,捡起镰刀,说:"俺不能陪你说话。"说着便弯下腰去,挥动镰刀割起来。

高马站在她身后怔了一会儿,叹了一口气,说:"我帮你割吧!"

金菊忙直起腰来,说:"不用不用,哪能劳动您呐。"她的脸一刹间涨得通红。

高马看着她的脸,说:"我闲着也是耍。邻墙隔家,谁不用着谁?"

金菊低着头,吭吭哧哧地说:"那,就让您跟着受累啦……"

高马从衣兜里把录音机掏出来,关上电源,从脖上摘下耳机,放在地上。

"您这个东西里唱什么?"金菊问。

"放音乐。"高马紧着腰带说。

"挺好听?"

"还可以,电池快用完了,赶明儿换上新电池,你拿去听听。"

"俺可不敢,给您戳弄坏了,俺可赔不起。"金菊笑着说。

"这东西一点不娇气,特别简单,"高马说,"就是弄坏了我也不会让你赔。"

说着话,两人都弯下腰,嚓嚓地割起来。金菊在前,高马在后。金菊割两行,高马割三行。金菊打勒子,高马拾勒子。

"你爹也不是七老八十拖不动,到地里来帮帮你也好!"高马不满地说。

金菊手里的镰刀停顿了一下,说:"今日俺家里有客……"

高马听出她的话语里有忧心忡忡的、凄苦的味道,便不再问,更敏捷地割麦。金菊裆里竖着的麦穗不时扫着他的肩膀和脸,他有些烦躁,便说:"快点割,我割三行,你割两行,还挡我的路。"

金菊说:"高马哥,我已经没劲了。"声音里带着哭的味道。

高马说:"也是,这活儿按说就不该让女人干。"

"人没有遭不了的罪。"金菊说。

"我要是有个媳妇,就让她待在家里做做饭,缝缝衣裳,喂喂鸡鸭,地里的活一点也不让她沾手。"

金菊看了高马一眼,吭哧了一会儿,才说:"那一定是个有福气的人。"

"金菊,你告诉我,村里人对我有什么反映?"

"俺没听说。"

"你别怕,我这个人能担住话。"

"有的人说……你可别生气……他们说你在部队里犯过错误……"

"是犯过错误。"

"听说你和团长的老婆……被团长碰上了……"

高马苦笑一声,说:"不是团长的老婆,是团长的小姨子,不过我可不爱她,我恨她,恨她们。"

"您可是见过大世面的人。"金菊叹息着说。

"狗屁也不是!"高马大声骂了一句,放下镰刀,捆紧一个麦个子,他直起腰,踢了那麦个子一脚,又骂一句:"狗屁也不顶!"

高马想到,就在那时候,金菊的瘸腿大哥来了,这是个四十多岁的中年人,头发已经花白,满脸都是皱纹,左腿又细又短,走起路来摇摇晃晃。

金菊的哥吼叫一声:"金菊,你打算死在地里,不回家吃饭了?!"

那人举起手罩在眼上遮着阳光,往这边张望,高马悄悄地说:"你哥对你这么凶?"

金菊用牙一咬嘴唇,两颗大泪珠子滚到面颊上……

就是从你哭了开始,我的心再也没有片刻安宁,金菊,我爱你,我要娶你做老婆……一年了,金菊,我每次想跟你说话你都避开我……我要救你出火坑。张扣,你再唱十句我就抓住她的手……哪怕她当场叫起来,哪怕她的娘站起来,转回头,回过脸,骂我一顿,扇我一个耳光。她不会叫,她绝对不会叫,她不满意这门倒霉的婚事,就是她哥叫她那天就是我帮她收割小麦那天她的爹娘与刘胜利的爷爷与曹文的爹娘一起签订了三家条约,把三男三女像拴蚂蚱一样拴在一起,编织成了一个连环套。这倒霉的换亲!她不反感我,她对我有好感,每当我与她单独相遇的时候,她总是一低头就闪过去,但这一闪的空隙里,我就看到了她的眼里夹着泪。我的心痛肝痛肺痛胃痛肠子痛我满肚子里都痛……司令员呀司令员你快下令——从华蓥山里发大兵——救咱江大姐一条命——黄黄的马灯罩上已经撞死了无数绿色的飞虫,江姐被捕了,群众都在为她的生命担忧。同志们呀要冷静——抓走了江姐我比你们更心疼——老太婆一拍双枪,白发飘飘,双眼落泪,张扣说。张扣唱:到今天我的丈夫还关在集中营——剩下了孤儿寡妇也要闹革命——张扣你再唱两句,再唱两句我就抓住她的手,她的体温我亲切地感受着,我闻到了她腋下发出的汗酸。闹革命就不能犯盲动——要稳扎稳打步步为营。

一瞬间他的脑子里轰轰地响着,眼前的灯光弥漫成一团旋转的彩云。他猛地伸出了手,他的手仿佛生着眼睛,也许她的手早就在等待着他。他把她的手紧紧捏住,眼睛什么也看不见,周身发冷,心里一片灰白。

二

第二天晚上,高马站在金菊家打麦场旁边的麦秸垛后,焦急地等待着。依然是繁星满天,一钩细眉般的新月,悬在很高的树梢上,闪烁着比星星还要微弱的银光。那匹枣红色的马驹子在打麦场的边缘上嗒嗒地跑过去,又嗒嗒地跑回来。打麦场的南边是一条宽沟,沟漫坡上栽着紫穗槐,一丛一丛的。小马驹有时跑到沟底又从沟底蹿上来。它穿过树丛时,树丛发出嚓啦嚓啦的响声。金菊家亮着灯,金菊的爹——方四叔正在院子里大声说着什么,四婶也不断插话。高马耸着耳朵听,也听不出他们在说什么。金菊家隔壁是高直楞家,数百只鹦鹉在他家院子里叫,叫得人心烦意乱。他家院子里一定是点着瓦斯灯,灯光升得很高,又白又亮。高直楞家养鹦鹉发了财,全村只有高直楞家不靠种蒜薹赚钱。

鹦鹉们用很难听的声音叫着。枣红小马驹摇着尾巴走过来,双眼在朦胧的夜色里闪闪发亮。它从麦秸垛上叼了一口麦秸草,半真半假地吃着。高马闻到麦秸草稍稍带一点霉气的甜味。他转过一半草垛,望着金菊家的大门。大门关得严严实实的,微黄的灯光从门缝里透出来。他举起腕子来看表,手表不带夜光,看不清楚。他估计总有9点了,高直楞家的挂钟喧喧地打起点来,他避开鹦鹉们的嘈杂叫声,数着,果然是9点。于是他想起昨天晚上想起的当兵时看过的内部电影《红与黑》里,那个穷孩子于连·索黑尔数着教堂钟声抓住市长夫人手的故事来。

昨天晚上,他用力捏着她的手,她也用力捏着他的手,一直到深夜,张扣的演唱完毕,才恋恋不舍地松开。趁着散场的乱劲儿,他悄悄地说:"明天晚上,我在麦秸垛后等你,有话跟你说。"

说话的时候,他没看她的脸,也不知道她听到了没有。白天,他锄地时心神不宁,好几次把青苗锄掉留下了野草。半下午时,他就回了家。找了一把剪刀剪了剪胡子,挤出了鼻子边上的两个粉刺,又用剪刀把牙齿上的烟垢刮了一遍,后来又用香皂洗了头和脖子,吃过晚饭后又找出多日不用的牙膏、牙刷刷了一遍牙。

鹦鹉的叫声令他心烦意乱,他几次踱到金菊家门前,又悄悄离开。

金菊家的大门哗啷一声响,他心跳如急鼓,一只手深深地插进麦秸垛里尚不自觉。红马驹兴奋地飞跑起来,马蹄弹起的泥土打在麦秸垛上,发出的响声把他惊吓得很厉害。

"你又要去哪里?深更半夜的?"高马听到方四婶在吼叫。

"才黑了天,什么深更半夜?"是金菊的声音,听到金菊的声音,他突然感到罪疚爬上了心头。

"你要去哪儿?"四婶还在吼叫。

"我到河堤上凉快凉快去!"金菊毫不示弱地说。

"快点回来。"四婶说。

"跑不了!"

金菊,金菊……高马低声呻唤着,眼睛热辣辣的。昨天晚上一握手,你就让我牵肠挂肚呵,金菊,你太受委屈了。

大门很响地带上了。高马贴在垛后,望着金菊模模糊糊的身影。他盼望着她。她却果真沿着胡同向北走,向那道低矮的沙堤走去。他失望了,刚想跑上去,又怕金菊在跟她娘耍心眼。

金菊……金菊……他把头触在草垛上,眼睛里湿漉漉的。马驹在他身后嗒嗒地跑着,鹦鹉们还在啼叫。在很远的南方的田野里,那个被乌黑的臭蒲草包围着的水库里,虎斑蛙一呼一应地叫着,叫声又闷又瓮,听着极不顺耳。

他猛然想起三年前的一个夜晚,溜出兵营与团长的小姨子——一个鼻子很小满脸雀斑的女人约会的情景。那女人扑在他怀里,娇声娇气地笑着。他搂着她,闻到了她身上的狐臭味。他不爱她,但搂着她。他在心里痛骂着自己:你这个卑鄙的家伙,你假意跟她好,是想跟她姐夫沾光。后来,我就倒了血霉,这就叫现世报应。

但对金菊我是真爱,哪怕她要我去死我也不会犹豫。金菊,金菊。

马驹飞跑,欢欣鼓舞。金菊贴着墙根,沿着打麦场的边,躲避着星光,走过来了。高马的心脏颤抖着,寒冷袭来,牙齿碰撞,咬都咬不住。

金菊转到麦秸垛后,离高马两步远,立住了,说:"高马哥……你找我有什么事……"她的嗓子也在哆嗦。

"金菊……"高马感到嘴唇僵硬,说话困难。他听到了自己不规则的心跳声,也听到了自己紧张得像女人一样的嗓音。

他极不自然地咳嗽了一声。

金菊被他的咳嗽声吓坏了,连连倒退几步,求饶般地说:"你,你别出声……"

马驹调皮地在麦秸垛上磨擦着肚皮,还用嘴巴从垛上叼出一束麦秸草,甩在他们面前。

"这里不好说话,我们到沟里去。"高马说。

"俺不去,你有什么话快说吧……"

"这里不好说话。"高马贴着场边往南走。走到沟边上,他站住了,看到金菊还站在垛后。他正要走回去拉她,她已经小心翼翼往沟边走来,于是他伸出胳膊分拨开紫穗槐,走到平坦的大沟底下,回头站定,等着金菊。金菊走到沟漫坡上时,他跨上去一步,拉着她的手把她接下来。

　　她试图抽出手,但高马紧握着她不放。高马的另一只大手盖在她的手背上。她的手夹在高马的两只大手中间,听任他揉搓着。

　　"金菊,我爱你……"高马说,"你嫁给我做老婆吧!"

　　金菊轻轻地说:"高马哥,你难道不知道,我给俺哥换了媳妇了!"

　　"我知道,我知道你并不情愿。"

　　金菊用另一只手使劲剥开高马的手,把那只被捏扁了的手抽出来,说:"我情愿。"

　　"你不情愿,刘胜利四十五岁了,还有气管炎,连担水都挑不了,你愿意嫁给个棺材瓢子?"

　　金菊呜咽了一声,很响,紧接着便低沉下去。她抽泣着说:"我没有办法……俺哥也四十多岁了……又是瘸腿……曹文玲才十七岁,比我长得俊……"

　　"你哥是你哥,你是你,凭什么为他葬送你自己!"高马大声吼起来。

　　"高马哥……这就是我的命……你不愁找不到个好人……我……下辈子吧……"金菊捂着脸,往紫穗槐丛中冲去。高马一把拉住她,用力一拽,金菊身子一趔趄,跌在高马的怀里。

　　高马紧紧地搂住她,感觉到她柔软的腹部像火一样烫人。他噘着嘴去找她的唇,她的双手紧紧地捂着脸,嘴唇被遮得严严实实。高马把嘴触到金菊的耳朵上,咬住耳垂吮着,她的毛茸茸的头发拂乱着他的脸,他身上的寒冷消失,内心深处一团火苗燃烧起来。她扭动着,好像痒得难受。她的手突然松开,搂住了高马的脖子,哭咧咧地说:"高马哥……别咬耳朵,难受……"高马的嘴移到她的嘴上,用力吸出她的舌头,她哼哼着,两行热泪流出来,濡湿了两张脸。一股热气从金菊胃里冲上来,高马闻到了大蒜的气味和青草的气味。

他的手在她身上粗野地抓着。

"高马哥……轻点……痛死了……"

两人坐在沟漫坡上,搂抱着,抚摸着,从稀疏的紫穗槐枝叶缝隙里望着深蓝天幕上金色的星斗。那钩新月沉下去了。一颗人造卫星在银河里游动着,空气中突然充满了紫穗槐的怪味道。

"你爱我什么?"金菊仰着脸问。

"什么都爱。"高马说。

夜气渐凉,他和她平静了,悄悄地说着话。

"我可是有主的人了,"金菊打了一个哆嗦,说,"咱俩这样,是不是犯罪?"

"不是。我们没有犯罪。我们是恋爱。"

"我订婚了啊。"

"只有登记了,才算法定夫妻。"

"那咱俩还能成?"

"能,你回家就跟你爹说去,不同意,不同意换亲。"

"不,不,"金菊嗫嚅着,"俺爹和俺娘会把我打死的……他们养我这么大也不容易……"

"那你就打算嫁个半老头子气管炎?"

"我怕,"金菊又哭了,"俺娘说,只要我不答应,她就喝毒药……"

"她是吓唬你!"

"你不知道俺娘的脾气。"

"她就是吓唬你!"

"高马哥,你要是有个妹妹多好,把她给俺哥,换我给你做老婆。"

高马叹一口气,摸着她的凉森森的肩,鼻子酸溜溜的。

"高马哥,要不咱俩偷着相好吧,等他死了,我再改嫁给你。"

"不!"高马说,他又亲她的嘴,又感觉到她的腹部发起烧来。

一只毛茸茸的大嘴伸到他们的头上,粗重的喘息和青草的味道喷到他们的脖颈上。

两个人吓得半死,定了神,才发现是那匹枣红马驹在捣乱。

三

后来,金菊把那张决定了她的命运的婚约拿给高马看。地点在高马家里,时间是中午——他和她在紫穗槐树丛里幽会之后一个月的一个中午——从那天晚上之后,他和她几乎每天晚上都幽会,起初在大沟边里,后来转移到田野里,躲在郁葱的庄稼地里,看着圆的月亮和缺的月亮在有云的天空中游走,庄稼叶子上像涂了银粉,虫鸣唧唧,一滴滴凉凉的露水从庄稼叶上滚下,润滋着干渴的土地。她哭,他笑,他哭,她笑,爱情之火使两个年轻人形容枯槁,但那眼睛,却像烫人的炭火一样闪烁着。金菊受到了严厉的斥骂,高马也接到了方四叔托人传过来的话:"告诉高马,俺家和他近日无仇,远日无冤,别干拆散人家婚姻的缺德事!"——金菊闪进门来,急急忙忙像一阵风,躲躲闪闪往身后看着,好像背后有人追着。

高马迎着她。扶她在炕沿上坐着。她哆嗦着问:"不会有人来吧?"

"不会。"高马倒了一黑碗开水给她,她接了,用嘴唇沾了沾碗沿,就把黑碗放在桌子上,高马说:"不会有人来,你别怕——有人来也不怕,我们是光明正大的。"

"我带来了。"金菊说着,从衣兜里摸出一张叠着的红纸,扔在桌子上。她的身体一歪就趴在了炕上，脸埋在臂弯里，呜呜地哭起来。

高马轻轻地拍着她的背，劝她，劝也无效，便从桌上拾起那张纸，一折一折剥开，见红纸上写着数十个黑字：

公元一千九百八十五年六月初十日黄道吉日刘家庆长孙刘胜利与方云秋之女方金菊、曹金柱次女曹文玲与方云秋长子方一君、刘家庆次孙女刘兰兰与曹金柱长子曹文订立婚约三家永结秦晋之好河干海枯不得悔约。立约人刘家庆、方云秋、曹金柱。

还有三个乌黑的大指印按在那三个立约人的名字上。

高马把婚约折叠后，装进兜里。他拉开抽屉，翻出一本小册子，说："金菊，你不要哭，听我给你念念《婚姻法》。第三条：'禁止包办、买卖婚姻和其他干涉婚姻自由的行为。'第四条：'结婚必须男女双方完全自愿，不许任何一方对他方加以强迫或任何第三者加以干涉。'这是国家的法律，比这张破纸管用，你根本不要发愁。"

金菊从炕上坐起来，撩起衣襟擦着眼说："我不敢对俺爹俺娘开口……"

高马说："这有什么为难的？你就说，爹，娘，我看不中刘胜利，不愿意嫁给他。"

"你说得倒轻松！你有本事你去说说看！"

"你以为我不敢去说！"高马怒冲冲地说，"今天晚上我就去说，你爹和你哥还敢打我不成！"

晚上，天上有云，没有风，闷热，高马胡乱吃了几口剩饭，走到房后沙堤上站着，心里突然感到十分空虚。太阳正在下落，像半块红瓤的西瓜，天边的碎云和槐柳的梢头都涂上一层红，微风也无，炊烟袅袅上升,像根根直柱,到了很高的地方才扩散开,混合成一团。他犹豫着,去金菊家还是不去金菊家?去了怎么开口?方家兄弟那恶狠狠的黑脸在他眼前浮动着,金菊的泪眼在他眼前浮动着。他走下沙堤,沿着胡同往南走,平日很长的胡同这时变得很短,好像几步就跨到了头,他心里希望这胡同长一点,尽量长一点。

站在金菊家门前,他立着,心里更加空虚,几次抬起手又都放下来。黄昏时分,高直楞家的鹦鹉们叫疯了,好像它们在为他鸣叫。那匹枣红小马驹在打麦场上跑着,马脖子下新拴了个小铃铛,丁丁当当地响着,远处传来了老马的嘶鸣,枣红马驹像箭一般跑走,留下一串铃声在场上回旋。

他咬住牙关,头眩晕着,敲响了方家的大门。

开门的是金菊的二哥方一相,一个愣头愣脑的小伙子。他恶狠狠地看着高马,问:"是你?干什么?"

高马对他笑笑,说:"来耍耍。"他绕过方一相,往院子深处走。方家的人正在院子里围着桌子吃饭,没有点灯,桌子周围黑咕隆咚的,看不清桌上摆着什么饭食。高马走上前去,心里毕竟有点怯,问道:"四叔、四婶,才吃饭?"

四叔用鼻子哼了一声,四婶不冷不热地说:"才吃,你吃了?"

高马说吃了。这时四婶恶声恶气地吩咐金菊点灯。

四叔更恶地说:"点什么灯!还能吃到鼻子里去?"

金菊进了屋,点亮罩子灯端出来,放在饭桌中央。

高马看到桌子上摆一个柳条笸箩,笸箩里放着一摞单饼,一碗酱。一把蒜薹,凌乱地摆在桌子上。

"你不吃点了?"四婶问。

"吃饱了。"高马回答。他看到金菊低着头,呆坐着,不吃不喝。

方一君和方一相则每人揭了一张单饼,抹涂上酱,放上蒜薹,卷成一个筒,双手抖着,咔嚓咔嚓吃起来,两张脸上都凸起一条条肌肉。方四叔叼着旱烟袋,吧嗒吧嗒抽烟,两只冷眼斜看着高马。

四婶瞪着眼,冲着金菊嚷:"你不吃了?呆坐着干什么?要修炼神仙?"

金菊说:"我不饥。"

四叔说:"你那点鬼心眼子我知道,连门都没有。"

金菊看看高马,大声说:"我不愿意,我不嫁给刘胜利。"

"反了你啦,杂种!"四叔用烟袋锅子敲着饭桌,骂。

"你要嫁给谁?"四婶问。

"高马!"金菊说。

高马站起来,说:"四叔,四婶,《婚姻法》规定——"

一语未了,就听到四叔高叫:"给我打这个杂种!欺负到门上来了!"

方家兄弟扔下单饼,抄起腚下的小板凳,扑上来,对着高马没鼻子没脸地砍起来。板凳砍在肉上,嘎唧嘎唧响。高马招架着,说:"打人犯法!打人犯法!"

方一君说:"打死你也犯不了法。"

金菊哭着说:"高马,你快跑吧!"

高马头上流着血说:"你们打吧,我不会告你们,我和金菊的事,你们是挡不住的。"

四婶隔着桌子,抡起一根擀饼杖,戳着金菊的额头,骂:"你这个不要脸的东西,把你娘气死了!"

四叔高声骂道:"高马,我肏你祖宗!我把她打死,也不会让她给你做老婆。"

高马擦了一把流到眉毛上的血,说:"四叔,你们打我,我情愿挨着,要是敢打金菊,我就去告你们。"

四叔抡起烟袋锅子,敲在金菊头上。金菊噢了一声,歪倒在地上。

"告去吧,高马!"四叔说。

高马欲扑上去扶金菊,方一相一板凳就把他砸倒了。

等到高马清醒过来,发现自己躺在胡同里。一个毛茸茸的东西在自己面前站着,是那匹枣红马驹。几颗星在云层里闪烁着可怜的光芒。高直楞家的鹦鹉们喳喳地叫着。他把一只手举起来,终于触到了小马驹光滑得像绸缎一样的脖子。马驹用嘴巴蹭了他的手背,脖子上的铜铃铛清脆地响着。

挨打后的第二天,高马到了乡政府,找到乡政府的民政助理员。

民政助理喝得醉醺醺的,坐在一张破沙发上,呼噜呼噜地喝着茶,看到高马进来,也不打招呼,只用那两只迷迷糊糊的大眼珠子瞪了高马一眼。

高马说:"杨助理,方云秋破坏婚姻法,强迫女儿嫁给刘胜利,金菊不从,被他用烟袋锅子敲破了头。"

民政助理把茶杯蹾在沙发旁的方桌上,冷笑一声:"高马,金菊是你的什么人?"

高马吭哧了半天,说:"她是我的对象。"

"我只知道方金菊是刘胜利的对象。"民政助理说。

"那是强迫的,金菊并不同意。"

"那也用不着你来告啊!"民政助理说,"方金菊来告我就管。"

"她爹把她关起来了。"

"去去去,"民政助理挥着手,好像轰赶苍蝇,"我没工夫跟你叨叨。"

高马还想争辩，一个佝偻着腰的中年人闪了进来，这人面色苍白，嘴唇青紫，好像大病初愈。

高马闪到一边，看到那人从一个黑革包里摸出了一瓶酒，一筒鱼罐头，放在桌子上，说："八舅，听说方家闹了乱子？"

民政助理不搭他外甥的话，走到高马跟前，用手指着高马的头，笑嘻嘻地问："你的头是怎么啦？"

高马头上的伤口一阵发紧，痛疼被唤起，脑袋木木的，耳朵里嗡嗡响，他说——他听到自己的声音变得又尖又细，像个娘儿们——"摔倒了，磕的。"

"是被人家打的吧？"民政助理微笑着说。

"不是。"高马说。

"方家兄弟是两个屎蛋！"民政助理收起微笑，换了一张恶脸，狠狠地说，"要是我，就打断你的狗腿，让你爬回家去！"

民政助理的唾沫星子喷了高马一脸。高马抬手抹脸，民政助理一膀子就把他扛出了门口，然后"砰"一声，关上了门。高马在水泥台阶上跳跃着，挥舞着胳膊，维持着身体平衡，没有跌倒。他扶着墙壁，头晕目眩，天旋地转，良久，眩晕稍缓。他抬头看着那扇绿门，像一团浆糊般错乱的脑袋里慢慢闪开了一条缝，他用力扩大着这缝隙，用力，用力……耳朵里嗡一声响，缝隙合拢，身外的一切都好像有形无体，一股温暖的液体从头盖里往下滑，滑，集中到两个鼻腔，滑，滑，他控制，控制不住，液体从鼻腔里喷出来，流到了嘴里，腥腥咸咸的，他一低头，红色的血就滴滴答答地落在了苍白的水泥台阶上。

四

高马躺在炕上，昏昏沉沉，不知过了多少时间，他已记不清是怎样从乡政府大院回到家里,只记得那些鲜红的鼻血无声无息地滴落在白色水泥台阶上的情景……圆的血珠滴到白台阶上,跌破,溅起……红的血珠像小樱桃一样落在台阶上,跌破,溅起……那个中年的瘦弱男人在那扇绿门里咕咕噜噜地诉说什么,声音显得非常遥远。起初,他甚至有些快慰地看着血珠在台阶上跌破、溅起的美景。血珠成了串,全身的热都汇集在一起,从鼻腔里往外奔涌,水泥台阶上已凝集了一大摊血。在血的腥甜味里,他的舌尖触到了冰凉的嘴唇,脑子里又裂开了一条缝,枣红马驹在乡政府院子里那片盛开着黄花的葵花地里,用两只水晶般的亮眼望着他。他吃了一惊,跌跌撞撞地往那里走。葵花的脸都旋转过来,忧郁地望着他。温暖的忧郁。这里阳光灿烂。他扶着一棵葵花生满硬芒的粗茎,他感觉到了葵花沉重的头颅在他头上颤动。他想仰脸看它时,阳光像针尖一样刺痛了他的眼睛。他撕下一片葵花叶子,揉成两团,堵住了鼻孔。热血在鼻腔里淤积着,头发涨,一股腥咸在口腔里散开,他知道血倒流进了喉咙。七窍相通。

他很想用拳头打碎那扇绿门,但没有了力气。他后来猜想:乡政府大院里的五十多个人——当官的、打杂的、管水利的、管妇女的、管避孕的、管收税的、管通讯报道的、喝酒的、吃肉的、喝茶的、抽烟的——五十多个人,都悠闲地看着他晃晃荡荡的,像一根草,像一条被打伤的狗,走出了乡政府的大院。他扶着大门的水泥门垛喘息着,把满手的血抹在一块写着白底红字的大木牌子上。正当他抹着血的时候,看守大门的一个穿花格子衬衫的小青年,从背后踢了他一脚。他恍恍惚惚地听到花格子衬衫在骂:

"混蛋!你把狗血抹到哪里?混蛋!这是抹你狗血的地方吗?"

他倒退了一步,看看那长木牌上的一溜红字,心里怒火燃烧,明知道自己确实不该把血抹在这木牌上，但心里依然怒火燃烧。他饱含着一口血唾沫，对着那花格子啐去。花格子身体矫健，动作敏捷，好像练过武功——他轻轻一跳，就避开了。

花格子衬衫逼上来。

他又饱含了一口唾沫，瞄准了那张瘦小的脸。

一个威严的声音在乡政府大院里升起：

"李铁，你干什么？"

他看到花格子衬衫温顺地垂着胳膊。

他把血唾沫吐在地上，不理花格子衬衫，往前走去。通往县城的柏油马路放着蓝光横在眼前，路边上卖西瓜的老头的眼睛像磷火一样闪烁着。

他在过路沟时滑倒了，在生满葛萝蔓子的沟底上，他望着低矮的沟坡，心里发着愁，他知道他不能像人一样立着走上去，只能像狗一样手脚着地爬上去。

后来就像狗一样地爬上去了。爬行过程漫长而艰难，沉重的头颅好像要自行脱落，滚到沟底下去。茅草的锥儿扎着他的手，背上仿佛被射进了无数的毒刺。

爬上沟坡，直起腰，为了那些毒刺愤怒地回头，却看到花格子衬衫提着水桶，拿着抹布，蘸着水擦洗他抹到木牌上的鲜血。柏油路边卖西瓜的老头背对着他。他回忆着卖西瓜老头磷火般的眼睛，懵懵懂懂中，听到一声高亢凄凉的叫卖声：

"西瓜——沙瓤的西瓜——"

卖西瓜老人一声高叫，把他的心都叫痛了。这时，他最希望回家，回家躺在炕上，一动也不动，像死去一样……

房门响了，他想坐起来，头沉得动不了，努力睁开眼，看见邻居于秋水的妻子站在炕前,正怜悯地看着他。

"大兄弟,好些了吧?"他听到她问。

他想张嘴,一股酸水冲上来,把喉咙和鼻子都堵住了,他听到她说:

"高马,你发了三天昏,把人都快吓死了。你闭着眼叫:'小孩,小孩,一群小孩在墙上。'你还说:'马驹!小马驹!'你于大哥叫来桂枝,给你打了两针。这些,你都不知道吗?"

他挣扎着坐起来,于家嫂子拉过一条脏被子让他靠着。看着她的脸,他知道她什么都知道了。

"谢谢你和大哥了,嫂子……"他的眼泪流下来。

于家嫂子说:"哎,兄弟,算了吧,别痴了,你和金菊的事,笃定成不了的。好好养伤,等几天,我回俺娘家村里去看看,帮你找个不比金菊差的嫚。"

"金菊怎么样了?"他着急地问。

"听说天天在家挨打呢。方家一出事,曹家和刘家也慌了,这几天都来帮着说话呢!其实,强扭的瓜不甜,金菊这辈子也不会有好日子过。"

他冲动起来,手忙脚乱要下炕,被于家嫂子按住了。

"你要干什么?"

"我找金菊去!"

"你去找死啊!曹、刘两家都有人在,你去了,他们合起伙来不打死你才怪了。"

"我……我把他们全杀了!"他挥舞着拳头,尖利地喊着。

"你别犯傻,兄弟!"于家嫂子严肃地说,"什么时候也不许起这样的念头,再说,杀了他们,你也要挨枪毙。"

他疲乏地仰倒在炕上,呜呜咽咽地哭着,泪水沿着肮脏的脸往耳朵里流。

"反正……反正是我也活够了……"

"至于吗?天无绝人之路,只要你和金菊铁了心,爱谁阻拦也不中用,捆绑不成夫妻,毕竟是新社会,总能找到个说理的地方。"

"嫂子,烦你给金菊带个话去……"

"这几天正在火头上,不行。你沉住气,好好养伤,熬过这一阵。"

第三章

> 乡亲们种蒜薹发家致富
> 惹恼了一大群红眼虎狼
> 收税的派捐的成群结队
> 欺压得众百姓哭爹叫娘

——1987年5月,瞎子张扣行走在县城青石大街上演唱歌谣片断。

一

两个警察垂头丧气地从槐树林里钻出来,都是浑身脏污,右手提着瓦蓝的手枪,左手拿着又圆又大的帽子,往脸上扇着热风。结巴警察的腿已经看不出瘸了,绿裤子被铁锅剀开了一个大口子,忽忽打打的,像耷拉着一块死皮。两个警察绕着树,走到了高羊面前。他们都留着小平头,结巴警察的头发乌黑,头颅像个圆圆的排球,另一位警察头发浅黄,前额凸出,后脑也凸出,像一个腰鼓形状。高羊脖子歪着,看到瞎眼女儿杏花手持竹竿,敲打着左右前后的槐树,在高马家房后那一片槐树林里摸索着,旋转着,哭叫着"爹——爹——我的爹——"像一匹陷在淤泥里的小马。

"真他妈的,你怎么搞的?"结巴警察说,"竟让他跑了。"

"你的动作稍微快一点,把他那只手就铐起来了!"腰鼓头警察说,"两只手都铐起来,他还能跑了?"

"都是这小子!"结巴警察把帽子扣在头上,腾出手来,好像抚摸一样,对准高羊的光头,扇了一巴掌。

爹——爹——你怎么不答应……女孩呜呜地哭着,用竹竿敲打着槐树,用手摸着槐树,槐树撞上她的头颅。她留着一个男孩子一样的小分头……双眼一团漆黑……营养不良的脸黄里透着白,像发了热的蒜薹……她赤裸着上身,穿一条鲜红的小裤头,裤头的松紧带已经失去弹性,裤头松松地挂在胯骨上……她穿着一双断了带的红色塑料凉鞋……爹——爹——你怎么不答应——那一片槐树林,像一团黑森森的乌云,女孩的红裤头在乌云中显出刺目的感觉。高羊早就想大声呼叫,但喉咙紧锁,不能出声。我没哭,我没哭……

结巴警察又在高羊的光头上扇了一巴掌,高羊浑然不觉。警察看到他狂怒地扭动身体,听到他吭哧吭哧地喘着闷气,闻到他身上的半透明的黏稠汗水里,有一股特别的、令人胆寒的味道。这是一股苦艾般的味道。两个警察搧动着鼻翼,嗅着那味道,脸上都显出痴痴呆呆的神情。

爹——爹——你怎么不答应——

小弟弟,小妹妹,快把手伸给我,唱个歌,跳个舞,转个圈儿很容易……杏花手扶竹竿,站在街上——后来移到铁栅栏门前,一手扶着竹竿,一手把住铁栅栏,听着小学校里的孩子们在一个女教师的率领下跳舞歌唱。校园里一片片菊花,盛开着。他伸手捏住她的胳膊,把她牵回家去。她晃着身体抗拒着。他愤怒地吼了一声,又踢了她一脚……他发不出声,焦急地啃着槐树的皮……好爸爸,好妈妈,快用手拉住我,唱个歌,跳个舞,跳个高儿很容易……槐树皮磨破了他的嘴唇,血涂在槐树皮上。他丝毫不感觉到痛。苦涩的槐树汁液和着口水进入喉咙。一阵奇异的清凉感在喉部发生,他的喉咙松弛,痉挛解除,他小心翼翼地,生怕再丢失了说话的能力——杏花——爹在这里——一句话出口,泪水就满了脸。

"怎么办?"结巴警察问。

"回去呗,"腰鼓头警察说,"回去发通缉令,跑不了他!"

"那个村主任呢?"

"早溜号了。刁民泼妇。"

"爹——我走不出去了,你快来把我领出去……"

杏花在槐树林里团团旋转着,那一点鲜红令他心痛欲裂。他想起不久前还用脚踢过那一点鲜红,那鲜红的小屁股,其实并不是她的错。她被踢倒在院子里,一只手像鸡爪子样叉开,按着一摊酱色的薄鸡屎。她爬起来,身体缩着,往墙角上退。后来她靠在了墙角上,嘴巴扭着,却不敢哭出声。他现在记起来了:她的一团漆黑的双眼里,汪着两大朵泪花。他感到极度的愧疚,便把头拼命往槐树上撞着,一边闯一边尖叫:

"放开我——放开我——"

腰鼓头警察抱住了他的头,不许他再往槐树上撞。结巴警察转到槐树前,替他开镣铐,隔着树,结巴警察说:

"高、高羊,你老实点。"

与树一分开,高羊拼命挣扎,拳打脚踢带嘴咬,结巴警察脸上被他用指甲剐出三道血口子。正当他挣脱了腰鼓头的搂抱,欲向那一点鲜红跑去时,眼前金光一闪——紧接着又是绿光交叉飞舞,他恍惚地看到结巴警察把一个喷吐着绿色火焰的东西触到自己胸脯上。似有一万根针同时扎在了身上。他哀号一声,晃两晃,栽到地上。

等他醒来时,发现手铐又亮晶晶地箍在手脖子上。它深陷进皮里,好像把根扎到骨头上。他的头脑沉重,什么事也记不清楚。结巴警察把那个物件晃了晃,威严地说:

"好好走,少给我调皮捣蛋!"

二

他跟随着腰鼓头警察,乖乖地爬上沙堤走进沙滩上的柳林,穿过柳林,又跋涉在河床上。细沙陷过脚踝,烫着脚面和脚上的伤处。他一瘸一拐,背后跟着结巴警察。那个厉害的家什就握在结巴警察的手里。在柳林里,杏花的哭叫声拉转了他的脖子,结巴警察把那家什往他背上一触,一阵凉气直贯脑门,他把脖子缩起来,满身都是鸡皮疙瘩。他等待着忍受那滚雷般的剧痛袭来,却听到身后一声厉喝:

"好好走!"

走着,渐渐把女儿的哭叫声忘却,全部心思用来想象结巴警察手里物体的形状。最后断定:这就是听人说起的电棒子,电棒子的开关一定在结巴警察的大拇指下,只要他一按,电棒子就放电。

越想越感到背后凉气逼人,仿佛连脊梁骨里的骨髓都哆嗦。

又穿过一片柳林。又过了一道沙堤。走五十米开阔地。过一条柏油马路。警察把他押进乡政府大院。乡公安派出所的朱胡子跑出来,迎着结巴警察和腰鼓头警察,连声道辛苦。

高羊见到熟人,心存一线希望,问:

"老朱,他们要把我抓到哪里去?"

"让你去个吃饭不收粮票的地方。"老朱嬉笑着回答。

"您给说说情,让他们放了我吧,俺老婆刚坐了月子。"

"你娘坐月子也不行,国法无情!"

高羊沮丧地垂下了头。

"小郭和老郑他们回来了没有?"腰鼓头问。

"小郭回来了,老郑还没回来。"老朱说。

"犯人关在哪里?"腰鼓头又问。

"关在办公室里。"老朱说着,头前带路,两个警察押着高羊跟在后边。

高羊被推进派出所办公室,看到一个马脸的青年戴着手铐蜷坐在墙角上。那青年一定吃了不少苦头,高羊看到他左眼肿得只剩下一条缝,围着眼一圈青红皂白。那一线眼缝里射出的光芒冷冰冰的,睁大的右眼却流露出一种绝望的、可怜巴巴的神情。两个年轻的漂亮警察坐在一张板条长椅上抽烟。

他被一把推到墙角上,与马脸青年靠在一起,两人互相打量着,马脸青年撇着嘴,意味深长地点了点头。他感到这个青年十分面熟,便用力回忆着,却怎么都想不起来。他悲哀地想:毁了,我的脑子被电毁了!

他听到四个警察在议论着:这小子够淘气的,只好先放倒再说,天大的奇事,他绝缘——高马这小子跳墙跑了——你们两个笨蛋——回去发通缉令吧——老郑和宋安妮活儿最轻省,怎么还不回来——那老婆子有两个儿子——老郑和宋安妮来了。

他听到了一个女人悠扬极了的哭声。他看到屋里所有的人都听到了哭声。那个姓郭的青年警察把烟头扔在地上,用脚搓碎,鄙夷地说:"女人就是不行,哭天抹泪的,烦人!"他用下巴指指那个马脸青年,又说:"看我们这条好汉,刀架在脖子上也不会掉一滴泪。"

马脸青年突然大声说——竟然也是结巴:

"哭、哭,哭给你们看?"

警察们愣了,突然又大笑起来,腰鼓头警察对同伴说:

"老孔、孔,抓了你的兄弟来来来了!"

结巴警察有些恼怒,说:

"去、去,去你娘的,老腰!"

马脸青年的口吃使高羊猛然省悟,逝去的记忆像流水般注入脑袋:终于想起来了,这个马脸青年就是那位把县长办公桌子上的电话机砸得粉碎的"愣头青"。

一男一女两个警察把一个披头散发的老女人推进来。老女人一腚坐在地上,双手拍打着地面,哭着,叫着:

"天哪——我的天——活不下去了啊我的个老天——老头子啊你好狠心一个人撇下我就走了你显神显灵把我叫了去吧我的天——"

女警察有二十出头年纪,留着短发,大眼睛,长睫毛,挺俊,一个鹅蛋脸热得红彤彤的,她大叫一声:

"别哭!"

女警察横眉竖目的样子把高羊吓得够呛,他可从来没想到女人会这样厉害。她穿着一双棕红色的皮鞋,鞋头尖尖的,跟儿高高的,腰里也扎着一根皮带,皮带上也挂着一把手枪。

高羊和马脸青年好奇地看着女警察。她似乎不高兴,斜着眼盯着他们。高羊赶快低下头去。等他抬起头时,女警察已经把一副墨晶眼镜架在了鼻梁上,遮住了眼睛。她踢了老女人一脚,说:

"还哭,老刁婆子,老反革命!"

老女人挨踢,尖哭一声:

"哎哟——狠心的大嫚——你把俺的腚踢破了——"

青年警察掩口而笑,逗乐道:

"小宋,把腚都给人家踢破了!"

女警察的双耳发红,对着逗乐者啐了一口。

老女人还在哭,老朱说:

"方大婶子,别号了,能做就能当,哭有什么用!"

"再哭把你的嘴缝死!"女警察威胁道。

老女人仰起脸,疯子般尖叫着:

"缝死吧!你这个'劈叉'子,年纪轻轻就这么狠,等以后生个孩子也没腚眼!"

警察们大笑起来。女警察又要去踢那老女人,被老郑拦住了。

高羊早就认出了,这个大哭大闹的女人是方四婶。

四婶想抬手擦脸上的泪,抬手时才知道手被铐住了,看着那亮晶晶的铐子,她又号哭起来。

老朱说:"同志们辛苦了,吃饭吧!"

附近的个体户饭店里那个专管送酒菜的小伙子一手提着大食盒,一手提着一捆啤酒,自行车大撒着把,飞一般骑到派出所门口,一脚踩住车闸,提着食盒和酒跳下来。

"真好车技!"老郑说。

"天天送,练出来啦!"老朱说。

小伙子提着食盒进来,老朱不高兴地问:

"怎么才来?"

小伙子说:"喝酒的太多了,光你们乡里就是五桌,供销社一桌,银行一桌,医院一桌,光乡直部门就够我送的了,还有下边村里。"

"发了大财啦!"老朱说。

"掌柜的发财,我一个跑腿的,死活都是这么几个钱。"小伙子揭开食盒,高羊看到满食盒的鸡鸭鱼肉,闻到扑鼻的香气,馋得直咽唾沫。

老朱说:"伙计,先盖上,等我把屋子先拾掇拾掇。"

"你快点,我还要去北村王支书家送,来了好几次电话催了!"小伙子说。

老郑说:"把犯人找个空屋关起来。"

老朱说:"哪有空屋?"

结巴警察说:"把他、他们关到车上!"

"跑了找谁?"

腰鼓头说:"把他们锁到树上,正好树下有阴凉。"

年轻警察说:"都起来!"

高羊最先站起来,马脸青年也随着站起来,方四婶坐在地上哭着:"我不起来,我死也要死在屋里——"

老郑说:"方孙氏,你要是继续放刁,可别怪我不客气啦!"

四婶叫着:"不客气你能怎么着?你还敢打死我?"

"不敢打死你,但你拒绝服从命令,捣乱破坏,妨碍我们执行公务,"老郑冷笑一声说,"我有权对你采取强制性措施。你大概还不知道电棒子的滋味吧?你那个二儿子知道。"

老郑从腰里摘下高压电棒,在手里舞弄着,说:

"我数一二三,数到三你要是还不站起来,我就叫你尝尝滋味。"

"一——!"

"你电吧!电吧!畜生!"

"二——!"

"你电吧!"

"三——!"老郑喊着,同时把电棒对准四婶的脸,四婶怪叫一声,就地打了一个滚,双手按地,飞快地爬起来。

众警察都笑起来。

姓郭的年轻警察指着马脸青年说:

"这小子绝缘,高压电棒触到身上,连感觉都没有!"

"可能吗?"老郑说。

"你不信就试试。"小郭说。

老郑把电棒子揿了一下,电棒子头上噼噼地喷射着绿色的火花。

"我不信!"老郑把电棒子触到马脸青年的脖子上。

马脸青年脸上挂着轻蔑的微笑,端坐不动。

"哟,真是怪事!"老郑喊,"是不是电棒出毛病啦?"

小郭说:"你自己试试嘛!"

"这怎么可能呢?"老郑把电棒子往自己手脖上一触。他干叫一声扔了电棒子,抱着头坐在地上。

警察们哈哈大笑起来。

小郭说:"老郑,这叫以身试法。"

结巴警察押着高羊,马脸青年被青年警察押着,老郑和女警察拖着方四婶,走了约有五十步,是乡政府大院正中的一条宽路,这条路与那条直通县城的柏油马路相接,路边长着十几株碗口粗细的钻天白杨树。

警察们打开犯人的铐子,把他们的双臂剪在背后,猛地往后一拖,让他们背靠杨树,双臂拉到树后,再用铐子锁住双手。高羊听到四婶叫苦连天:

"哎哟——天哪——把俺的胳膊别断啦——"

结巴警察眨眨眼,对女警察宋安妮说:

"万、万、万无一失。"

宋安妮张嘴打了一个很长的哈欠。

警察们拥到屋里喝啤酒去了。三个犯人起初是靠树站着,一会儿,就慢慢罗锅,坐在了树根,双臂别在背后,紧紧地夹着树干。

三

他们被锁在树上时,树下还有些稀疏的阴凉。一会儿,阴凉转到了东边,西斜的太阳曝晒着他们的头皮。

高羊眼前一阵阵发黑,胳膊好像不存在了,只有火辣辣的感觉在肩上挂着。他听到右边那个马脸青年哇哇地呕吐着,虽然自己本命不顾,但还是歪头去看。

马脸青年低垂着头,脖子往前伸,两块肩胛骨高高竖起,胸肋剧烈地起伏着。地上,有他呕吐出的一摊黏黏糊糊的东西,红的、白的、绿的,一群群红头苍蝇从厕所里飞来,麇集在上面。高羊赶忙扭回头,他的肠胃翻搅着,哇的一声,嘴巴张开,吐出了一股黄水。他好久不敢去看马脸青年,心里却在想:那些呕吐物里,红的是西红柿,白的是馒头,绿的是蒜薹。能吃这样的东西,看样子日子过得很好。他还想起,方才歪头时看到,马脸青年手脖子上戴着一块很大很厚的手表,能戴得起手表,绝对不是一般的人物,最起码也是个乡村教师,或是村子里的干部。像他这样的人,怎么会和一群农民搅和在一起,去干那些粗野的事情呢?

左侧的四婶起初大哭大叫,吵得人心烦,但哭叫很快就变成了呻吟,再一会儿,连呻吟也听不到了。四婶死了?高羊被自己的想法吓了一跳,急忙歪头去看。四婶没死,呼呼地喘着气,双臂拉得很直。如果不是有双臂拉住她的身体,如果不是手铐拉住她的双臂,她早就扎到地上去了。四婶的一只鞋脱掉了,一只尖尖的黑脚伸在一边,一群蚂蚁在那脚上爬。四婶的头没触到地,但她的像乱麻一样的白发垂在了地上。

我没哭!高羊对自己重复着,我没哭。

他强打着精神站起来,脊背尽量往后靠,想让反剪的胳膊轻松一下。女警察宋安妮过来转了一下,她摘了帽子,挺着一头黑油油的头发,但还戴着墨镜,嘴唇上油汪汪的。她用花手绢擦着嘴唇,看到马脸青年的呕吐物,就用手绢捂住了嘴,瓮声瓮气地说:

"你们都没事吧?"

高羊不想说话。四婶一声不吭。马脸青年却顽强地说:

"肏、肏、肏你娘,都、都没事!"

高羊很害怕马脸青年挨打,便转脸去看着他。女警察没有打马脸青年,边往回走边捂着嘴说:

"小子,不怕你嘴硬,还有好果子等着你吃呢!"

高羊挣扎着说:"兄弟——少说两句吧——好汉不吃眼前亏——"

马脸青年咧嘴笑了。高羊看到他的脸苍白得跟封窗纸一样。都这样了,还笑。高羊心中对马脸青年好生佩服。

女警察又带着老朱和老郑回来。老朱提着一个空水桶,老郑提着三个空啤酒瓶子,女警察握着一把水舀子。

三个警察走到水龙头前。老朱扭开水龙头,往桶里放水。水柱很急很硬,雪白的颜色,打得铁皮桶咣咣地响。水桶满了,水花溅出来。老朱提开水桶,却不关水龙头,水柱直泻到碎砖烂瓦上,新鲜的水味弥散开。高羊用力吸着清凉的水气,好像肚子里有个怪物在替他喊叫:

"水——政府——行行好——给口水喝——"

老郑把啤酒瓶子触到水柱里,瓶口立即涌出泡沫。老郑灌满三个瓶子,提着走过来,先问高羊:

"喝水吗?"

高羊用最大的力量点着头,表示着对水的渴望。嗅着水的气味,看着老郑厚墩墩的脸,他感动得只想哭。

老郑握着瓶子底,把瓶嘴戳到高羊嘴里。

他迫不及待地咬住瓶嘴,猛力一吸,一大口水进入喉咙也进入气管。他噢噢地喘息着,连白眼珠子都翻出来了。老郑扔下酒瓶,转到一侧,捶打着他的项窝。

一股水从他的鼻子、嘴里喷了出来。

"急什么?慢点喝!"老郑说,"水多着呢,够你喝的。"

他一连喝了三瓶水,还是感到渴,喉咙里像有火苗燃烧,但老郑的脸上分明已有不愉快的神色,便不敢再要了。

马脸青年也站了起来,老朱侍候他喝水。高羊眼馋地看着马脸青年一口气喝干了五瓶。他不高兴地想:比我多喝了两瓶。四婶大概昏了,女警察用水舀子舀着水往她头上浇着。那些水浇到她身上时是清亮的,流到地下时就是浑浊的了。

四婶穿着一件用蚊帐布缝成的半袖小褂,长久不换洗,白色蚊帐布早失去了本色,着水一浇,竟发了一些白。褂子贴在四婶的背上,显出她瘦骨嶙峋的背和两块高高支起的肩胛骨。她的头发粘在了头皮上,污水沿着发梢滴在地上,形成了闪亮的水洼。

高羊嗅着冲洗四婶的臭味,肚子里咕咕噜噜响着。他疑心四婶已经死了,正胆寒着,却见四婶的头颅慢慢地抬了起来。那颗花白的头似有千斤重,她的瘦脖子举头吃力。四婶的头发着水一浇,更显出稀疏来。他想:女人要是秃了头比男人秃了头不知要难看多少倍。

由此他突然想起自己秃头的老娘,禁不住咧嘴想哭。

秃头老娘原来也是白发飘飘,很有些神气,经了半个"文化大革命",神气半点也不剩,那飘飘的白发也被村里的贫下中农们撕扯得干干净净。这也是活该倒霉,爹是地主,娘就是地主婆,不撕她撕谁?……郭家的秋良,一个身高马大的中年人,揪住娘的头发,用力往下一按,怒骂着:老白毛,弯下腰!……当年他远远地看到的情景,又活灵活现在脑子里……他听到白发的老娘像个小女孩一样嘤嘤地哭起来……

四婶被水浇醒,缺牙的嘴扭过来扭过去,嘤嘤地哭起来,像个小女孩一样……

他的眼里沁出了咸滋滋的泪,他对自己说:

"我没哭……我没哭……"

"喝水吗?"他听到女警察很和气地问四婶,四婶只哭不说话,她的嗓音沙哑,又尖又细,绝没有了适才号哭时的洪亮和清脆。

"砸玻璃时的本事呢?烧县长办公室时的本事呢?"女警察把一舀子凉水很快地浇到四婶头上,便不再管她,提着水桶走到高羊面前。被墨晶眼镜遮掩着,高羊看不到她的眼,只见她的双唇紧闭,抿成了一道线。高羊不禁颤抖起来,他油然想到了一条被刮净了毛的猪。女警察放下水桶,也不说话,盛起一舀子水,泼在高羊胸膛上。他下意识地耸肩缩颈,嘴里发出怪声。女警察咧嘴一笑,两排白牙晶亮,十分整齐,十分漂亮。她又盛了一舀子水浇到他头上。有了精神准备,他不再颤抖,凉水从头顶四散下流,流到背上、胸上,渐下渐缓,在腿上冲出一些灰道道。他精神振奋,头脑空前清醒,似乎这凉水灌顶是他平生享受到的最大幸福。他感激地望着女警察美丽的嘴。

女警察只浇了他两舀子,便提着桶移到马脸青年面前。马脸青年面色苍白,肿着一只眼,睁着一只眼,嘴角翘着,对着女警察冷笑。她似乎受了侮辱,端起一舀子水,用尽全力泼到那张苍白的长脸上。马脸青年竟然也是耸肩缩颈,样子十分不好看。

"怎么样啊?"女警察狠狠地、咬着牙根问。

马脸青年晃晃脑袋,依然冷笑着说:

"好凉快!好舒服!"

女警察很快地舀水,没鼻子没脸地泼着马脸青年,嘴里嘈嘈杂杂地嚷着:

"叫你凉快!叫你舒服!"

"好凉快好舒服好凉快好舒服……"马脸青年扭着腰,踢着腿,晃动着脑袋,尖利地高叫着。

女警察把水舀子扔到一边,搬起水桶,把剩余的水猛泼到马脸青年头上。她好像还不解恨,又把水桶的边沿放在马脸青年头上磕打了几下,似乎要把水桶里残存的水珠控干净。

她扔掉水桶,卡腰站着,胸脯一起一伏,喘息着。

高羊听到水桶磕打马脸青年的头颅时发出又闷又湿的嘎唧声,感到牙碜。

马脸青年把长长的头靠在树干上,咻咻地喘气。他的脸突然间全部肿胀起来,变成了酱的颜色——高羊听到他肚里呼噜噜响着——脖子尽量抻出,颈上青筋暴跳,嘴巴欲闭还张,欲闭还张,突然大张开,一股污浊的水柱喷出来,女警察躲闪不迭,被污水喷湿了胸脯。

她嗷嗷地叫着,跳着。

马脸青年哇哇地呕吐着,顾不上看女警察的胸脯了。

老郑抬腕看看表,说:

"行喽小宋,快吃饭去,吃了饭赶回去交差。"

老朱提起水桶和舀子,跟在老郑和宋安妮身后。

四

高羊听到老朱在办公室里打电话催饭店快来送饺子,顿时感到一阵恶心。他紧紧咬住牙关,生怕把好不容易喝下去的三啤酒瓶子水呕出来。

马脸青年还在那儿呕吐,但肚里已无东西可吐。看到他嘴角上挂着的血丝和涎线,高羊不由得可怜起来这个嘴硬的小伙子。

太阳西斜,光线已不如刚才那般毒辣,加上肢体已麻木,所以,他的心里感觉很好。后来又起了一阵风,凉飕飕地吹过,吹得炎阳曝晒过又被凉水浇灌过的脑袋瓜子有点发木发涨,但心里的感觉还是不错。他甚至产生了说话的愿望。马脸青年的干呕令他很不愉快。他歪着头,劝道:

"伙计,你非要呕吗? 忍着点嘛。"

马脸青年还是一声紧似一声地干呕着,并不回答他的话。

乡政府大院的尽头,停着两辆卡车和一辆蓝色的面包车,一群人正吵吵嚷嚷地往车上抬着东西,有抬箱的有抬柜的有抬桌椅板凳的,车旁站着几个人指挥着。他猜想可能有大干部搬家,直着眼看了半天,被那众多的财产撩拨得心烦意乱,便扭回头不再去看。

四婶不出声了,跪在地上,垂着头,头发披到地上,嗓子里克噜克噜响着,好像睡过去了。他的眼前又闪过"文革"初起时自己的老娘跪地挨斗的情景……他摇着头,驱赶着被马脸青年呕吐物招来的红头苍蝇……娘膝盖下垫着两块砖,双手背在身后……她把手按到地上,想减轻些痛苦,一只穿着翻毛皮鞋的大脚踩在了手上……娘叫了一声……那只手就像老鸡的爪子一样勾勾着,再也伸不直啦……

"四婶,四婶……"他轻轻地叫着。

四婶哼了一声,好像在答应。

个体户饭店里那个车技高超的小伙子又飞车而来,这次是一手扶车把一手提食盒,从两棵白杨树的缝隙里一闪而过,遗留下一股醋和大蒜的味道。

他抬眼望望太阳,太阳又下滑了一截,炽烈白光消逝,简直是有些和气温暖了。他知道那些警察同志已经开始就着醋、蒜吃饺子啦。这件小事背后好像隐藏着什么,使他惊惧不安。警察们吃完饭,就会把我从树上解下来,然后装上那台漆得通红的汽车,拉到……拉到哪里去呢? 拉到哪里去也比锁在树上好,是不是? 他询问自己,却得不到回答。后来他想死活都随便吧,"民心似铁,官法如炉",犯法就得伏法。又一阵风刮过,白杨树的叶片哗啦啦响着,远处传来驴的叫声,听到驴的叫声,他的脖颈后凉飕飕的,再也不敢回想。

一个女人挽着一个包袱蹒跚进乡政府大院。他看到她在大门口与一个小伙子争辩着什么。那小伙子拦着她不让她进院。她愣往里闯,每次都被小伙子推出去。

后来,她还是进来了。她直奔白杨树下来了。

高羊看到挺着大肚子的金菊歪歪斜斜一阵风般刮了过来。她呜呜咽咽地哭着。小包袱里包着一个圆圆的东西,好像一颗人头。走近了才看到是一颗西瓜。高羊不敢看金菊那张脸,长叹一声,低下了头。想想金菊,他觉得自己的命并不是太苦,人应该知足。

"娘——娘——"他听到金菊就在自己身旁哭着,"娘呀——我的亲娘——你怎么啦——"

我没哭……高羊对自己说,我没哭哇我没哭……

金菊跪在四婶面前,用双手捧着那颗肮脏的花白头颅,像个大嫂子、像个老娘们一样絮絮叨叨地哭着。

高羊抽着鼻子,闭上眼,用力去听远处田野上男人们使唤牲口的吆喝声。毛驴的抑扬顿挫的高叫钻进他的耳朵。他怕听毛驴的叫声。就看着金菊和四婶。

阳光黄澄澄的,照着四婶被金菊双手托起的脸。

"娘——都是女儿不好——娘,你醒醒吧——"

四婶慢慢睁开眼,白眼珠一翻,立刻又闭上了。两滴焦黄的大泪珠子从四婶眼里滚出来。

高羊看到四婶伸出生满白刺的舌头舔着金菊的额头,像老狗舔小狗,像老牛舔小犊。他有点反感,但想到四婶的双手如果不被锁在树后,绝不会用舌头舔女儿,心里的反感立刻消逝了。

金菊从包袱里解出西瓜,用拳头打破,然后,抓出红瓤来,往四婶嘴里塞着。四婶呼噜呼噜哭着,呼噜呼噜咽着,像个吃哭食的孩子。

高羊被瓜瓤勾引得肠胃痉挛,心里又产生了对这对母女的鄙夷:你也该让一让我,我也不会吃你的。

马脸青年什么时候停止了干呕?高羊只顾看金菊啦,竟然不知道。

马脸青年身体滑下来,团簇在树根上。他那颗头耷拉着,上身往前倾着,也是一个下跪磕头的姿势。

两个女人又大哭起来。吃完了西瓜,有劲哭啦!他想。又禁不住扭头去看,那个西瓜连个尖都没吃下去。金菊抱着四婶的头,哭得浑身打战。

"菊儿……苦命的孩子……娘不该打你……娘再也不管你

了……你去找高马……好好过日子去吧……"

那两辆汽车满载着家具,头重脚轻,摇摇晃晃地开过来。

警察们吃完饭,吵吵嚷嚷地走过来,高羊听着他们沉甸甸的脚步声,顿时又紧张起来。

汽车开过来了。嘎嘎吱吱地响着。车玻璃反射着金光,司机有一张通红的大脸膛。

后来发生的事到死也不能忘记。

乡政府院子路不宽,也许是司机喝多了,也怨马脸青年头长,也是他命该如此——装满家具的汽车在路过马脸青年时,车厢上露出来的一块三角铁在他的脑袋上剜了一下,裂开了一个白乎乎的大口子,白了一霎霎,就咕嘟咕嘟冒出了黑血和一些豆腐渣一样的东西。马脸青年哼了一声,身体往前一栽,头颅虽长,也没触到路上——反锁在杨树上的双臂拉住了他的身体。他的血喷在路面上,发出扑哧扑哧的声响。

警察们呆了一会儿。

老郑破口大骂红脸司机:

"肏你的妈!你这个王八蛋!怎么开车的?"

结巴警察急匆匆脱下警服,包住了马脸青年的头。

第四章

黑土里栽蒜沙土里埋姜
杨柳枝编篓蜡条儿编筐
绿蒜薹白蒜薹炒鱼炒肉
黑蒜薹烂蒜薹沤粪不壮

——蒜薹滞销时张扣对县府办公人员演唱片断。

一

四叔把滚烫的铜烟袋锅子抡起来，打在金菊头上。她听到头盖骨响了一声，一阵刺痛，一阵愤怒，一阵委屈，使她做出了与年龄不相符的动作：她一屁股坐在地上，像撒娇的女孩子一样踢蹬着脚，把饭桌上的水碗都踢翻了。她哭叫着：

"噢……你们打我……你们打我……"

"该打！"四婶恶狠狠地说，"打死你这个不正经的东西！"

"你才不正经……"金菊叫着，"你们这些土匪……"

"菊！"大哥方一君威严地说，"不许你这样对咱娘说话。"

方家两兄弟把高马打翻在地，站在灯影里，模模糊糊的身体，显得分外高大。额头上热乎乎的，金菊抬手一摸，摸到一掌血，她尖叫

了一声:

"哎哟,把我的头打破了呀……"

方一君在灯影里晃动着,他的残疾的腿使他无法不晃动,他晃动着说:

"菊,咱们做子女的,第一条就是要听爹娘的话。"

金菊啐了一口,说:

"我就不听,就不听,就不给你换老婆……"

方一相咬着牙根说:

"打得轻了!惯的!"

金菊端起一个碗扔到她二哥身上,喊着:

"打吧!土匪,你来打吧!"

"你还真疯?"四叔歪着头说。他的脸被煤油灯照着,像青铜的颜色。

"就疯!"金菊对着饭桌踢了一脚。

四叔像头老狮子一样跳起来,抢起烟袋,对着金菊的头一顿乱凿。金菊双手抱着头,哀号着,滚到一边去。

高马在方家兄弟背后,手按着地,慢慢地爬起来,嚷着:

"不许打她,你们打我。"

金菊望着高马晃晃荡荡的高大身材,心里一阵冰凉。

方家兄弟闻声回头,大哥晃荡着,二哥身体笔直。高马往前一扑,扑到篱笆上,篱笆响着,和他一起倒了。方家院子里辟出一块菜地,种了几架黄瓜。很久以后,高马回忆起他随着篱笆倒下时,感受到的愉悦和倒地时闻到的黄瓜的味道。

"快把他弄出去!"四叔说。

大哥和二哥踩着倒地的篱笆,把高马架起来,拖拖拉拉地往门外走。高马身体高大,身体沉重,压得大哥弓腰圈腿,身体矮了一大截子。

金菊在地上打着滚,哭着,听着娘的教训:

"从小就惯你吃,惯你穿,把你像个宝贝疙瘩一样侍弄着,你说说,你还要怎么样……"

大哥二哥一定是把高马扔到街上去了,她听到墙外"呼通"一声响,紧接着是关大门的咣堂声。大哥和二哥一高一矮两条身影长长地印在地上。她厌恶这身影,尤其厌恶大哥的身影。这奇怪的影子横躺在她的胸膛上,使她产生了一种凉森森、黏糊糊的感觉,好像有一只癞蛤蟆伏在胸脯上。她的心抽紧,打了个滚,坐在倒地的篱笆上,哭着,哭着,心里的懊悔感情由涓涓细流变成汹涌的狂潮,淹没了委屈和悲痛。她眼睛里泪水干涸,想毁掉一切的愿望促使她跳起来,但她的头晕得很厉害,只好又跌坐在篱笆上。她的手伸进黑暗中去,摸着一根黄瓜的生满硬刺的藤蔓,用力拔出来,拔出来之后又用力拽,把藤蔓拽断,扬起来,对着蹲在桌子旁吧嗒吧嗒抽烟的爹掷过去。黄瓜藤蔓在灯影里打着滚飞行,好像一条死蛇。

它并没有落到爹身上,落在了乱七八糟的饭桌上。爹跳起来,娘爬起来,动作都十分迅速。

"反了你啦……小畜生!"爹狂叫着。

"气死了……气死我了……"娘哭叫着。

"金菊,你怎么能这样呢!"大哥诚恳地说。

"狠揍!"二哥气冲冲地说。

"你揍吧!你揍吧!"她晕头涨脑地跳起来,对着二哥闯过去。

二哥一撤步,身体侧立,一把揪住了她的头发,咬牙切齿地揪了几下子。然后用力一搡,就把她送到黄瓜地里去了。

她觉得自己已经疯了,用力号叫着,双手乱揪,捞到什么就揪什么,揪断了身边的黄瓜又揪自己的衣服。

她听到大哥训斥二哥:

"老二,你怎么能打她?爹娘在,她无论有多少坏处,也该让爹娘管教,咱们当哥的只能劝说。"

二哥嗤哼了一下鼻子,说:

"哥,你少来这一套!老婆给你换了,好人让你赚了!"

大哥也不反驳,瘸着腿,踩着篱笆走过来,半罗锅着腰,伸出两只冰凉的手,抓住她的胳膊,想把她拉起来。这两只冰凉的手捏着她的胳膊,又使她产生了深深的厌恶,她摇着肩膀,挣脱了。

大哥直起腰,愁苦地说着:

"妹妹,听你哥一句话,起来,别哭啦,爹娘都这么大年纪了,屎一把尿一把地把咱们拉扯大也不容易。做儿女的,不能惹他们生气。"

金菊哭着,心里的火稍稍平了些。

"都怨哥不争气,生了个瘸腿,自己没本事讨老婆,却要亲妹妹去换……"大哥一边说着,一边不停地倒动着腿,高粱秆扎成的篱笆在他脚下咯咯吱吱地响着,"我窝囊啊……"大哥突然蹲下,用两个拳头捶着头,呜呜地哭起来。

她看到大哥痛苦欲绝的样子,心一下子软了,呜呜的号哭变成了低声的抽泣。

"妹妹,你过你的好日子去吧……老婆我不要了……光棍一条……活到哪天算哪天吧……"

娘走过来,说:

"都给我起来,你们这些冤家……又哭又号的,让邻亲百家听着像什么事……"

爹也走过来,威严地说:

"起来!"

大哥顺从地爬起来,咯咯吱吱地踩着篱笆,抽抽搭搭地说:

"爹,娘,我听你们的话。"

金菊呆坐了一会儿,也爬了起来。

二哥早溜进屋里去了,把收音机开到最大音量。收音机播放着地方戏,一个女人在噢噢地唱,拿腔拿调的,跟哭也差不多。

大哥搬了一条小凳子,放在金菊背后,按着她的肩膀说:

"坐下吧,妹妹。'大风刮不了多日,亲人恼不了多时',到了要紧的关头还要靠亲哥热妹,外姓旁人,是万万靠不住的。"

金菊一时软弱得站不住,在大哥手掌的压迫下,她坐下了。

爹和娘也坐下了。爹抽旱烟,娘东村西村的找例子开导她。

大哥进屋去调了一碗粉子水,蹲在她面前,要替她敷头上的伤。她看不惯大哥这种低声下气的样子,一挥手,把他推开了。

"听话,让哥给你抹抹。"大哥说。

"你管她干什么?不要脸的东西!"爹说。

"就你要脸!"金菊又叫起来。

"还敢强嘴!"娘咋呼着。

大哥也找了个小板凳,四个人坐着,都不吭声。

一颗大流星窸窸窣窣地响着,把天河都划断了。

"爹,诸葛亮临死时是不是也陨了一颗星?"大哥讨好地问。

收音机里正放着评书《三国演义》。

爹轻蔑地说:

"诌书咧咧戏!哪有点真事。"

"菊儿,你还记得吗?你两岁的时候,我背着你,领着你二哥,到南小河里去捞鱼,把你放在河边。捞了半天,想起你来了,一看,没了,可把我吓坏了,到处找找不到你,可把我吓死了,你二哥眼尖,喊:'大哥,在这里。'我一看,你正在河里翻筋斗哩,我扛着网跑出去,一扒网子,就把你给扒上来了。你二哥说:'好大一条鱼!'……那会儿,我的腿还好好的,第二年就得了'贴骨疽',成了这个样子……"大哥叹息一声,低声笑起来,"一转眼快二十年了,你长成一个大闺女啦。"

大哥连声叹息着。

金菊没有哭也没有笑,她听着门前场上那枣红马驹响亮的蹄声和高直楞家成群鹦鹉的啼叫声。

爹在鞋底上磕磕烟袋,咳嗽一阵,吐一口痰,站起来说:

"困觉吧,明天还要起早下地。"

爹进了屋,拿出一把黄铜大锁,走到大门口,搭上门环,咔嚓一声捏上了锁。

二

第二天晚上,方家院子里很热闹,大哥和二哥抬出去一张旧八仙桌子,又到小学校里借来了四条长板凳,摆在桌子周围。娘在灶上炒菜,锅里嗞啦嗞啦响着。

金菊躲在自己屋里——她住在套间,外间住着大哥和二哥——听着外边的动静。她一天没出屋,大哥白天也没下地,不时地走进来和她搭讪几句。她用被单子蒙着头,一声也不吭。

娘和爹在堂屋里议论着:

"都蔫蔫了,黄了,用塑料袋子包着也不行。"娘说。

金菊闻到了一股蒜薹味。

爹说:"你没扎紧口。扎紧口,进不去空气,不蔫蔫也不黄。"

"人家公家也不知怎么放的,放到寒冬腊月也是绿绿的,像刚从蒜苗地里拔出来的一样。"娘说。

"人家公家有冷库!"爹说,"六月天进去都要穿棉袄棉裤,还有个瞎?"

"到底是公家有办法。"娘感叹着。

爹说:"还不是老百姓的钱!"

锅里又嗞啦嗞啦响起来了,蒜薹味扑鼻。

"再让老二去乡里叫叫杨助理员?"娘问。

"别去了,叫烦了人家或许就不来了。"爹说。

"他不会不来,"娘说,"不为咱还为着他外甥呢。"

"也不是个亲舅!"爹低沉地说。

掌灯时分,金菊听到院子里来了好几个人,从爹娘与来客的对话中,金菊知道来了自己未来的公公刘家庆,还来了自己未来的嫂子曹文玲的爹曹金柱,还来了自己未来的小姑子的女婿的远房舅舅——乡政府的杨助理员,几个连环套的亲家寒暄着,后来就喝开了酒。

大哥拿着一个白馒头端着一碗蒜薹炒猪肉走进屋里,悄悄地说:

"妹妹,快起来吃,吃了就洗洗脸,换换衣裳,出去见见亲戚。你老公公才刚还打听你来。"

她一声不吭。

"妹妹,你别犯傻,"哥悄声说,"刘家富着呢,你老公公不会空着手来,见面钱是少不了的。"

她一声不吭。

大哥把饭菜放在炕沿上,无趣地走了。

院里猜拳行令,喝得很是热火,杨助理的嗓门最高。

一会儿,金菊听到娘和大哥在外间里低声说话。

大哥问:"还有多少酒?"

娘说:"还有大半瓶,七两多吧,不够?"

哥说:"怎么能够,杨助理和刘老头都是一斤的量。"

"去借?"娘问。

"半夜三更的去谁家借!"哥说,"找个空瓶子来,倒开,加凉水将就着吧。"

娘说:"别让人家尝出来,尝出来就丢大了人啦。"

哥说:"尝出来个屁,都喝麻了嘴巴子啦!"

娘说:"这总是不好……"

"这有什么不好,"大哥说,"这年头哪有不骗人的?不骗人瞎只眼!连国家的买卖都骗人,何况咱庄户人家。"

娘不吱声了,外间里传来大哥往酒里兑水的声音。

"娘,'敌敌畏'呢?"大哥问。

"鳖种!"娘低声骂着,"你要做什么孽?"

哥说:"人家说往白酒里滴上点'敌敌畏',那酒就有一股茅台酒的香味。"

"你别闯出祸来啊!"

"没事,一瓶加一滴,顶多把他们肚里的蛔虫毒死。"

"还有你爹哪!"

"俺爹过日子,舍不得多喝。"

她感到心里一阵阵发慌,掀掉被单子,坐起来,倚着壁子墙,直呆呆地望着墙上那张年画,画上画着一个穿红兜肚的胖小子,胖小子双手捧着一颗红嘴儿的大桃。

"哎,杨助理,大爷爷,爹(她知道大哥叫的是曹金柱,她感到肉麻),尝尝我家兄弟刚从马集装来的好酒,人家说像茅台哪,咱也没喝过茅台,也不知茅台是什么味。"大哥说。

曹金柱齉齉着鼻子说:

"喝过那么一两次。一次在耿书记家喝的,一次是在张云端家喝的,那小子,有钱,花高价买的,八十多块钱一瓶。"

"八舅,你快尝尝,是不是有茅台的香味。"大哥说。

杨助理一定是呷了一口酒,她听到他吧咂着嘴品滋味。

"怎么样?"

杨助理一定是又呷了一口酒,她听到他吧咂着嘴品滋味。

"嗯,别说,还真有点茅台味嘞!"杨助理说。

"好酒好酒,亲家们多喝点!"爹说。

墙上的胖娃娃望着她,好像要从画上跳下来似的。

刘家庆咳嗽一阵,说:

"亲家,听说咱的孩子闹脾气了?"

"小孩子家,没有主心骨,风一阵雨一阵的。"爹说,"只要我喘着一口气,就撇不了大把。"

"小孩家,心眼活,也不算稀罕事。"曹金柱说,"文玲也是一样,听说这头菊子不干了,回家跟我闹别扭,被我和她娘一顿好打!"

"爹,你再喝一杯。"大哥说。

"喝中啦,不喝了!"曹金柱说,"这酒有点上头。"

"好酒劲都大,"杨助理说,"姐夫,闺女大了,可不能随便打!现在是新社会,打闺女犯法。"

"犯个屁的法!"曹金柱说,"自家的闺女,不听说就得打,谁能管得着!"

"姐夫,你就是嘴硬!喝醉了吧?"杨助理说,"共产党什么都怕,就是不怕你这种嘴硬的人。打人犯法，闺女也是人，打闺女就是打人，打闺女也犯法，犯了法照样用小绳绳起你来，没看电视？省长犯了法，照样上手铐铐起来，你比省长还大？臭种蒜薹的一个！"

"臭种蒜薹的怎么啦？"曹金柱气哄哄地说——听动静好像站了起来——"没有这些臭种蒜薹的，你们这些大老爷喝西北风去？还不是我们纳税养活你们，养着你们喝酒吃肉，变着法刮老百姓的油。"

"老曹，"杨助理一定站了起来，一定用筷子指着曹金柱的鼻子尖，说，"你对共产党意见不小啊！你们养活我们？屁味！老子们是国家干部，躺在树影里看蚂蚁上树，工资照发，一个子儿都不少，你们的蒜薹烂成酱我也照拿工资。"

爹说："好喽，好喽，都是亲戚，互相担待一些，别伤了和气。"

"这是原则性！"杨助理说。

"听我老头一句话，"刘家庆说，"亲戚们聚头，不容易，国家大事与咱不沾边，不去管它，咱的事是——喝酒！"

"喝酒喝酒！"大哥说，"八舅，您多喝点。"

杨助理说："老大，我警告你们哥俩——老二呢（出去耍了，大哥说）？噢，你们把高马打得可是不轻！"

"打死这个杂种都不解恨！"爹说。

"四叔，"杨助理说，"您也是个没脑袋的人！打人犯法！"

"他欺侮到我家门上来了！"爹说，"菊儿闹别扭就是被他调唆的。"

"毁人家婚事，也真是可恶！"刘家庆说，"宁拆三座庙，不毁一家婚。他这一插腿，差点就毁了三家婚事。"

杨助理说："高马去告你们了，被我给诈唬住了。不管怎么说'是亲三分向'，要是别人家，我可不管。"

"八舅,亏您照应。"大哥说。

"告诉老二,今后不要轻易打人!"

"八舅,您知道,俺兄弟俩从小老实,实在是被那小子欺负狠了,才动了手。"

"要打也不能打头,往腔上打,打暄肉!"

"八舅,您看……他还会怎么样?"

"这个嘛……"

他们都低语起来,金菊爬到窗台上,耳朵贴在窗户纸上,仔细听着。

"文玲才十七岁,登不上记……"曹金柱说。

"能不能走走后门?"

"你们这不是让我犯错误吗?"杨助理说。

"兰兰才十六,更不行。"

"文玲的户口簿能改,可是兰兰的就改不了,我们不是一个乡,我手大捂不过天来……"杨助理说。

"让孩子出来,俺跟她说几句话!"刘家庆高声说。他的舌头有点发硬。

"去叫她!"爹说,爹的舌头也有点发硬。

她赶紧从窗台上下来,躺下,扯过被单子,蒙住了头。

踢踢沓沓脚步声愈来愈近,她躲在黑暗里,浑身颤抖着。

三

转眼就到农历的八月底,爹娘和两个哥哥对她的监视渐渐松了,晚上大门不上锁了,白天也让她出门了。大哥对她加倍的好,不久前,还为她买了一双猪皮鞋。她连看都没看就把鞋扔到炕头上。

八月二十五上午,大哥说:

"妹妹,你别在家憋着啦,跟我去割豆子吧,你二哥今日给杨助理家打煤球了,我一个人忙不过来。"

金菊想了想,找了一把镰刀,跟着大哥走了。

两个月没出屋,田野里大变了样。高粱穗子正在晒米,呈暗红的颜色;玉米干了缨;豆叶一片苍黄。天蓝地远,小周山宛若一柄残缺的倒扇,黛青在田野的尽头。窝来鸟在半天里呼哨着,声声凄凉,使她心口痛疼。

大哥弯腰割豆,那条瘸腿怪模怪样地拖拉着,她不忍心看。这条瘸腿与她的命运紧密相连,在两个月的禁闭生活中,她多次梦到这条瘸腿压在自己胸脯上,使她呼吸紧迫,从梦中惊醒,醒来就满眼是泪。

与她家豆地毗邻着的,是高马家的玉米地。玉米已经成熟了,还没有收。高马!高马你到哪里去了……她想起去年夏天的情景:高马身材健壮高大,吹着口哨,大大咧咧地走过来,说了几句话,就帮助自己收割小麦。他的声音模样如在眼前。想着想着,她的心脏又哆嗦起来。大哥和二哥用小板凳打击高马脑袋时发出的沉闷而潮湿的声响在耳边回旋着,如果不是亲眼所见,她无法想象一贯和颜悦色的大哥竟会那般狠毒。

"妹妹,你要是嫌累,就到地头上歇着去,哥一个人慢慢干。"

大哥的脸抽搐着,眼角上布满深皱纹,眼珠是灰白的,显得又呆又钝。但他的呆钝表情后隐藏着一种她能够感受到但用语言表达不出的东西,就像他拖拉着的那条瘸腿。它布满伤疤,发育不全。它是不幸的,不幸使人怜悯;它又是丑陋的,丑陋令人厌恶。她对待大哥的感情就像对待大哥的瘸腿的感情一样,时而怜悯时而厌恶。怜悯加厌恶,厌恶加怜悯,她被这矛盾的感情纠缠着。

高马的玉米田里的玉米叶子嚓啦嚓啦响着,一阵清凉的风袭过来,先吹拂着她的头发,继而又灌进衣领,凉爽了她的全身。

对高马的思念使她不敢看那块玉米田。对高马的思念使她迫切地想看那块玉米田。风不停息,玉米田喧嚣不安,已经枯萎了的玉米缨和半枯萎的玉米秸秆已经不能像它们年轻时那样随风起伏。那时,碧绿的叶片像柔软的绸带飘扬着,汇成一方清凉的绿浪;那时,她和高马躺在地上,仰脸看着头上的叶片和叶片缝隙中的蓝天白云,心中有幸福又有忧伤……想到这情景她就想哭。现在它们笔直地站着,风只能使它们的身体颤抖,而不能使它们起伏摇摆了。

枯黄的豆叶也唰唰地响着,有几片还在地上翻滚。干硬的豆荚扎得她的手痛。她看看因两个月不干活而变得细嫩了的手,叹了一口气。这叹气的宗由连她自己也搞不清楚。她感觉到大哥斜着眼看过来,对大哥的厌恶增加,对高马的思念也增加了。她机械地割着豆子,镰刀下蹦出一只灰黄的野兔。它只有拳头般大,有两只漆黑的眼珠。小野兔跑得很慢,她扔下镰刀,跑两步,小野兔龟缩起来,耳朵紧贴在背上,好像害怕。她蹲下,用一只手捂住它。当她的手捏住它的耳朵时,一种极其温柔的同情心冲击着她。它的耳朵是那样娇嫩,好像两片半透明的花瓣,她担心捏碎了它的耳朵,便把它捧在手里。它的温暖柔软的肚皮接触着她的手掌,它的笨拙的嘴巴畏畏缩缩地嗅着她的手掌外侧,她被深深地感动了。

"找根绳拴起来吧,没准能养活。"大哥在身旁说。

她在兜里摸着,想找块东西拴它,没有,她失望地往地上看。大哥从鞋上解下一根鞋带,也不说什么,就拴住了野兔的腿。拴得很紧,野兔的腿蹬崴着。她出神地看着连结在大哥瘸腿上那只脚,脚背上覆盖着黑灰,像涂了一层漆般发亮。大哥拿走野兔,把它拴在高马家地边上的一株粗壮的玉米上。大哥还用镰刀砍了一根没有棒子的"孤寡"玉米秸子,剥掉青皮,嚼着秸秆,吮吸着甜汁。

她不时地回头去看那只野兔,每次都发现小野兔在那里挣扎。它用力往前拽,好像要撕下一条腿用三条腿逃跑。她跑过去,把鞋带割断,解开,放走了野兔。她目送着它,见它一瘸一拐地钻到玉米田深处了。她怔怔地望着一株株愁苦不堪的玉米,心中似有所期望,又不知期望什么。玉米田里仿佛躲藏着无穷无尽的秘密。

"妹妹,你有一颗菩萨一样的善心,"大哥站在她身边说,"好心必有好报,妹妹,你会有好日子过的。"

大哥嘴里喷出一股蒜薹的味道,令她十分厌恶。中午吃饭时,全家人都对她很热情。她猜想一定是大哥把她上午的表现汇报给了家人。三秋大忙,一个人恨不得分成两半用,其实也没有力量日日监视她。

午饭后,她主动地去井上挑水,爹和娘都注视着她,但没有说什么。挑回一担水,倒进水缸里。她又去挑第二担,爹和娘长出了一口气,凭感觉她知道自己被信任了。

她期望着能在井台上碰到高马。

她在井台上没碰到高马,碰到了几个邻居。他们对她打着招呼,眼睛里似乎有异样的神采,但仔细看又觉得正常。她想:也许是我心惊。

挑第三担水时,她碰上了高马的邻居于秋水的老婆。这是个三十多岁的女人,身体高大,胸脯很高,两个奶头在褂子里哆嗦着。

她们对着面弯腰从井里打水时,于秋水老婆低声说:

"高马让我问你,变没变心。"

她心里一怔,悄声问:

"他呢?"

"他没变。"

"那我也不变。"

"那就好!"于秋水老婆说着,抬头往四下里望望,然后,把一个小纸团扔在她的脚下。

她弯腰打水,顺手把那个纸团捡起来,装进衣兜里。

下午,她说肚子痛,不想下地去了。爹用怀疑的目光打量着她。大哥宽厚地说:

"在家歇歇吧。"

她躲进自己那间屋,插上房门,把小纸团掏出来——即使在与爹娘说着话的时候,她的全部心思也集中在这个小纸团上。现在她轻轻地伸展开它。她的手有点发抖。她听到自己的喘息声很大,门缝外好像有冷冷的风吹进来。她赶紧把纸团攥紧,猛地拉开门。大哥和二哥的房间里,一个人也没有。院子里噗噗通通地响着。她悄悄地走到堂屋,往院子里看去:在明媚的秋阳下,娘举着一根光滑的紫红色棒槌,敲打着一堆谷穗。娘的背上沤出汗水,蚊帐布褂子粘在背上,上边沾着一层黄澄澄的谷壳。

她终于剥开了那纸团,抻平,仔细地辨认着那上边的字:明天下午,我在玉米地里等你,我们跑!

字是用圆珠笔写的,纸团着了汗水,字迹都模糊了。

四

有好几次,她走到了玉米田的边缘,又退了回来。秋风豪爽,风干着成熟植物的水分。高马的玉米焦躁地响着,而她家的大豆,已经开始噼噼啪啪地爆裂了。大哥和爹在她前边收割着。大哥不断抱怨

着杨八舅,不该在这大忙季节里把老二拉去给他家做煤球。爹心烦地说:

"你嘟哝什么?亲戚家的事,不帮忙行吗?再说,那可是你丈人家的亲戚,又不是老二的丈人舅!"

大哥理亏,不再吱声,回头瞅一眼金菊,好像要从她这儿寻求支持。

她看到爹跪在地上,用膝盖往前爬着割豆,大哥拖着腿,向前蹭着割豆。爬着,蹭着,他们的衣裳都被汗渍透了,沾满了黄土。父兄艰难的劳动姿势使她的心软弱起来,一时竟不忍离去。高马的玉米抖着,响着,她知道他一定蹲在玉米地里,焦灼地望着自己。她越想念他越记不清楚他的模样了。她回忆着紫穗槐的气味和他身上的气味。她决定帮爹和哥把豆子割完再跑。

她奋力割豆,很快就超过了爹和哥。这天下午,她干的活比爹和哥两个人干的都多。当剩下最后一个边角时,三个人都直起腰来喘气。爹的脸上流露出满意的神情。大哥说:

"妹妹,你今日出了大力了,回家让咱娘煮俩鸡蛋给你吃。"

她没有吱声,心里又有些发酸,这时她想起了娘的好处,也模模糊糊地回忆起了一些童年往事,瘸腿的大哥确实是背过自己的。爹和大哥又跪着爬着割那点豆子了。太阳偏西,满天彩霞,爹的头和哥的头都是黄光灿灿的,呈现着一派温暖色彩的田野此时也好像格外亲切,在正北的方向,是生活二十年的村庄,那里炊烟袅袅,娘一定开始烧火做饭了。要是我跑了……她不敢往下想了。东边的车路上,有一辆满载着豆棵子的牛车缓缓地移动着,赶车的男人高唱着:"六月里三伏好热的天——二姑娘骑驴奔走阳关——"她感到一丝力气也没有了。

一群麻雀飞过,像一片残云,飘到了高马的玉米田里,玉米棵子微微晃动着,她看到一个高大的身影闪了一下便消逝了。她往前走了几步,又停了脚。这时她感到有两股巨大的力量在拉扯着自己。爹的一句话打破了均衡。爹说:

"你站着干什么?快割,割完了早回家!"

爹的脸上没有一丝丝温暖。

她的心一下子铁了。她扔下镰刀,往高马的玉米田里走去。

"你干什么去?"爹不满地问。

她继续往前走。

"妹妹,你不割就回家去吧!"大哥说。

她猛回了头,高声说:

"我去撒尿!你们不放心就跟着来吧!"

说完了,也不看爹和哥的脸,扭转身,几步就跳进了玉米地。

"金菊!"高马用力搂着她,只搂了两秒钟,低声说:"弯腰,快跑!"

他攥着她的手,沿着玉米的垄沟,半弓着身体,飞快地往南跑着。干枯的玉米叶子拉着她的脸,她本能地闭了眼,随着那只手,往前跑,往前跑,两股热辣辣的泪水在脸上流,她想:我再也不回来了。我再也回不来了。身后那条丝线被彻底地扯断了。她听到玉米叶子发出令人胆战心惊的巨大的响声。她还听到自己的心跳声。

玉米地的尽头,是一道栽满紫穗槐的河堤,在慌乱中,她还是闻到了紫穗槐令人心醉的怪味。

高马一把将她拉上河堤。她在河堤上不由自主地回了头。她看到,一轮古铜色的大太阳正在缓缓下落,还是满天彩霞,田野一片辉煌,爹和哥,挥舞着镰刀,跌跌撞撞地追上来。又有两股泪水涌出来。

高马一把将她拉下河堤。这时,她已经软弱得站不住了。这是条两县交界处的小河,河南是苍马县,河北是天堂县。河名顺溪。顺溪河里有浅浅的黄水流动,黄水里摇摆着一些枯黄的芦苇。高马背起金菊,不及脱鞋挽裤腿就冲进河去。她伏在他背上,听着芦苇的嚓嚓声和河水的哗哗声。从他沉重的喘息声中,她知道河里淤泥很深。

爬上河堤,进入了苍马县境,这是一片巨大的洼地,全部种植着粗大的黄麻,黄麻晚熟,此时还是苍翠郁青,生机蓬勃,好像一片望不到边际的浩渺大水。

高马背着金菊冲进了黄麻地,就好像鱼儿游进了大海。

第五章

八月的葵花向着太阳

孩子哭了送给亲娘

老百姓依赖着共产党

卖不了蒜薹去找县长

——蒜薹滞销时瞎子张扣演唱歌词片段。

一

手忙脚乱的警察们把马脸青年抬到漆成红黄二色的囚车上去。高羊看不到马脸青年的脸,只看到血洇透了白色的警服,急促地往地下滴落。马脸青年的手铐松开了,但另一个圈还是套在一只手腕子上的。警察们抬他上车时,他的一只胳膊——就是那只戴着手铐的胳膊当郎着,手掌和手铐划着地面。卡车司机吓得浑身打颤。年轻警察没收了司机的驾驶证,还踢了他好几脚。

"小高,快把犯人弄上车去!"老郑喊着,"回头再收拾这个小子!"

一位警察在树后打开了高羊的镣铐,命令他站起来。他听到了警察的命令。他想收回胳膊,意念到了,但胳膊却收不回来。他用思想去调动自己的胳膊时,痛苦地意识到,它们已经不存在了,它们完全麻木了,只有沉重的发胀的感觉在背上驮着。警察两脚把他的两只胳膊踹回了位。他看到自己的胳膊。它们还完整无损地挂在肩上,他心里感到欣慰。

警察毫不客气地把高羊的两只胳膊又锁在一起。马脸青年已被抬到囚车上去了。两个警察架着高羊的胳膊把他拉了起来,命令他往囚车上走。他也想好好走,不给警察同志增添麻烦。他知道警察同志也十分辛苦,能省他们一点的力气就省他们一点力气。但他十分难过地发现,自己的双腿也不听使唤了。他羞红了脸,从内心深处感到愧疚。

警察把他拖到囚车跟前,命令他:

"上去!"

他不好意思地看着警察,想说话却张不开口。

警察好像理解了他的心情,也就不再咋呼,两只铁臂挟着他的胳肢窝用力往上一挑,他努力配合着他们,身体往上一耸,蜷曲的双腿就离开了地面。等他回过神来,已经趴在马脸青年横躺在车厢里的身体旁边了。

又有一个蜷缩着的大物扔上车,这是方家四婶。从四婶的一声号叫里,他知道她的屁股被跌痛了。

囚车后边的铁挡板被推上,两个警察跳上来,坐在车厢两侧的座位上。

车前摩托轰鸣,囚车开动了。

车驶出乡政府大院时,高羊望着那株拴过自己的白杨树,心里竟生出一些古怪的留恋之情。这毕竟是家乡的树啊,什么时候还能见到你们哪。白杨树沐浴在下午的阳光里,树干呈咖啡色,本来是深绿的叶子,现在都宛若一枚枚古铜色的硬币。树下有一摊紫红色的血,那是马脸青年流的。运家具的卡车还停在那里,一群衣冠灿烂的人物围着司机站着,好像在开批斗会。

金菊挺着大肚子站在树下,一动不动。他忽然记起适才四婶让金菊去找高马过日子的话,不由得叹息一声。高马要是能知道这个消息该有多好啊,但高马已经跳墙逃跑了,一只胳膊上还挂着手铐。

囚车一驶上马路,立刻就加了速。车顶上的警笛发出了狼嚎般的嘶叫声。这响声初起吓得他非常不轻,一会儿也就习惯了。

金菊跟在车后边跑着,跑得非常慢,一会儿就变得很小。汽车一拐弯,不但金菊,就连乡政府大院也看不见了。

四婶缩在车厢角上,大睁着两只昏昏沉沉的眼睛,不知道在看什么。

马脸青年的血在车底板上流着,车厢里一股子血腥味。他的身体抖着,包扎在白警服里的头滚动着,从那里,间或发出一阵噗噗的声响。

囚车像飞一样奔驰,他微微有些眩晕。他从车后的空隙里,可看到尘土飞扬,路边的树木成排倒下,广大的田野缓慢旋转。所有的车辆都为发出怪叫的囚车让路。他看到一台无篷的小拖拉机胆战心惊地往路边蹿去,车头撞在一棵疤痕累累的柳树干上。骑自行车的人都脸色苍白地从囚车旁闪过去。一种自豪感在高羊胸膛里爬动着,他问自己:你坐过这么快的车吗?没有,你从来没有坐过这么快的车!

二

在飞驰的囚车上,高羊突然闻到,车厢里流动着的马脸青年的血里,有一股新鲜蒜薹的味道。他不由大吃一惊,努力嗅着,辨别着,蒜薹的味道,而且是新鲜蒜薹的味道,而且是刚从蒜苗里拔出来、蒜薹嫩黄的断处沾着一滴晶亮的汁液的味道。

他伸出舌尖,把那滴汁液舔了。舌上漾开凉森森的甜味。他的心顿时轻松起来。他打量自家的三亩蒜地。大蒜长得很好,蒜薹的白帽都很胖大,有的弯曲着,有的笔直地挑着。蒜垄里湿漉漉的,有一些茸茸的草芽从湿土里钻出来。大肚子的老婆在他身边,跪着拔蒜薹。老婆脸色发乌,眼眶下有几块蝴蝶斑,好像铁器上生了锈。她跪在地上拔蒜薹,膝盖上沾满湿泥。老婆有点先天的残疾:左臂短小,活动不便。老婆拔蒜薹的动作很吃力。他看到她用那只短小的手,持着两根新竹筷子,夹着蒜苗的根部,她每夹一下都咬一下唇。他有些可怜她,但又不得不让她帮忙,他听说供销社已在县城设点收购蒜薹,每市斤价格五角,比去年最高价还高,去年的最高价是每市斤四角五分。他知道今年全县扩大了大蒜种植面积,蒜薹比去年长得好,要赶早,赶早收,赶早卖。村里家家户户都是老婆孩子齐上阵,他可怜地看看大肚子的老婆,问:

"你,要不就到地头上去歇会儿?"

老婆仰起湿漉漉的脸,说:

"歇什么,不累,她爹,我就怕这些日子生。"

"到日子啦?"他忧虑地问。

"就这三两天了,"老婆说,"哪怕晚个五六天,让我帮你把蒜薹拔完。"

"到日子一定就生?"

"也有懒月的,"老婆说,"杏花就晚了十天。"

夫妻俩都不由自主地回头,看着老老实实地坐在地头上的瞎眼女儿。她坐在那儿,大睁着双眼,好像在注视着什么。她的双手扯着一根蒜薹,捋过来,捋过去。

他说:"杏花,你别糟蹋了那根蒜薹!一根要值好几分呢。"

女儿把蒜薹放在了身边,大声问:

"爹,拔完了吗?"

他笑了笑,说:

"要是这么快就拔完,可就毁了,那能卖几个钱?"

"早嘞,才拔了一点点。"老婆说。

杏花小心翼翼地用手掌抚摸着她身边的一堆蒜薹,说:

"咦,这么多,这么一大堆!要卖好多钱!"

"我估摸着今年能拔三千斤蒜薹,五毛钱一斤,就是一千五百块。"高羊说。

"还要交税呢!"老婆提醒他。

"哎,是要交税。"高羊说,"今年成本也高,去年一袋化肥二十一块,今年涨到了二十九块九毛九啦。"

"还赶不上收三十块,差那一分钱!"老婆说。

"国家的买卖,都带零头。"高羊说。

"哎,钱毛得都还不当钱用了。"老婆叹息着,"猪肉年初一块一斤,上集到了一块八。鸡蛋年初一块六一把,还是大个的,上集两块钱买把蛋,像杏那么大。"

"人们都有钱了,工商所老苏家盖了五间房,听说花了五万六千块!把人都吓死啦。"高羊说。

"那些人来钱容易。"老婆说,"在地里刨食吃的,万辈子也是穷。"

"该知足啦!"高羊说,"想想前几年,吃都吃不饱。这两年天天吃白面,老辈子也没过上这日子。"

"你家老辈子是地主,还没过上这日子?"老婆嘲讽他。

"屁,空挂着个地主的名!嘴里不舍得吃,腚里不舍得拉,积攒了点钱买地。俺爹和俺娘受了一辈子的罪。听俺娘说,解放前俺家过年时买半斤香油,吃到年底吃成了六两。"

"吃出神来了?"

"不是吃出神来了。听俺娘说,炒了菜,找根筷子,先放水里一沾,再插到油瓶里去,沾出一滴油,流到瓶里一滴水,可不就半斤吃成六两!"

"过去的人会过日子。"

"过成了地主,连儿女都跟着遭罪。"高羊说,"还是亏了邓大人,不是他,我也得把爹娘的地主帽子接过来戴着。"

"老邓坐天下也有十年了吧?"老婆说,"天保佑着他多活几年。"

"这个人精神头好,能有大寿限。"

"我就老是纳闷,你说像国家那些大官,吃着鸡鸭鱼肉,穿着绫罗绸缎,生了病有那么多高级药吃着,按说还有个死?可一到七十八十,也说死就死了。你看咱庄门老头,干了一辈子活,两个儿子也不孝顺,吃捞不着好的吃,穿捞不到好的穿,九十多岁了,还整天下地干活呢!"

"那些当大官的劳神费心呢,咱这些农民,干活吃饭困觉,不动脑子,活得长。"

"那也没愿意当农民的,都想当官。"

"当官也不是容易的,犯了错误,还不如个农民。"

老婆拔坏了一根蒜薹,她惋惜地出了一声。

高羊有些生气,训她:

"你好好拔,糟蹋一根就是好几分钱!"

"你看你那副凶相,"老婆委屈地嘟哝着,"我也不是故意拔坏的。"

"我也没说你是故意拔坏的。"

……囚车开进一个红漆大门,嘎吱一声停下来。急刹车,高羊一头栽到马脸青年身上,蒜薹味消逝,他闻到了腥血味道。

第六章

灭族的知府灭门的知县

大人物嘴里无有戏言

您让俺种蒜俺就种蒜

不买俺蒜薹却为哪般

——蒜薹滞销后张扣在仲县长家门前演唱歌谣片段。

一

金菊昏昏沉沉地伏在高马背上,紧紧地搂住他粗壮的脖子。一过了两县交界的顺溪河,她就感到,与过去的联系与故乡的联系与家里亲人——如果还算得上亲人的话——的联系都一齐扯断了。爹和哥的喊叫声她的耳朵没有听到,她是用脊背感受到的。那喊叫声宛若挂着金钩的丝线,在她身后飞舞着,飞过河来,纠缠在了密密匝匝的黄麻的梢头上。她闭着眼,听着高马的身体冲撞开密不透风的黄麻时,黄麻们发出的柔软的波波声响。

黄麻动荡不安,像水一样分开像水一样合拢。她有时恍若坐在一叶小舟上——从来就没坐过什么小舟——她试图睁开眼,眼前五彩缤纷,亮得她眼痛。她不敢睁眼。她闭着眼,感觉到建立在极度疲乏基础之上的舒适。高马像牛一样喘息着,奔跑,冲开无穷无尽的黄麻柔软的、富有弹性的羁绊,踉踉跄跄,线条舒缓不带棱角地奔跑,这全是她的感觉。在她的脑海里,巨大的古铜色太阳正在缓缓下落,天地玄黄,宇宙洪荒。几个陌生的字眼跳出来,她不理解它们,也记不清在什么地方见过它们。它们消逝啦。天和地竟是这般的堂皇。一望无际的黄麻被清凉的黄昏风吹拂着,轻轻摇摆,缓缓起伏,好像一片暗红色的大海。她觉得自己和他变成了两条游不动的鱼。

黄麻,黄麻,黄麻们,你们阻拦他,你们阻拦我。你们抿着青绿的嘴,眯缝着漆黑的、狡黠的小眼睛。你们嘻嘻地怪笑着,你们伸出腿,你们脸上挂笑脚下使绊子。

高马一头栽到地上,尽管有他的身体垫底,但她还是感觉到了黄麻的弹性。

无穷无尽的黄麻,像汹涌的浪潮一样涌上来,覆盖了他们。她不敢睁眼,她只想昏睡。她沉浸在梦幻般的意境里,所有的物体都把发出的声音推出去很远很远,只有温存的黄麻,只有清凉的温暖,盛满了她的感觉器官……

二

她被一阵浪潮的喧哗唤醒了。声音一点点地扎着她,她醒了,第一眼看到的是一道浓厚的橘黄光线照耀着高马枯干的脸。他的脸是紫红色的,他的唇上裂着几块干皮。他的眼眶子乌黑,乱糟糟的头发像狗毛一样扎煞着。她的心一阵颤栗。这时她才发现他的一只大手紧紧地攥着自己的手。她看一眼高马,忽然感到他非常陌生,好像从来就没有见过面。而这个陌生人却攥着自己的手。她感到了恐怖,心里竟隐隐地升起犯罪的感觉,这感觉令她十分惶恐。她把自己的手挣脱出来,把身体往后缩了缩,一排高大坚韧的黄麻倚着她的背,她往后一仰身体,倚在这排高大坚韧的黄麻上。金黄的光线在黄麻的缝隙里流动着,鸡爪形的黄麻叶片微微颤抖着,好像对她暗示着什么。

是爹的声音,苍老喑哑:

"金菊——金菊——"

她猛地挺直腰,抓住了高马的手。

"金菊——金菊——"是大哥的声音,尖利,焦灼,气急败坏。

大哥的声音和爹的声音贴着黄麻梢头滑过来,又向远方滑去。高马睁开眼,折身坐起来。他的眼瞪得溜圆,像一条被逼到墙角上的狗。

他们屏住呼吸听着,黄麻之声和从北边河堤上传来的呼唤使傍晚显得异常寂静,她听到了自己的心跳声。

"金菊——金菊——金菊——金菊——你这个杂种,这不是成心毁我吗……"是爹的声音。

她似乎看到爹在哭。她扔掉高马的手站起来,眼睛里盈满泪水。

爹的呼叫声愈发凄凉起来,她答应了一声。高马伸出一只大手把她的嘴捂住了。高马的手上有一股蒜薹的味道。她挣扎着,嘴里呜噜着,双手胡乱抓挠着。高马伸出一只手,揽着她的腰,拖她向前走。她抓挠着高马的头,听到他倒吸了一口气,捂住她嘴巴的那只手松了,同时她感觉到自己的手指甲刮掉了高马头上的什么东西,一股金红的细血从高马的头发里流出来,流到了他的眉毛上。

她扑到他身上,双臂搂住他的脖子,哽咽着问:

"你……你怎么啦?"

高马用手掌擦了擦额头,说:

"你把头上的痂抠掉了,你那两个好哥哥用小板凳砸的。"

她把脸贴到他的肩上,低声抽泣着说:

"高马哥……都是我不好……连累你遭罪啦……"

"不怨你,是我自己找的。"他说,"金菊,我想明白了……你回去吧……"

高马蹲在地上,双手捂住了头。

"不……高马哥……"她跪在地上,抱着他的膝盖,仰着脸说,"哥……我铁了心了……就是拖着棍讨饭吃,我也跟着你!"

三

太阳落下地,天上的颜色淡漠,黄麻的梢头上笼罩着稀薄的青气,透过这青气,他们看到了淡蓝色的天上出现了十几颗金光灿灿的星辰。

金菊脚崴了一下,身体随势倒下,她哼哼唧唧地说:

"高马……我走不动了……"

高马拽着她的胳膊,想把她拉起来。高马说:

"快走,你爹和你哥会找人来抓咱们的!"

"我走不动啦……"金菊哭着说。

高马松开她的胳膊,到周围转了转。

黄麻地里秋虫唧唧鸣叫,模模糊糊的狗叫声从遥远的村庄传来。

她迷迷瞪瞪地躺着,腿和脚又胀又痛。她听到高马说:

"你放心睡吧,这片黄麻少说也有五千亩,除非他们到公安局里牵条狼狗来,否则找不到我们,你放心睡吧。"

半夜时分,她醒了过来。睁眼就看到满天繁星,所有的星星都神秘地眨眼。一大滴一大滴的露珠沉重地落下去,打在那些脱落的枯黄黄麻叶片上,发出扑簌扑簌的声响。秋虫的鸣叫声更加响亮,好像有人在用竹片拨弄金属的琴弦。黄麻地里滚动着类似潮水涌流的沙沙声——她在很小时到北海去讨饭,曾在海滩上走过,那些舒缓的灰白色浪花舔舐着沙滩,发出神秘的沙沙声。她想起海上耸立着几块黑色的礁石,几片洁白的船帆漂在海上。好像动,又好像不动。她看海看得头晕了。她仰望着深蓝色的厚重天幕,竟发现它在旋转。躺着,躺在黄麻地里,她体验到了坐船的滋味。坐船一定也是这般滋味,她想。黄麻散发着苦涩的气味,返潮的土地也把腥气放上去。有两只夜游的鸟儿在半空中飞旋着,清晰的扇动翅膀的声响和怪声怪气的鸣叫,锋利箭镞般穿透缥缈的薄雾,下达到黄麻地里。她想翻个身,但身体异常沉重,腿和胳膊都是僵硬的。黄麻地里有许多细微的声音,好像无数神秘的小兽在跷腿蹑脚地行走,在黄麻的深处亮着一片又一片磷火般的眼睛。她感到了恐怖。

她用尽全力才爬起来,秋天的后半夜,凉气袭人,她的肢体被潮气侵袭,变得麻木不仁。她突然想到娘曾经说过,在野地里睡觉,遭到雾露的打击和地气的侵袭,会得麻风病。娘的脸在眼前晃动。她后悔了,没有了滚热的炕头,没有了老鼠跳梁的声音,没有了墙角上蟋蟀的啼叫,也听不到外屋里大哥的梦呓和二哥的呼噜,她六神无主。她现在最想的就是那个散发着烟灰味的热炕头。

白天的事涌上脑中的幕,过去的事也全都回忆了起来,她对夜恐怖对明天恐怖,她感到自己荒唐她恨高马。

高马坐在离她三步远的地方。眼睛习惯了黑暗,星光灿烂,黄麻的叶片和主秆上都反映着星的绿幽幽的光。她看到高马坐着,双臂放在屈起的膝盖上,头又放在双臂上。他一动不动,连喘息声都没有。他好像一块石头。她感到这个人现在离自己十分遥远。她感到自己十分孤单。而四周那些绿的眼睛正在步步逼近过来,连尖利的趾爪踩破枯叶的声音也大得震耳了。背后一片冰凉,那些毛茸茸的尖吻已经触着了脖子,她忍不住发出尖叫声。

高马猛地跳起来,像一只被打懵了的鸡一样转了两圈,黄麻欻欻啦啦地响着,一片细小活泼的绿色光点在他的身体周围闪烁着:

"怎么啦?怎么啦?"

这是个男人,不是一块冰冷的礁石。高马惊恐的询问声唤醒了她,她想。她感受到了他身上的热量,背后寒冷的浪潮催着她从地上弹跳起来,扑到了他的怀里。

"哥……我怕……我冷……"

"金菊,别怕,别怕。"

他的双臂紧紧地搂住了她的腰,他臂上的力量呼唤着她的肉体的记忆力。一年多前,他紧紧地搂着自己,那时候他的扎人的嘴巴就是这样扎在我的嘴上,然后我们就亲。现在,她却没了兴趣。她没有力量去响应他的嘴唇的召唤。他的唇是滚烫的,他的口腔里有股霉变蒜薹的味道。

她扭着僵直的脖颈,用意识拥抱着他。

"我冷……我全身都麻了……"

高马松开她,她的腿软软地塌下去。在晦暗的夜色里,他周身上下跳跃着绿色光点,一些圆的、椭圆的光点。高马从她刚才躺着的地方捡起了一件上衣,抖抖,连这件上衣上也是绿色的光点,它们溅出来,溅到黄麻上,就附着在那里,膨胀着,收缩着,一明一暗着。

高马把衣服披到她肩上,衣服湿答答的,很沉重,有一股狗皮的咸腥味钻进她的鼻道。

他坐下了。我坐在了他的腿上——她后来经常回味这一段情景：他嘴里哈出来的热气喷到我的脸上，他嘴里的气味令我厌烦，蒜薹的气味。在不黑的黑暗中我能看到他的紫色的脸，绿色的光点碰撞着他的紫脸。我说：

"我的腿、胳膊……都麻了，全身都麻了。"

高马把金菊平放在地上，用两只粗糙的大手，揉搓着她的腿、胳膊、十根手指头、十根脚指头，每条肌肉都被他按摩遍了，每个关节都替她捏遍了。他的手捏到哪里，哪里就有触电般的麻酥酥，他的手捏到哪里，哪里就如被烘烤般的热乎乎。温热的感觉从脚流到头又从头流到脚。她眯缝着眼，捕捉那些绿色的光点。他赤裸着背，竟然是瘦骨嶙峋，两颗男人的豌豆大的黑乳头诱惑着她，她产生了捏一下那东西的愿望。后来她就捏了它一下。

他继续按摩着她，她心里为他的劳动所感动。他的手时重时轻，时紧时松。她的呼吸粗重了，心跳也加快了，她把适才想到的好多事都忘光了。她燥热，这时她感到他的身体是冰凉而潮湿的，他嘴里呼出的气凉森森的，有一股薄荷叶子的气味。她期待着什么。

他的手指在摸她的皮肤，她有些恐惧又有些好奇。她本能地抬臂去保护什么时，却好像在有意地引导他。现在他的粗糙的手掌在抚摸她的乳房了，一阵寒热袭来，她周身的皮肤都紧张，电浪一波波在身上滚。

……他的身上全是那绿幽幽的光点，周围的黄麻上也沾满了绿光点，它们跳着，飞着，画出密密的、摇摆不定的优美的弧线……这些绿光点笼罩着他，连他的牙齿上也有。

她听得到自己的呻吟。

……这么多绿光点,这么多萤火虫。绿光点在飞行中窸窣有声。

她有时候把身体用力弓起来,去捕捉绿光点,她的手抓挠着他的背,好像要捉它们。它们不是一味的绿,瞧它们变幻颜色了,变成暗红了……又绿了……又红了……又绿了……最后是一片金子般的辉煌。

等他们再次醒过来时,正是黎明前最黑暗的时候。她感到只有被他搂在怀里才是实在的,一离开他的怀抱,什么也变得有影无形。也只有在他怀抱里,她才能看得到那些美妙的绿光点。

"哥……你累坏了吧?身子不要紧吧……"

他的嘴里有一股薄荷味,他把这些气味吹到她的耳朵里。

星星都是碧绿碧绿,星光断断续续。雾气加重,泥土的腥气也加重。秋虫们都累了,歇了嗓子睡觉去了。黄麻沉默了,凝着脸,浪潮声滚滚而来,她把脸放在他的胳肢窝里,眼睛黏黏涩涩的。浪潮声使她产生安全感,便搂着他的脖子,沉沉睡去。

四

天亮时,群鸟在天空里噪叫着,黄麻叶片上挂着晶莹的露珠,深绿的叶片十分精神,尖削的叶尖都上指着天。黄麻的秆有深红的颜色,也有淡黄的颜色,每一棵都笔直,每一棵都高挺,初升的太阳把鲜红的光线斜刺里射进来,照耀着高马的脸。他的脸清癯爽朗,两只眼睛里流露着掩饰不住的欢愉。现在她感到一刻也离不开他了。他身上发出的力量紧紧地吸引着她,使她的眼睛跟随着他旋转。想起夜里的事,她心里怦怦地跳,血往脸上涌。她情不自禁地再次扑到他身上,用牙齿轻轻地咬着他的脖子,并且贪婪地吞咽着被他脖子的灰垢污染成咸汗味的口水。她咬住他脖子一侧那根粗大的动脉时,感到它强有力地搏动着。这澎湃的搏动令她心醉神迷,难以自持。她咬着它,舔着它,用两片嘴唇夹着它。她感到内部的器官像鲜花般开放了。这时她说:

"高马哥……高马哥……就是死了,也不冤枉了……"

黄麻叶片上的露珠扑簌簌地跌落着,湿漉漉的黄麻茎秆像涂了一层油,光彩夺目,地上的潮气上升,蒸发,金红的阳光逐渐增添着白炽的成分,在他们背后有一只花脸鹌"哞哞"地叫着,叫声很长,很沉闷,好像那神奇的鸟儿是把嘴巴扎在泥土里鸣叫。在他们前面不远处也有一只花脸鹌在鸣叫,与后边那只遥相呼应。清晨时空气停止了流动似的,黄麻们凝固着,宛若浸泡在静止的红海水里的珊瑚。

他把她推开了,说:

"我们吃点东西吧。"

她微笑着,仰着身体,望着脸上密麻麻、乱纷纷飞动着的绿光点和金色的光点,全部的意识都集中在头脑深处的一个微妙的地方,那里响着潮的涌动声,遥远而神秘。她希望永远沉浸在这种境界里,身体一动不敢动,呼吸也被屏住,那地方有一颗喜动活泼的水银珠,停在那里,抖抖颤颤,随时都准备滑走。

"起来吧,吃点什么。"高马捏着她的手腕子摇动着。

水银珠飞快地滚走了,她看到了眼前的黄麻和阳光,心里感到很烦躁,但又找不出责怪高马的理由。

高马从一个蓝包袱里摸出几张白面单饼和一把蒜薹。蒜薹的根部已经枯萎,梢儿也枯萎了。他掐掉蒜薹的根和梢,单剩下中间绿绿的一截。他把六根蒜薹卷到一张饼里,递给金菊。

她摇摇头,她还沉浸在刚才那种幸福的感觉里,并试图捕捉到它。刺鼻的蒜薹味干扰着她,她早就讨厌蒜薹的气味了。

"快吃,吃了我们就赶路。"高马说。

她犹犹豫豫地接过单饼,拿着,却不吃。一直等到高马咬了一口夹蒜薹的单饼后,她才试试探探地咬了一口。单饼硬得像在冷水中浸泡过的麻布一样。高马腮上的肌肉抽搐着,滚动着。她听到了生冷的蒜薹在他口腔里又滑又腻地响着。她也咬住了蒜薹,它们冷冷地、像刀子刮竹般响着,她的口水满了嘴,心里有无法忍受的生、冷、滑、涩。

高马还在狼吞虎咽,一边吃一边粗重地喘息。他还放了一个很响的屁。她厌恶地把脸别过去,把那张饼扔到蓝包袱上,单饼散开,蒜薹暴露出来。

"你怎么啦?"高马着急地问着,他的白牙缝里夹着一丝蒜薹的绿筋络。

"没怎么啦,你吃吧!"她低声说着,这个男人满嘴的蒜薹味又使她感到和他之间有了距离。

高马匆匆嚼完一张饼,又把她扔掉的那张饼卷好,说:

"你不吃也罢,等到了苍马县城,买可口的给你吃。"

"高马,我们去哪里?"她迷茫地问。

"我们先去苍马县城,坐长途汽车去兰集,再坐火车去东北。你哥他们现在一定在天堂火车站等着我们呢!"他有些阴鸷地说,"让他们的阴谋彻底破产。"

"去了东北怎么办?"她依然迷茫地问。

"我们去黑龙江省木兰县,我有个战友在那里当副县长,求他帮我们找个工作干。"高马胸有成竹地说。

他又大口吃起饼来。他又放了一个响屁。

她自己也说不清为什么笑了。

高马的脸红了,不好意思地说:

"我一个人过惯了,你别见笑。"

她立刻就原谅了他,就像对一个小孩子说话,她说:"人人都一样,吃着五谷杂粮,还有不放屁的?"

"女人呢?女人也放屁吗?"高马说,"我怎么也想象不出像你这样的漂亮女人也会放屁。"

"女人不也是人么!"她说。

黄麻上的露水干了,北边的原野上,有一头毛驴在"勾儿嘎儿"地鸣叫着。

"大白天,我们敢走?"金菊问。

"敢走,我们越是大胆越是没事,这里离苍马县有三十里,三个小时就能赶到,等到你哥他们回过头来苍马追我们时,我们早就到了兰集啦。"

"我不愿意去啦,"金菊说,"我成了你的人,俺爹和俺娘也许就回心转意啦!"

"你别做梦啦,金菊!"高马说,"你爹和你娘不打死你才怪!"

"俺娘还是疼我的……"她含着眼泪说。

"她疼你什么?她疼你哥,把你当个家什一样跟人家交换。"高马说,"金菊,你真的甘心跟那个刘胜利去过一辈子?金菊,别痴了,听我的话,跟我走,我那个战友是副县长,你想想,一个副县长,权有多么大!安排咱俩还不是他说句话的事,在部队里,俺俩好像亲兄弟一样。"

"高马,我可是把什么都给你了。我就像条狗一样,你一召唤,我就跟着你跑啦……"

"金菊,"高马抱住她的肩膀,说,"高马即便是卖血,也要让你过上好日子。"

"哥……我们就这样搂抱着死了吧……你把我弄死吧……"

"不,金菊,我们不死,我们要闯过这一关,闯出个人样来让你爹和你娘看看。"

她看着情人脸上那坚毅得有些残忍的表情,不由得抬起手,去抚摸他额头上那些疤痕,她怜爱地问:

"还痛吗?"

"这里痛。"高马抓着她的手按在自己胸膛上。

她把脸伏在他那怦怦跳动的地方,说:

"哥……你为我吃苦啦……我哥他们,是些黑了心的狼……"

"也不要这样骂他们,"高马宽厚地说,"他们也活得不容易。"

"是的,他们也不容易,"金菊说,"我这一跑,他们就完了……"

"哎,想起来了,金菊,"高马故意地打断了金菊的话,神采飞扬地说,"还记得去年那天吗?我帮你割麦子那天,我说把录音机换上新电池后借给你听,一直没捞到机会,现在,它是你的了,你听吧。"

高马解开包袱,把收录机从纸盒里拿出来。他揿了一下键,录音机沙沙地响着,一个女孩子娇滴滴地唱起来:

"十五的月亮,照在家乡照在边关,宁静的夜晚你也思念我也……"

"这是新磁带,董文华唱的,"高马说,"董文华也是个当兵的,沈阳军区,个子不高,胖乎乎的,模样挺恬静的。"

"你见过她?"她问。

"在电视上看过。"高马说,"孙宝家新买了彩电,他家里今年种了六亩蒜,光蒜薹就卖了五千多元……不是到了这一步,我也真不割舍离开家乡,种蒜赚钱,明年县里还让扩大种植面积。"

高马把耳机插到录音机上,声音突然消逝,金菊有些惶惑,高马把耳机挂到她的头上,大声说:

"这样更好听!"

她看到高马从包袱里抖出一个牛皮纸信封,信封里装着一沓子十元的钱。

"我把能卖的都卖了,房子让于连水大哥给照望着……也许,在东北待几年咱还要回来……"

她听到耳机里一个女人在吼叫:

"阿里巴巴!嗨!阿里巴巴!嗨!阿里巴巴是个快乐的青年!"

第七章

十五的月亮十六圆

月过十六缺半边

卖了蒜薹家家欢喜

卖不了蒜薹心如汤煎

——张扣对卖蒜薹群众演唱片段。

一

高羊被关在县公安局临时看守所的一间很大的监室里。他当时并不知道这是什么地方,但那两扇通红的大门留给他的印象十分深刻,他先前来卖蒜薹时从这红漆大门外走过。他记得大门外是一条沟,沟里有一些污黑的水,水里有一些半死不活的草。县城里处处喧闹不止,惟有这里冷冷清清。沟中的污水里孳生了很多红色的小虫子,他第二次来县城卖蒜薹时曾看到一位身穿白绸褂的老头子操着一根竹竿——竹竿头上套着蚊帐布缝成的兜兜——在水边捞那些红虫,同行者说是捞了喂金鱼的。

警察打开了他的手铐,摘走了。他的双手解放,虽然手脖子上那两道深槽紫红难看,他还是感动得想哭。警察同志把手铐挂在皮带上,推他一把,说:"进去!"他往前一扑,也就进去了。警察用手指指靠窗户那块床板,说:"睡这儿,从今以后,你就是九号。"

同室的一个年轻小伙子从木板上跳起来,拍着手叫唤:

"欢迎新战友!欢迎新战友!"

铁门咣噹一声关上了。那个小伙子用嘴巴模仿着锣鼓家什的铿锵声,身体在狭窄的空间里转动着,跳跃着。高羊怯生生地看着这个年轻人。他推着光头,但由于头上坑洼太多,理发推子无法深入到那些坑洼里,所以他的头青一块白一块的,很是难看。他跳着转着。高羊时而看到他干瘦干瘦的、没有一点血色的脸,时而看到他生满了黑痦子的背。这小伙子瘦得几乎没有腔。他跳着,高羊就想起了用纸壳剪成、一捏连杆就翻跟头的牵线纸偶。

有人在门外用什么东西捣着铁门,捣几下,喊几声。片刻,一张方方正正的脸出现在高高的铁窗外,就是这张脸在吼叫:

"七号!你捣什么乱!"

小伙子停止跳跃,翻弄着灰白的大眼珠子看着铁窗外那张脸,说:

"报告政府,俺没捣乱!"

"你跳什么!? 你叫什么!?"铁窗外的方脸严厉地说。

高羊看到了刺刀的寒光。

"我锻炼身体。"

"混蛋!这是你锻炼身体的地方吗?"

"噢!"年轻犯人怪叫一声,几步冲到铁窗前,尖叫着:"政府,政府还兴骂人哇,伟大领袖和导师毛主席教导我们:'不打人骂人!'找所长来,问问你凭什么骂人!"

被呼作政府的岗哨高举起枪托来,捣着铁窗棂子,生气地说:

"你老实点! 要不我就叫看守来,给你戴上手铐脚镣!"

年轻犯人抱着头逃回自己的床上,夸张地叫着:

"政府政府,大叔大叔,俺不敢了,俺告饶了!"

"他妈的,混账东西!"岗哨骂了一句,脸从铁窗口消逝了。

高羊听到岗哨的皮鞋踏得走廊当当地响着。

这条走廊长得好像没有尽头,那响声也就没有尽头。高羊想起从囚车里出来后,就被警察同志架到一间铁灰色的屋子里,一个老警察问了他许多话,还对他说:"从今之后你就是九号!"后来他就走在这条长长的走廊上了。他越过了一道道铁门,一眼眼铁窗,铁窗里晃动着一些灰白的脸,那些脸都像薄薄的白纸剪成的一样,似乎一口气就能吹破。

他还恍惚记得马脸青年被两个警察同志从囚车上拖下来,那件白警服自始至终包住他的头。后来好像来了一副担架什么的,把马脸青年抬走了。他用力想象着马脸青年的下场,越想越糊涂,便不去想他。

监室里灰暗得很,地面是灰色的,墙壁是灰色的,床是灰色的,一只只饭钵子也是灰色的。一线西斜的阳光从铁窗棂里射进来,涂在灰墙上,呈现出紫红的颜色。从窗棂里望出去,眼睛碰在一架蓝色的起重机上。起重机的顶端有一个四四方方的玻璃镶嵌成的小房子,小房子也被阳光照耀着,一闪一闪地亮,一群被阳光涂抹成金红色的白鸽子紧擦着小房子飞过去,鸽哨吱吱地响着,听后让高羊胆战心惊。那群鸽子飞走了,一会儿又飞回来,哨子依然吱吱地叫着,照样使他胆战心惊。

正在高羊发愣的时候,一个弓腰驼背的老头儿扑上来,痉挛的手指急促地摸着高羊,尖声尖气地问:

"烟……烟……新来的,有烟没有?"

高羊赤脚,光背,只穿一条大裤衩子,老头儿又黏又滑散着恶臭的手指触到了他的皮肤,他遍体暴起鸡皮疙瘩,恨不得大吼大叫。

老头儿摸了他一阵,毫无收获,便悻悻地走了,龟缩到床上去。

一个中年人坐在他对面,瓮声瓮气地问:

"伙计,犯了哪条律令?"

昏暗中他看不清问话人的面孔,他只是想当然地认为这是一个中年人。那人坐在水泥地板上,一颗硕大的头颅靠在灰床的边上。他有些胆怯,嗫嚅道:

"我……我也不知道犯了哪条律令……"

"你是说政府冤枉你啦?"中年人冷冷地说。

"我没说政府冤枉我呀!"高羊辩解着。

"瞎扯!"中年人竖起一个粗大模糊的黑手指,恶狠狠地说,"你瞒不了我,你是个强奸犯!"

高羊羞惭地说:"我不是……我有老婆有孩子怎么能干那种丑事呢?"

"你一定是个偷盗犯!"中年人又说。

"我没偷!活了四十岁,我连人家一根针都没拿过!"高羊生气地说。

"那、那你是杀人犯!"

"你才是杀人犯!"

"我是杀人犯,"中年人说,"没杀死,我对准他的头打了一棍,把他的头打破了。他们说他脑震荡,狗屁,脑子还能震荡?"

一阵尖利的哨声在走廊里响起,打断了他们的谈话。

"开饭啦!"一个沙哑嗓子的男人在走廊喊叫,"把盆子伸出来!"

那个摸索过高羊的老头子从床下拖出两个灰色的搪瓷盆,从铁门下边一个四方的空洞里推出来。这时候,监室里一片光明耀眼,但这光明很快就暗淡了,变成昏黄的、雾一般的气体,在监室里流动着。他这时才发现监室是这般高瘦,一个小小的、蒜锤子形状的电灯泡安在同样漆成灰色的天花板上,好像半天里的一颗星。天花板是那样的高,两个高个子叠着罗汉也摸不着顶。他不明白为什么要把天花板修得如此高,这要给安装灯泡的工人制造多少困难啊!在电灯泡偏北半米的地方,有一个小小的天窗,窗上安装着一层压一层的铁片。灯亮了,有十几只庞大的苍蝇在飞舞,嗡嗡的声音使他心烦意乱。他看到,监室的四壁上还伏着一些没有飞动的苍蝇。

那个自称杀人犯的中年汉子——果然是个中年汉子——从床头上拿起一个搪瓷钵子来,用手掌擦着钵子里的食物残渣。擦几下,就一手捏着钵子沿,一手持两支红筷子,有节奏地敲打着瓷钵子的边沿。干瘦的青年犯人也把自己的盆子从床下拖出来,扔到铺上,他不敲饭碗,却用力伸着懒腰,打着哈欠,鼻涕眼泪都流了出来。

中年犯人停住手,踢了年轻犯人一脚。中年犯人穿着一双足有八斤重的破翻毛皮鞋,裤管上的破洞里露出黑的皮肤和黄的毛。他一脚踢中了年轻犯人的腿骨——一定踢得非常痛——年轻犯人哭咧咧地叫了一声,身体跳了几下,就跌坐在床上,捂着腿问:

"杀人犯,你凭什么踢我?你这个狠种!"

中年犯人龇着结实的黑漆板牙,狰狞一笑,说:

"你爹早死了吧?"

"你爹才早死了!"年轻犯人说。

"俺爹是早死了,这个老杂种!"中年犯人说——高羊很纳闷:这人,怎么骂自己的爹是个杂种——"我是问你爹早死了吧?"

"我爹活得好好的!"年轻犯人说。

"那你爹也不是个好爹,也是个老杂种!他没教育你,不能对着人抻巴筋骨打哈欠吗?"中年犯人说。

"抻巴筋骨打哈欠怎么啦?"

"你对着俺抻巴筋骨打哈欠,会给俺带来坏运气!"中年犯人一本正经地说着,啐一口唾沫在地上,用左脚踏那口唾沫三下,又用右脚踏那唾沫三下。

"你这么多毛病!"年轻犯人揉着腿骨,低声骂着,"该枪毙的杀人犯!"

中年犯人怪笑着,说:

"俺还不该枪毙,该枪毙的都住着单间房!"

老犯人把两个大钵子从铁门下的方洞里推出去后,就不停地伸出舌头舔嘴唇,像一条吞食了烟油子的蜥蜴一样,十分使高羊害怕。高羊怕他那一嘴被氟腐蚀得不像样子的破牙齿,还怕他那两只泪汪汪的、烂了边的、不停地眨巴着的眼睛。

走廊里很安静,只有勺子碰着铁桶的声响,那声音离这间监室还很远。老犯人佝偻着腰,走到又高又小的小铁窗边上,手扒住窗沿,想往外看。他个子矮小,大概是什么也看不见。他踱到铁门边上。抓耳挠腮,一副猴急的样子。后来,他趴在地板上,侧着脸往外看,大概除了钵子外,什么也看不见。他爬起来,继续舔嘴唇眨眼睛。高羊不愿看他,他厌烦地回过头去。

铁勺碰着铁桶的声音终于响近了,老犯人舔嘴唇眨眼睛的频率更快了。中年犯人和年轻犯人也提着钵子靠到门口来。

高羊不知所措,呆呆地坐在低矮的灰床上,看着对面墙壁上一条爬行的蜈蚣。

铁桶被蹾在铁门外的声音,还有好像是适才骂人的哨兵的声音:

"韩师傅,这室里刚关进一个,九号。"

可能是那个韩师傅吧,用铁舀子什么的敲着铁门,说:

"九号听着,每人一个馒头,一勺子汤。"

铁勺碰响了几个铁桶。一个盆子从门下方洞里推进来,又一个盆子紧挨着前边的盆子被推进来,第一个盆里盛着四个馒头,馒头也是灰色的,上面还挂着一层磁光。第二个盆里盛着半满不浅的一盆汤,汤是暗红色的,汤面上漂着几朵大油花,还有几根发黄的蒜薹。

一股霉烂了的蒜薹味猛扑进他的意识里,引逗得他牵肠挂肚,直想呕吐。他中午喝进肚子里的三瓶凉水好像还都潴留在胃袋里,现在它们咣啷咣啷地响着。他的肚子阵阵绞痛,头也有些发涨。

三个犯人各把一个馒头抢在手里,盆里剩下一个馒头,孤零零的,有拳头般大,灰色,闪着釉的光彩。高羊知道这个馒头是属于自己的,但他没有一点食欲。

中年犯人和青年犯人把钵子摆在盛汤的盆子旁边,老年犯人也把自己的钵子放在盆子旁。

老年犯人用那两只令人作呕的眼睛瞟了高羊一眼。

中年犯人说:"哎,伙计,你看样不想吃?满肚子的山珍海味还没消化吧?"

高羊紧咬着牙关,止住一阵阵激烈上冲的呃逆。

"老流氓,你来分。给他留点。"中年人用命令的口吻说。

老年犯人操着一把油腻腻的铝勺子,伸进盆里,把汤搅匀,然后,小心翼翼地盛满一勺,慢慢地端起来,端得是那样平,那样稳,令高羊吃惊。老犯人把第一勺汤倒进中年犯人的钵子里。老年犯人讨好地看一眼中年犯人。中年犯人面孔麻木,没有表情。老年犯人的第二勺子汤舀得速度很快,端得不稳又不平,他把这勺子汤倒进年轻犯人钵子里。

"老流氓！"年轻犯人骂着，"你尽给我撇清汤。"

老犯人说："你喝清汤也喝瞎啦！"

"老流氓！"年轻犯人把脸转向高羊，好像争取同情似的说，"你知道吗，这老畜生是个老'扒灰'，他儿子在市里当大官，撇下老婆在家守活寡，这老畜生，竟和他儿媳妇睡到一个炕上去啦……"

言犹未了，老犯人就把铝勺子扣到年轻犯人的头颅上去了。

这一下打得很重，小伙子抱头哀鸣，满脸都是菜汤。高羊眨了一下眼，看到铝勺子的边沿都被小伙子的坚硬头骨碰卷曲了。

老流氓抓着勺子，弓腰站着，脖子挺得笔直，挑着一个头脸，脸上凶相毕露。

年轻犯人不想罢休，攥着那个馒头，瞅一眼，然后举起来，猛地掷出去，正正地打在老流氓的头上。老流氓的头秃得十分古怪：两侧的头发还健在，从额头到脖颈亮开了一条宽宽的沟。那个馒头就打在了这条亮沟上。老流氓晃晃荡荡地后退着，退到了铁门前。背倚铁门站定，不停顿地摇晃脑袋，好像要把脑袋里的什么东西甩出来一样，那个灰馒头反弹回去，恰好落在年轻犯人眼前。馒头落在地板上，弹跳起来，没及它再落地，就被小伙子凌空捉住，他端详着它，好像要看看它缺损了没有。

中年犯人骂道："你们这两个混蛋，一天不打就发痒！"

"老畜生，丑事都干过了，还怕人家说？"年轻人对高羊说，"告诉你吧，他和他的儿媳妇还合伙生了个小男孩呢，老畜生想憋死那个孩子，被他儿媳妇告了。"

年轻犯人刻毒地笑着。

中年犯人说："老鸹笑话猪黑，兔唇笑话齇鼻！小偷！你是个好东西到这儿来干什么?"

"小偷比'扒灰'畜生高贵!"年轻犯人说。

"高贵你妈啦个屁!"中年犯人骂着,踢了老犯人一脚,说,"快分汤,你发什么愣?想你儿媳妇啦?"

老犯人嘟哝着,蹲下,继续分汤。

这一幕让高羊毛骨悚然,过度的惊恐竟神奇地止住了他的呃逆,胃不吭喳了,胃里的水仿佛一下子漏进了肠道,又从肠道里渗进膀胱。他想小便。

老犯人往每只钵子里舀了两勺菜汤,汤盆里还剩下一点汤。老犯人望望高羊,又望望中年犯人。

中年犯人说:"给这伙计留点吧!"

"你的钵子呢?"老犯人问高羊。

高羊被一泡尿憋得坐立不安,什么话也没有说。

中年犯人弯腰从高羊床下拖出一个脸盆来,脸盆也是灰色的,灰色上漆着一个红"9"。盆里套放着一个灰钵子,一双筷子。盆里和钵里都是白色的蛛网和黑色的灰尘。

高羊把背用力地抵在灰墙上,这样,尿迫感减轻了些。

三个犯人吃起饭来,中年人狼吞虎咽,青年人细嚼慢咽,老年人却用哆哆嗦嗦的手指把馒头一点点掐下来,捏成一个个葡萄大的面团,扔到口腔深处,然后端起钵子呷一口汤,一抻脖子,连汤带面团,咕咚一声咽下去。他的手始终哆嗦着,好像兴奋,好像激动,好像紧张。在吞食的过程中,他那两只烂边的、没有睫毛的眼睛里汩汩地流淌着浑浊的泪。

高羊发现,灰馒头的瓤比皮要白一些,但一经老犯人手指的揉搓,立刻就变成了黑色。

中年犯人吃馒头时的喘气很粗。

年轻犯人吃馒头时嘴唇吧唧吧唧地响着。

看起来他们吃得有快有慢,但实际上速度差不多。当中年犯人咽下最后一口馒头时,老犯人也把最后一个葡萄大的黑面团扔进了喉咙,年轻犯人嘴唇的吧唧声也停止了。

高羊发现,三个犯人中,只有中年犯人敢当着他的面吃馒头,老犯人和年轻犯人都把头逼到一个墙角上,弓着腰,缩着头,双臂肘子夯出来,双手贴着腹部,紧紧地攥住馒头,好像它是个活物,一松手就会跑掉似的。

吃完了馒头,老犯人和小犯人几乎是同时转回了头。三个犯人互相看一眼,便一齐低头喝汤,喝得汤和嘴呼噜呼噜地响。

这带着水音的喝汤声引起高羊的条件反射,汤声一呼噜,他就感到有一个无形的阀门被冲动了,滚热尿液好像已到了最后的关头,只要再有一点点松弛,便会喷射出来。

这时他已经闻不到腐败的蒜薹味了,他只听到那水嗞嗞的呼噜声。他的耳朵里都灌满了蒜薹汤,它们呼噜呼噜响着,呼噜呼噜翻腾着,呼噜呼噜地对耳膜、对膀胱、对尿道施加着压力。在一刹间,他甚至听到了唰唰的水声,大腿上似乎也感觉到了热尿的浸淫。

犯人们把汤喝完了。老犯人双手哆嗦着,捧在双手里的钵子也是哆嗦着。高羊看到他伸出一条紫红色的又厚又肥的长舌头舔着灰钵上残存的汤迹。他把钵子旋转着,他的舌头也旋转着舔。

三个犯人都端着钵子,惊讶地看着高羊,高羊满脸是汗——他感到汗水流到了眉毛上,他转念一想:我的脸一定没有人样啦!

"伙计,病啦?"中年犯人粗鲁地问。

高羊已说不出话来,他把全部力量都运到一点,控制着那个无形的、意念中的阀门。

"监狱里有医生,伙计!"中年人说。

高羊弯着腰,双手捂着小腹,艰难地挪到铁门前,频繁地打着尿战,跷着腿——好像跷腿就能托住那阀门一样。他腾出一只手来,用力捶打着铁门。他继续敲打着铁门。

岗哨在铁窗外大声问询着:"怎么回事?"

中年犯人说:"有人得急病啦!"

"几号?"

"九号!"年轻犯人说。

"不……不是病……"高羊回过头,窘急地对同室犯人们说,"俺要撒尿……憋不住啦……"

中年犯人故意用大声吵嚷遮盖高羊的话音:

"快开门,人都要死了!"

钥匙响着,铁栓豁喇一响,铁门被推开,岗哨左手持枪,右手扶着钥匙,问:"九号,你怎么啦?"

高羊弓着腰说:

"同志……俺要撒尿……同志……"

岗哨脸都气歪了,飞起一脚把高羊踢进监室,骂道:

"混蛋!谁是你的同志!"

铁门哗啦一声关上了。

高羊用头撞着铁门,哀号着:

"不是同志是政府,政府政府政府,快放俺出去……憋不住啦……憋不住啦……"

"监室里有便桶!混蛋!"岗哨在门外大声说。

高羊捂着肚子跳转身,东一头西一头乱撞着寻找便桶。三个犯人都发出怪笑和怪叫。

"大叔……大哥……大兄弟……便桶在哪里?便桶在哪里?"高羊呜呜地哭着,弯着腰去床下寻找着。每次弯腰都有一撮尿滋出来。

犯人们看着他笑。

高羊哭着说:

"憋不住啦……憋不住啦……"

阀门一下翻转,一股灼热的流体奔涌而出,他什么都不想了,他的双腿不由自主地抖了两下,全身的肌肉全部放松了。双腿灼热,它在那儿抖着,他感受到了平生以来享受到的最大快感。

尿液在地上流着,流出很美的图案。中年犯人忽然说:

"小偷,快拿便桶给他!快,这小子要尿好多嘞!"

小偷冲上前几步,把铁窗下墙壁上一个同样漆成灰色的暗门一拉,拎出一个黑胶皮便桶来,一股臭臊味弥漫全室。

小偷揉了一把高羊,说:

"快往桶里尿。"

高羊急不择路地掏出来,对准尿桶,只看了桶中物一眼,他就恶心。现在他聆听着哗哗啦啦的水声,好像聆听着美妙的音乐……他轻松地闭着眼,希望哗啦啦的水声永不间断。

有人对准他的脖子打了一掌。他从迷惘中清醒,发现尿已排完,皮桶里满是泡沫。

"快提到墙洞里去啊!"高羊听到中年犯人说。

他把皮桶提到墙里去,然后关上了木板的小门。

现在他闻到了满室都是臊味,三个犯人都怒气冲冲地盯着他。他愧疚地对着三人点头。点着头,畏畏缩缩地坐到九号床上。他感到非常空虚。被尿濡湿了的大裤头子紧贴在大腿根上,十分难受,脚踝上的伤处被尿水渍了,也放出难忍的刺痛来。脚踝的刺痛唤起了他对这一天的回忆,早晨的事,早晨他一出家门就看到一只土黄色的野兔从槐树林里跳出来,它似乎还特别地看了他一眼。他当时就犯嘀咕:老人说,早晨出门碰上野兔,一天没有好运气。后来,后来,警察就来了……他想得非常吃力,这些事好像都是几年前发生的,都被尘土盖了一层又一层。

老流氓舔着嘴唇,眨巴着眼凑上来,细声细气地问:

"你,你不吃?"

高羊摇摇头。

老流氓见高羊摇头,便以迅速得出奇的动作,扑跪在地上,把盆里属于高羊的那个馒头抓起来,双膝移动到墙角上,肩膀和头都颤抖着,嘴里发出猫拿住耗子那种愉快的呜噜声。

中年犯人对年轻犯人使了一个眼色,青年犯人就像匹小老虎一样飞到了老犯人背后。这小伙子终于寻到了报一勺之仇的机会,他抡着瘦拳,频频敲击着老犯人奇怪的秃头,小犯人一边打一边骂:

"老'扒灰',你吃独食!叫你吃独食!"

两个犯人在地板上翻滚着,厮打着,发出的声音很大,惊动了岗哨,铁窗外又出现了那张方方正正的国字脸,国字脸用枪托捣着铁窗棂,怒骂:

"混蛋,你们活够啦!吃饱了撑的你们这群王八蛋!再打架,卡你们三天的草料!"

岗哨骂一阵,扎扎地踏着走廊上的石板,回到岗楼里去了。

老犯人和小犯人怒目而视,好像一只褪光了毛的公鸡和一只尚未扎全毛的小公鸡,搏斗暂停,扬颈亮相的样子。那个馒头,还紧紧地攥在老犯人颤抖的手里。正是因为保护馒头,他的怪状秃头上,被小犯人的瘦拳头凿出了好多青红的栗子。

中年犯人低沉、威严地说：

"老贼，把馒头交出来！"

老犯人的双手抖颤得厉害，那个馒头被他的双手捂在肚脐眼上。

"你不交出来，今晚上就把你按到尿桶里灌死！"中年犯人说，即使在昏黄的灯光下，他的眼睛也像粒磷火。

老犯人满眼流泪——他的眼泪不是一滴滴流出来的，他没有睫毛，眼泪从烂眼睑上，一下子漫了出来，这一点高羊看得很清楚。老犯人把两只手慢慢往外移，移出二十厘米的样子，他慢慢松手。高羊看到老犯人的十个手指里有七根插进了那馒头里。馒头不像个馒头，但也说不清像个什么东西。老犯人哭着，嘟哝着，忽然发了狂，撕了一块馒头塞到嘴里，同时一嗤哼鼻子，将两摊绿鼻涕喷到馒头上。他又一扬手，把这块馒头扔在高羊适才忍耐不住撒出来的尿上。

"让你们吃！让你们吃！"老犯人嘶鸣着。

中年人冷笑一声，说："狗杂种，弄这个？"他走到老犯人身边，伸出铁钳般的大手，卡住老犯人的脖子，低声说："你要么就把这个馒头吃了，要么就把这颗狗头扎到尿桶里去泡泡！"

老犯人被中年犯人卡得直翻白眼。

"快说，选哪桩？"中年犯人低声说。

老头儿哮喘着说：

"吃……吃馒头……"

中年人松开老头，恶狠狠地对高羊说：

"伙计，看你这副骨架，也不是俺的对手。那么，在这个号里，你要听俺的，俺让你把地上的尿喝了吧！"

二

"来,我们比赛,看谁能喝到自己的尿!"1960年夏天,天堂县木沟公社高疃村高级小学校六年级学生王泰站在厕所里说。王泰家庭出身贫农,爹是高疃村第二生产队的队长。

正是课间休息——每逢课间休息,男女学生们便一窝蜂地跑出来,他们和她们刚出教室时合成一群,跑到操场上逐渐分成两群,东边一群是男学生,西边一群是女学生。操场上杂草丛生,木制的篮球架上生着木耳,篮圈上红锈斑斑。操场的东边,钉着一根木桩,木桩上拴着一只生着花胡子的白山羊,白山羊瞪着蓝眼看着这群瘦得像猴一样的孩子。

厕所在操场的南边,共有两大间,是露天的,东边是男厕所,西边是女厕所,男女厕所之间有一道碎砖垒成的墙,高羊记得墙比他稍高一点。王泰是班里年龄最大、个子最高的学生,男女厕所之间用碎砖头垒成的墙跟王泰一样高。王泰在脚下垫上两块砖头,就能看到墙那边的情景。

高羊记得王泰踏着三块砖头偷看过女厕所里的情景,高羊记得男厕所里的情景,中间一个砖砌的大方坑,一群学生站成一个正方形,往方坑里撒尿。

高羊记得厕所的方坑四周有宽敞的地皮,他们把这空场叫"圈崖",圈崖的里圈被学生们的脚踩得光明,圈崖最外的边角上,生长着黑油油的水糁草和红芯的灰菜,还有开黄色小花的马齿苋。

"哎,大家都先别尿,憋着,看谁能喝到自己的尿!"王泰站在圈崖上说。

一、二、三、四、五年级的小学生们挤不到里圈来,就把尿撒在外圈的野草上,滋得野草扑啦扑啦响。

"谁先来?"王泰问。

没人吭气。

王泰说:"你先试验试验,高羊。"

高羊与王泰是一个生产队。王泰的爹是生产队长,高羊的爹是受贫下中农管制劳动的地主分子。

高羊高兴地说:"我先试试!"

他记得二十七年前喝自己的尿的情景:

那年,我只有十三岁,家里尽管缺吃少穿,但还是省吃俭用供我上到了六年级,爹是地主,娘是地主婆,这样的家庭出身,即使我有天大的本事也不中用,我的出路只有一条:回高疃第二生产队劳动,受王泰的爹领导,很快了。我估计我考不进中学,就算各门功课都考一百分,我也升不进中学,何况我也考不了各门功课一百分。王泰让我喝尿,我很兴奋,那时只要有人注意我,无论怎样注意我我都很兴奋。

我说我试试。我估计差不多我能喝到我自己滋出来的尿。我把梆硬的小鸡扳得朝了上,然后用力,一股焦黄的水柱几乎是笔直地射上来,射得比我的头还高,我抓紧时机探过头去,用嘴截住尿柱,喝了一大口,咽下去,又喝了一大口,咽下去。

王泰哈哈大笑起来,问我:

"什么味? 伙计,什么味?"

我回忆着尿的味道,撒谎说:

"茶叶水味!"

"谁还能喝到自己的尿,谁还能?"王泰问着。

学生们都说不能。

低年级的小学生在操场里喊：

"快来看,六年级的比赛喝尿啦!"

王泰对一个学生说:"李栓柱,去打那些小屄养的。"

王泰压低声音,神秘地问：

"哎,伙计们,知道女生怎样撒尿吗?"

学生们都说不知道。

王泰劈开腿,半蹲着,嘴里发出嗤嗤的声音,说：

"就是这样。"

男生们怪叫起来。

王泰让学生们站在圈的西崖,面朝西。王泰说：

"现在我们比赛尿高,看谁尿得最高,二爷我有奖。"

十几个学生排成一队,王泰站在排头,都用足了劲,十几根黄的白的清的浊的尿柱滋出去,滋上去,有的碰到男女厕所之间的隔墙上,有两股尿越过了那堵隔墙。那股最汹涌的是王泰的,高羊看得清清楚楚。

女厕所响起了一片尖叫,尖叫过后是怒骂。

我想不到王泰竟把这件事安在了我头上。

校长把我揪到办公室里,当着好多老师的面,狠狠地打了我一个耳光。校长说：

"真是老子英雄儿好汉,老子反动儿混蛋!"

校长对一个年轻老师说：

"刘要华,你去高疃村,把王泰的爹和高羊的爹叫来!"

我哭了,我怕我爹因为我又要吃大苦头。

老年犯人从高羊的尿里把那个馒头捡起来,放在双手之间,用力挤着,馒头在老犯人的手里咕唧咕唧地响着,黏黏糊糊的尿液从这犯人弯曲肮脏的手指缝里冒出来,挤完了,老犯人把手掌放在裤子上擦擦,撕开馒头就吃起来。

"伙计,他吃了,你喝吧,自己的尿自己喝,不脏!"中年人狞笑着说,他的声音压得很低,岗哨绝对听不到。

高羊愤怒地盯着这个杀人犯,第一次感到自己是人。你,杀人犯!你,小偷!你,偷儿媳妇的老畜生!贫下中农子弟让我喝尿,我喝;红卫兵让我喝尿,我喝;你们这些罪犯让我喝尿?他愤怒地说:

"我不喝!"

"你真不喝?"中年犯人嘻嘻地笑着问。

"我不喝!"高羊说,他看到老犯人香甜地吃着尿浸过的馒头,一阵恶心又在咽喉里翻滚。

"喝了吧,伙计,他的话不敢不听。"年轻犯人说。

"政府让我喝,我没有法子,"高羊说,"可你们,我也没得罪你们哇。"

"你是没得罪我们,"年轻犯人劝高羊,"可这是规矩啊!"

"喝吧,"老年犯人也劝他,"人嘛,就得学会受委屈,你看,我不是连你的尿都吃了吗?"

中年犯人诚恳地说:

"伙计,俺也不是那号霸道人,俺这也是为你好。"

高羊犹豫起来,中年人的诚恳使他深受感动。

"喝了吧,好兄弟!"老犯人喉咙里塞着馒头,呜噜呜噜地说。

"喝了吧,好大哥!"年轻犯人眼泪汪汪地劝他。

高羊鼻子发酸,直想哭,他看着三个犯人,好像看着三个劝自己吞咽苦口良药的亲人。

"我喝……我喝……"高羊嗓子发紧,话都不成句啦。

"这就好了,真听话。"中年犯人轻轻地拍着他的肩头。

高羊慢慢地跪在水泥地板上,跪在自己刚才漏出来的那摊尿里。尿里有一股难闻的蒜薹味。他闭上眼,脑子里出现了爹和娘的形象,爹头戴一顶破边漏尖的斗笠,杂毛从斗笠顶上钻出来,爹佝偻着,咻咻地哮喘着。娘歪扭着尖尖的小脚,在雪地里拉车上坡。他把脸一下子贴在地板上,焦灼的嘴唇触到了凉尿。蒜薹味,蒜薹味。他用力吸了一口尿。蒜薹味,蒜薹味。他用力吸了一口尿。蒜薹味,蒜薹味。他用力吸了一口尿。蒜薹味,蒜薹味。

中年人抓住他的肩膀,把他拉起来,说:

"兄弟,兄弟,不用喝了……"

高羊被中年人扶到床上坐着,半袋烟工夫不言不语,嗓子眼里咕噜咕噜响着,响一阵就不响了。静了又有半袋烟工夫,他嘴一咧,哭着说:

"爹……娘……儿今日……又喝了自己的尿啦……"

……爹头戴一顶破边漏尖的斗笠,杂毛从斗笠顶上钻出来,爹佝偻着,咻咻地哮喘着,双手持着一根木棍,站在小学校办公室里,可怜巴巴地望着怒气冲冲的校长:

"校长,校长,孩子不懂事……"

"什么不懂事?"校长用力一拍桌子,说,"简直是个流氓!"

"流……氓?"

"他把尿滋到女同学头上啦!"校长说,"是你要他这样干的吗?"

"校长……校长……我饱读诗书……仁义礼智信……男女授受不亲……"爹哀叫着。

"收起你这套封建主义的古董吧!"校长说。

"我不知道他干这种丢人的事啊……"爹浑身颤抖着,举着那根大棍,那根剥了皮的白色柳木大棍,说,"我……我打死他……我打死你啊……不争气的东西……没出息的杂种……你爹的事就够啦……你还来闹乱子……"

爹戴着一顶破边漏尖的斗笠……杂毛从笠顶上钻出来……爹佝偻着……咻咻地哮喘着……双手举起那根……剥皮的……白色柳木大棍,对准我的头砸下来……我歪了一下脑袋……大棍砸在我的肩膀上……

"你干什么?"校长严厉地说,"你来玩这一套?"

校长把爹手里的大棍拨拉到一边去,说:

"我们决定,开除高羊的学籍。你把他领回家去吧,领回家去打死我们也不管。"

"校长,别开除我,别开除我……"我心里很难过。

"留下你耍流氓?"校长白了我一眼,说,"走吧,跟你爹走吧!"

"校长……"爹弯着腰,双手拄着柳木大棍,哆嗦得相当厉害,爹哆嗦着,眼里流着泪,说,"校长……求求您啦……让他毕了业吧……"

"别啰唆啦!"校长说,"王队长来啰?"

我看到王泰的爹六轮子来了。六轮子队长领导了我二十年,我给他当了二十年社员。他身体高大,赤着背,赤着脚,一身红肉,他从不扎腰带,一条白布肥裆大裤衩子,裤腰上结了一个结,腰里插一把镰刀。我叫他六爷,他不用腰带的技术我们都学不会。六爷的腿上、背上都生过很多毒疮,结了一片明亮的大疤瘌。

六爷粗嗓门里有铜音:"校长,叫俺来干什么?"

校长说:"王队长,说了您可别生气。您家王泰把尿滋到女生头上啦……这事嘛,不好,教育孩子,家长要和学校配合。"

王六轮子说："这鳖蛋,他在哪里?"

校长对一个教师努嘴示意。

教师把王泰推到办公室里来。

六轮子问："鳖蛋,你往女生头上滋尿了?那是你滋尿的地方?"

王泰低着头,剥着手指甲,不说话。

六轮子说："谁教你干这事?"

王泰指着我,毫不犹豫地说:

"是他!"

我吃惊地看着王泰,脑子里迷迷糊糊的。

"他不但自己干坏事,还教唆贫下中农子弟干坏事!"校长对我爹说,"事情绝不是偶然的。"

"家门不幸……家门不幸……出此败类……败类……"爹原地踏步走。

"你从小就这么坏,什么时候能坏到死?"王六轮子质问我,又责问爹,"你怎养出这种可恶的东西来?"

爹戴着一顶破边漏尖的斗笠……号叫了两声……举起木棍……一定打在我脑袋上了……我喊出了声?二十年过去了,我也弄不清楚喊没喊出声,我想喊:爹……我喝了自己的尿……我只是喝了自己的尿……

"好兄弟,别难受啦。"中年犯人开导着高羊,"过了这一关,什么就都好了!你是个能忍的好汉子,忍着,熬着,让干什么就干什么,你的好日子就来了,你从这儿出去,就再也不用到这儿来了。"

老犯人吃光了尿浸馒头,又喝光了汤盆里的汤,一节黄蒜薹黏在盆底上,他用手指抠起来,塞到嘴里去。汤盆边沿上沾着一层泡沫和油,他伸出长舌头舔着,呱唧呱唧舔着,像一条老狗。

一串长长的哨音吹过,一个细细的嗓门在走廊里响起:

"各监室注意啦!马上熄灯睡觉啦!夜间纪律是:一、不准交头接耳;二、不准调换床位;三、不准裸体睡觉。"

黄黄的灯光突然消失,监室里一团漆黑,一片寂静,高羊听到三个犯人咻咻的喘息声,高羊看到六只眼睛在那咻咻的喘息声下哗哗地闪着磷光,他疲乏无力地坐在床上,闻到那条灰被子发出一股蒜薹气味。成群结队的蚊虫飞出去,在黑暗中鸣叫。

漫长的一天终于到达了黑暗的终点,他把头仰到被子上,闭了一下眼,两滴泪水毫无意义地流下来。他轻轻地、不被任何人听到地叹息了一声,从铁的窗棂的缝隙里,他看到了起重机高大模糊的巨臂,一钩浅黄色的眉月挂在那铁臂上,显出十分的温柔来。

第八章

翻脸的猴子变脸的狗

　　忘恩负义古来有

　　小王泰你刚扔掉镰刀锄头

　　就学那螃蟹霸道横走

　　　　——蒜薹滞销后张扣在街上演唱歌谣，
　　　　痛骂新任县供销社主任王泰。

一

　　囚车远去，黄尘也消散，柏油路上光明夺目，一只不知何年被车碾死的癞蛤蟆，干结成一张蛤蟆皮，贴在路面上，好像一幅画。金菊从路上爬起来，行走至路边，腿颤，汗流，脑子里空空荡荡，坐在路边半死不活的草墩上。

　　路外是广阔的原野，近处是半人高的玉米高粱，远处是金黄的麦浪。收获后的蒜地裸露着黑色的肚腹，等待着大豆的种子或玉米的种子，天旱，日头毒，地已经干透了。西斜的阳光金黄，照耀万物，万物也金黄。乡政府里更金黄，那里葵花开放。

　　她痴坐了一会儿，日头下沉，雾气从地上升起，田野里歌声苍凉。

每当夏日傍晚时,凉风习习,劳作了一天的农民们便歌唱,歌唱是他们解除疲劳的秘方。他们赤裸的身上蒙着厚厚的尘土,日光削弱,人身体都显大,牛身体更显大。一头黄牛拉着犁杖,正在翻耕蒜地。老远里看着,黑土从雪亮的犁铧上滚下来,滚下来,源源不断,犁杖后一片光明的黑波浪。

金菊很麻木地看着田野里的景,扶犁老人开口一唱,金菊潸然泪下。

日落西山黑了天——扶犁老汉扬起鞭来一甩,鞭梢在牛头上弯曲着飞舞——二姑娘骑驴奔阳关——

唱了两句,扶犁老人就闭了嘴。隔了一会儿,又唱:日落西山黑了天——二姑娘骑驴奔阳关——

唱了两句又不唱了。

金菊站起来,用包袱抽抽腔上的土,懒洋洋地往家走。

爹死了。娘被捉走了。

爹一个月前被乡党委书记的车撞死了。

娘也不知犯了什么罪被公安局的囚车拉走了。

金菊拐上河堤,下河堤时,大肚子直往前坠,她后仰着身体,踩着滑溜的绿草,小心翼翼地往下挪。

走下河堤,进入生满垂柳的沙地。沙地很软,有的地方也硬,硬的地方生长着一些黄绿色的茅草。她手扶住一棵茶碗口粗的垂柳,看着光滑的、褐色与绿色间杂的柳树皮。一群大个的红蚂蚁在络绎上树。她不知道自己该想什么,她脑子里还是空空荡荡。后来,她感到腿发胀,又感到腹中的胎儿在拳打脚踢她的五脏六腑。她吸了一口凉气,弯着腰,屏住呼吸,紧紧地抓住柳树的干。

她额上流汗眼窝里流泪,肚里的孩子继续拳打脚踢着,好像对她有着深仇大恨,她很委屈。她仿佛听到了胎儿的哭声和骂声,仿佛看到了胎儿的模样,他,他是个男孩子,在肚子里圆睁着眼睛……

孩子,你要出来吗……她试试探探地坐在沙地上,抬起一只手摸着胀得像皮鼓一样坚韧的肚皮……孩子,你还不到日子,别急着出来啊……她哀求着腹中的胎儿。胎儿被彻底激怒了,拳打脚踢,双眼圆睁,大声号哭……从来没见过睁着眼哭的孩子啊……孩子,你不能急着出来啊……她的手指甲掐破了柳树的皮……一线温热的液体从双腿之间流出来……孩子,你不能出来啊……

金菊号哭着,柳林里的黄鹂被她的哭泣声惊吓,"沙沙"地叫着飞到不知哪里去了。

"高马哥……高马哥……快来救救我……"她哭叫着,柳林寂静,只有她的哭叫。

胎儿毫不客气。胎儿残酷无情。他圆睁着两只血红的眼,嘶叫着:

"放我出去!放我出去!"

她手把着树干,困难地站起来,牙齿咬进下唇。胎儿的每一拳脚都使她失去自制地哀鸣一声,弯一下腰。她的眼前浮动着这个可怕的小东西的模样。他瘦瘦的,黑黑的,鼻梁很高,眼睛很大,嘴里生着两排坚硬的牙齿。

孩子……别咬我……你松开嘴……别咬我……

她弓着腰,脚掌擦着地面,一点点往前蹭着。柳枝沉甸甸地下垂,柳叶上沾着一层蚜虫。柳枝和柳叶被她的头颈和肩膀碰动着,蚜虫沾在她的脸上、脖子上、头发上和肩膀上,那线温热的液体已经流进了她的鞋里,与沙土混合在一起,形成黏泥,脚像泥鳅一样在鞋旮旯子里钻动。她从这棵柳树挪到那棵柳树,柳树们无可奈何地忍受着她的折磨。无数的蚜虫在暮色里熠熠生辉,柳枝柳叶上仿佛涂着青油。

孩子……你别这样瞪着我……别这样……我知道,你在我肚子里……憋屈得够呛……你吃不好,喝不好……你想出来……

金菊摔倒了,胎儿大声啼哭着,用牙齿狠狠地咬着她的子宫壁,一阵撕裂器官的尖利疼痛使她不得不屈起双腿弓起腰,在地上爬。她的十指像铁钩子一样抓进沙地里去。

孩子……你把我咬破了……咬破了……我像狗一样在地上爬啊……

她手脚并用地爬着,肚皮磨擦着沙土,汗珠和泪水点点滴滴打在沙土上,沙地上青烟袅袅。她禁不住恸哭失声,这个调皮捣蛋的黑孩子把她撕碎了。她特别惧怕这个满脸凶残表情的小子。她看到他像蚕一样蠢动着,用力扩展空间,但包裹着他的是一层胶皮样东西,弹性极好,他扩展开的地方总是随着他的一松劲又缩了回去,他恼羞成怒,盲目地拳打脚踢还加口咬,他骂着:

"王八蛋!你这个王八蛋!"

孩子……哎哟我的孩子……你饶了我吧……饶了我吧……娘给你下跪啦……

孩子被她的哀求感动,松开了咬住子宫壁的嘴,拳脚也暂时不做大幅度运动。疼痛骤然减缓。她把湿漉漉的脸猛伏在沙土上,心里弥漫着被儿子的宽容唤起的感激之情。

夕阳将下,柳梢上溶着一层金。金菊抬起脸,脸上沾满浮土和沙粒,她看到,村子里已有乳白色的炊烟升起。她小心翼翼地爬起来,生怕惊动了腹中那个愤怒的婴儿。他蜷缩着,小心儿像雀儿一样跳跃着。

金菊移动到高马家门口时,红日已沉下柳梢,村内的大道上,牛鞭脆响,一阵阵被盐水浸透了的歌声把天都唱红了。

> 想起了你的娘早去了那黄泉路上,
> 撇下了你众姐妹凄凄惶惶。
> 没娘的孩子就像那马儿无缰,
> 你十四岁离家门青楼卖唱。
> 自古笑贫不笑娼,
> 你不该当了婊子硬立牌坊,
> 闹出了这血案一场!

二

拥拥挤挤走出黄麻地,已是日上三竿时分,薄雾消尽,天地澄澈,隔着一条苍白的土路,早望见苍马县农民们种植的数千亩辣椒,遍地流火,红彤彤一片。

一钻出黄麻地,金菊就感到像在众人面前赤身露体一样,羞得死去活来。她又退到黄麻地里。高马跟进来,催她:

"快走啊,缩回来干什么?"

她说:"高马哥,青天大白日的,我不敢走了。"

"这是苍马县境,没人认识咱们!"高马有些着急地说。

"俺怕,要是被熟人碰到怎么办?"

"不会的,"高马说,"就是碰到又怎么了,咱们是光明正大的。"

"咱不是光明正大……高马,你让我成了什么人了……"金菊一腚坐下,哭起来。

"好啦,祖宗奶奶!"高马无可奈何地说,"真是女人,前怕狼,后怕虎,一分钟就变一个主意。"

"我腿痛,走不动啦……"

"又放赖了。"

"我困啦……"

高马摇摇头,摇摇头,说:

"咱也不能住在这黄麻地里一辈子!"

"反正白天我不走。"

"那就今天夜里走。"高马把金菊拉起来,说,"往深处去,这里太危险。"

"我……"

"我知道你走不动了,"高马蹲在金菊面前,说,"我背着你。"

他把小包袱递给金菊,伸手至背后,揽住了她的腿弯子,她顺从地伏到了他宽宽的背上。

他呼哧呼哧地喘着,黑脖子往前探着,她有些怜爱起来,便用双膝碰碰他的髋骨,轻轻地说:

"哥,放下我吧,我自己走。"

高马不语,却把手往上移了移,一只巴掌捂住了她一只屁股瓣儿,轻轻地捏着。那种全身所有内部器官鲜花般开放的感觉又悄悄袭来。她呻吟着,用拳头捶打着高马的脖子。高马脚下被绊,两个人便随着黄麻倒下去。

黄麻不安地摇晃着。起初是十几棵黄麻晃动,后来起了风,千万棵黄麻一起摇晃起来,所有的声音都被黄麻们的叶片和茎秆磨擦发出的巨大、但十分温柔的声音淹没了。

三

第二天凌晨,金菊和高马沾着满身的露水和尘土,走进苍马县长途汽车站。

这是一幢外观很漂亮的高大建筑物,大门上的彩灯尚未熄灭,辉映着红漆的标牌大字与淡绿色的水泥"拉毛"墙面。夜里营业的小摊贩们沿着进入大门的通道两侧摆开货摊,形成一条走廊。小贩们有男有女,都睡眼惺忪,满脸的疲倦。她还看到一个二十多岁的女摊贩用手掌遮住嘴巴打哈欠,打完了哈欠两眼里盈着泪水,被矿石瓦斯灯吱吱叫着的长长的蓝色火舌映照着,那姑娘浸泡在泪水里的双眼像两只半死不活的大蝌蚪一样,腻腻的、懒懒的。

"甜梨——甜梨——买甜梨吗?"女摊贩招呼着。

"葡萄——新疆无核葡萄——买葡萄吗?"男摊贩招呼着。

摊贩们兴致勃勃地招徕着顾客,各色水果都散着腐臭气,遍地废纸、烂果皮和人的粪便。

金菊感到那些摊贩们眼睛背后都隐藏着一些什么,他们嘴里在叫卖,心里却在骂着或是笑话着我。他们都知道我是谁,都知道我这两天里干了些什么。那个女摊贩分明看到了我背上的泥土和揉烂的黄麻叶子。还有那个老头,像个老畜生一样盯着我,他把我看成那种女人啦……金菊被巨大的羞愧压迫得全身紧缩,连腿也不会迈了,连嘴唇都不会动了,她死死地垂着头,紧紧地抓着高马的衣角。

她又一次后悔,感到眼前无路,对未来感到恐惧。

她跟着高马走上台阶,站在肮脏的水磨石地面上,松了一口气,小贩们不出声了,都在低头打盹。她想,也许是我多心,他们并没有看出什么破绽。这时,从大门内走出一个蓬头垢面的老女人,她竟然也抬起乌青的眼,恨恨地盯了金菊一眼,金菊被这老女人犀利目光一刺,心头又一阵发颤,发颤未止,却见那老女人走下台阶北侧,寻一个墙犄角,褪下裤子撒起尿来。

大门把手上沾满油腻,不知被几千几万人摸过,她看到高马的大手抓住了门把手,心里又莫名其妙地发颤。大门吱扭吱扭地响着被拉开了一条缝,一股恶浊的热气涌出来,扑到金菊的脸上,她几乎要跌倒。

她还是跟随着高马进了汽车站的大厅。有一个服务员模样的人打着哈欠在行走。高马拉着金菊迎上去,挡住了那人的去路。那人是个女的,腆着大肚子,脸上有七八个黄豆大的黑痦子。

"同志……去兰集的汽车几点开?"高马问。

那人抓了抓肚皮,斜着眼打量着高马和金菊,说:

"我也不知道,你到售票口问问去。"

这女人长得漂亮,嗓音也特别温柔动听,她还顺手一指,说:

"售票厅往那边走。"

高马连连点着头,嘴里说出三个"谢谢"。

买票的人不多,一会儿就排到了窗口。一会儿就买好票。

高马买票的时候,金菊死死地抓紧着他的衣角。她还打了一个喷嚏。

候车室有二亩地那么大,站在候车室大门口,金菊十分惶恐,好像所有的人都在注视着自己。她低头看着脏乎乎的衣服和沾满泥土的鞋子,后悔走得仓促,没带上几件换洗衣裳。

高马牵着她走进候车室,水磨石地板上铺了一层瓜子皮、糖纸、水果皮,还有黏痰和水。大厅里热乎乎的,屁味汗味和说不清楚的臭味混合着,乍闻很难受,几分钟也就习惯了。金菊从这股味道里辨别出了一种属于女人的味,于是,对这间大厅,她马上消除了感情障碍。

高马牵着她的手寻找座位。大厅里有三排看不清颜色的板条长椅,长椅上躺满了人,也有坐着的,但必在两个躺着的人之间。他们转了一圈,终于在读报栏旁边的一条长椅上找到了位置。长椅上湿漉漉的,好像孩子刚刚撒上了尿。金菊不愿坐下,高马用大手把板条抹了抹,说:

"坐下吧,'在家千般好,出门事事难',坐下吧,坐下就好啦。"

高马自己先坐下来,金菊皱着眉头坐下,双腿麻麻胀胀的。过了一会儿,果然觉得坐下就好了。

坐在椅上,背后有了依靠,人也矮下去,她的心情轻松。高马说你可以闭闭眼打个盹,离开车还有一个半小时。她听话地闭上眼,却没有丝毫睡意。坐在椅子上,恍惚还在黄麻地里,四周是层层叠叠的麻秆,头上是疏朗的叶片和寒冷的天光。睡不着,她只好睁开眼。

漆成灰绿色的读报栏,四片玻璃被打碎了三片,两张发黄的旧报纸在碎玻璃里吊着,一个中年人过来,伸进手去,撕了一角报纸,四周看看,好像胆怯。一会儿就有苦辣的旱烟味飘来,金菊才知道,报纸被撕去做卷烟纸用了。她有些遗憾地想:刚才应该撕块报纸揩揩凳子。

她低头看鞋,鞋上的湿泥巴已裂开纹路,她用手指把泥巴剥下来。高马把身体往近里靠靠,悄悄地问:

"金菊,饿不饿?"

金菊摇摇头。

高马说:"我去买点东西来吃。"

金菊说:"不要买了,往后用钱的地方多着哩。"

高马说:"人是铁,饭是钢,只要身体好,能干活,就不愁挣不到钱,你占着座位。"

金菊把高马的小包袱放在身旁,心里又空虚起来,隐隐地感觉到高马一走就再也不会回来似的。她知道这是瞎想,高马不会扔下自己不管,高马不是那号人。高马戴着耳机子站在麦田里的形影——这最早的印象此时又涌上她的心头。这些事宛若在眼前,又好像发生了几百年。

她动手解开小包袱,把录音机拿出来,想听,又怕被人看到笑话,便又放进包袱里包好。

对面的躺椅上,坐着一个蜡一样的美人。她头发乌黑,披散到肩头上,脸色雪白,两条眉毛像线一样细,像月牙儿一样弯。睫毛长得出奇,嘴唇像熟透了的樱桃,又红又亮。身穿一件红旗色的裙子。两只奶子高高地挺着,金菊有点替她害羞,她听人说城里的女人装着假奶子,她感到了自己胸前那两只沉甸甸地下垂的大奶子,心里想怕它长大了难看它偏长大,城里的女人盼它长大它偏不长大。事情都这样颠三倒四。她想起女伙伴们的话:这东西千万不能让男人摸!这东西遭了男人的手,就好比面团加了苏打,几天就发起来了。她相信伙伴们的话是真的。因为,她想我已经尝到那滋味了,它们胀得很厉害,正在发着呢。

一个男人,自然也是洋气的男人,把一颗生着鬈毛的头枕在红裙子女人的大腿上。红裙子女人用十根葱根般的白手指玩弄着那颗头,梳理那些鬈曲的头发。

金菊望着他们,红裙子女人一抬眼,吓得她赶忙低头,好像小偷被人家发现一样。

大厅里不知什么时候开始明亮起来,喇叭里响起召唤去台镇的旅客到十号站台排队检票的声音。女广播员说着一口不土不洋的话,听着让人牙碜。条椅上躺着的人活起来,一群提包挎篓、牵老婆抱孩子的旅客一窝蜂般涌向十号站台。旅客五颜六色,身体似乎都很矮小。

对面一男一女继续着他们的动作,旁若无人。

两个手持笤帚的女服务员走到条椅中间来,用笤帚把子敲打着一些屁股和大腿,一边敲一边喊:"起来!都起来。"挨了敲打的人有的快速爬起来,揉揉眼睛,掏出烟来抽;有的慢慢折起身来,等服务员走过去,又懒洋洋地躺下去睡。

不知什么缘故,女服务员没有敢敲鬈毛青年。红裙子女人玩着男人的头,看着那个蓬头垢面的女服务员,响亮地问:

"小姐,去平岛的车几点开?"

红裙子女人一口京腔,不同凡响,金菊如聆仙乐,赞叹那女人长得好,话也说得好。

两个女服务员十分客气地说:"八点半!"

她们的话与红裙子女人的话一比,差老了成色,金菊瞧不起她们啦。

女服务员从大厅的一头开始扫起地来,大厅里几乎所有的男人都在抽烟。有一半的女人在抽烟。有抽烟袋的,有抽烟卷的,有抽喇叭筒子的。大厅里烟雾腾腾,一片咳嗽声和吐痰声。

高马提着一个鼓鼓囊囊的塑料纸袋走过来。他看看金菊的脸问:"没事吧?"金菊回答没事。高马坐下,从纸袋里拿出一个长把梨,递给金菊,说:"饭店都没开门,买了点水果,你吃吧。"

金菊埋怨道:"你花这么多钱干什么!"

高马把梨子放在裈子上擦擦,喀嚓咬了一口,说:

"快吃吧,你吃,我也吃。"

一个身穿破烂衣衫的青年沿着板条椅,挨人乞讨过来。他在一个斜眼的青年军官面前停住,嘴一咧,显出满脸可怜相:

"军官,大军官,给俺点钱吧……"

青年军官有一张胖胖的圆脸,斜眼骨碌骨碌转着,说:

"没钱!"

"有人民币也行……"小伙子说,"可怜可怜吧,可怜可怜吧!"

"你这么个大小伙子,好好劳动嘛!"青年军官说。

"我一干活就头晕……"小伙子说。

青年军官掏出一盒烟,揭开包装,弹出一支,叼在嘴里。

"大军官,不给钱,给支烟抽也行……"

"知道这是什么烟吗?"军官的斜眼变成了对眼,摸出一个亮晶晶的打火机,啪嗒打着火,却不去点烟。火苗子嗤嗤地响着。

"是洋烟,军官,是洋烟……"

"知道这洋烟是哪儿来的吗?"青年军官说。

"不知道。"

"这是我岳父从香港带回来的!"青年军官说,"还有这个打火机。"

"军官,你碰上个好岳父。你一脸福相。您岳父一定是个大干部,大干部女婿一定也会当大干部。大干部有钱,送礼的也多,军官给俺一支烟抽吧!"

青年军官沉思了片刻,说:

"不,不,我还是给你钱吧!"

金菊看到青年军官用两个手指捏住一个亮晶晶的二分硬币,递给乞讨的年轻小伙子。小伙子咧咧嘴,满脸苦相,但还是双手接过硬币,并深深地为青年军官鞠了一躬。

那小伙乞讨到这边来了,他左右一看,撇了金菊和高马,走到红裙子女人和鬈毛青年面前——鬈毛青年刚刚坐起来。小伙子一弓腰,金菊看到他裤子后边露出了皮肉。

"太太、先生,可怜可怜落魄的人,给点人民币吧!"

"你不感到可耻吗?这么强壮的身体,应该去劳动!"红裙子严肃地说,"人总要有点自尊心!"

"太太,你的话俺不明白,你给俺两个钱吧!"

鬈毛青年说:"你愿意学狗叫吗?学一声给你一块钱!"

小伙子说:"愿意,你愿意听大狗叫还是愿意听小狗叫?"

鬈毛青年对着红裙子女人一笑,说:

"随便你怎么叫。"

小伙子咳嗽了一声,清了清嗓子,狗叫起来,他学得惟妙惟肖:

"汪汪——汪汪汪——汪汪汪汪汪汪汪汪、汪、汪、汪汪、汪汪汪汪汪汪!——这是小狗叫,一共二十六声。汪!汪汪!汪汪!汪汪汪!汪汪汪汪汪汪汪汪汪!汪汪汪!汪汪!汪!!!——这是大狗叫,一共二十四声,大狗叫小狗叫加在一起一共五十声,每声一元,总共五十元,先生,太太!"

鬈毛青年与红裙子女人互相注视着,脸上的颜色黄惨惨的。青年掏出钱包,拿出钱来数数。转脸向红裙子:

"瑛子,你还有钱吗?"

"我哪里有钱?只有几个钢镚!"红裙子女人恼怒地说。

鬈毛青年满怀歉意地说:

"狗大哥,我们旅行时间已很长,这是最后一站,只剩下四十三元钱,欠你七元,你留个地址吧,到家后我们给您寄来!"

小伙子接了钱,用手指沾着唾沫,认真数了两遍。他挑出一张缺

了一角的红色一元票,说:

"先生,这张钱我不要!您拿着。我拿了四十二元,您还欠我八元。"

又挑出一张肮脏的十元纸币,说:

"这张太脏,我不要。你欠我十八元。"

"您好面熟……我好像在什么地方见过您……"红裙子女人眯着眼睛说。

小伙子哈哈一笑,说:

"您一定是看花眼了,我在这里要钱要饭,已经十年啦!"

"您给我们留个地址吧!"鬈毛青年说。

小伙子说:"俺不会写字,你把钱寄给美国总统吧,让他转给我,他是俺舅舅!"

小伙子对着漂亮男女深深地鞠了一躬,他们惊恐地蹦了起来。

"先生,太太,还想听狗叫吗?我能学各式各样的狗叫。"小伙子热情地问,"现在是免费。"

鬈毛青年眼泪汪汪地说:

"不听啦。大哥,您是个好样的。"

小伙子笑得前仰后合,转身到金菊和高马面前,低头一鞠躬说:

"大哥大姐,施舍个甜梨吃吧,俺学狗叫学得口渴了。"

金菊抓起一个大梨,赶快递给他。

他接了梨,为金菊和高马鞠了躬,学了一声狗叫。然后,大口吃着梨,鼻子里哼着小调,昂着头,旁若无人,扬长而去。

广播喇叭里又传出催促旅客去站台排队检票的消息,红裙子女人和鬈毛青年拖着带轮子的皮包,急匆匆地走了。

金菊问高马:"我们还不走?"

高马看看手表,说:

"还有四十分钟,我也很着急。"

这时,长椅上再也没有人躺着睡觉了。大厅里人来人往。一个浑身颤抖的老头在乞讨。一个牵着孩子的女人在乞讨。一个头戴鸭舌帽,身穿中山服,手持半瓶啤酒的中年人站在读报栏前挥舞着酒瓶子演讲。他的衣襟上污迹斑斑,鼻子上去了一块皮,露着白白的肉。他的胸前别着两支钢笔。金菊猜想他是个干部。

他呷了一口酒,把酒瓶子晃晃,看一眼满瓶子的泡沫,他的舌头僵硬,下嘴唇似乎不会动:"九评——苏共中央公开信——赫鲁晓夫说——史大林——你是我再生的父亲——中国话就是——史大林——你是俺的亲爹——用咱们天堂话就是——史大林——你是俺的亲大大——"他又喝了一口啤酒,屈着膝,模仿着赫鲁晓夫向斯大林求情的姿势。他说:"可是——子系中山狼,得志便猖狂——赫鲁晓夫一上台,就把史大林烧了——同志们,历史的经验值得注意,"他又喝了一口酒,"各级领导同志——务必充分注意——万万不可粗心大意——哇——"一股泡沫从他嘴里奔涌出来。他抬起袖子擦擦嘴,说:"九评——苏共中央公开信——"

金菊如醉如痴地看着这个演讲的干部,听着他嘴里冒出来的从来没听说过的话语。她尤其喜欢他哆嗦着嗓子、弯曲着舌头说出来的"史大——林——"。她不由得笑出了声音,突然,她的胳膊被高马捏紧了,高马低声说:

"金菊,毁了,杨助理员来了。"

她全身一阵冰凉,歪头看到,杨助理员、瘸腿的大哥、虎背狼腰的二哥,站在候车室宽大的门口,往这里张望着。

她抓着高马的手,慌慌张张地站起来。

中年干部呷了一口啤酒，挥舞着胳膊喊："史大——林啊，史大——林——"

四

大屁股吉普车在黄麻地边缘上颠颠簸簸地行进着，杨助理员伸手拍拍司机的肩膀说：

"伙计，停车！"

司机一拉车闸，吉普车怪叫一声，刹住了。

杨助理员跳下车，说：

"老大，你们不下来轻松轻松？"

大哥推开车门，跳下车，往前一踉跄，站定，身体上下伸缩着。二哥推了一把金菊，说：

"下去！"

金菊的身外坐着高马，她的肩膀紧靠在高马的肩膀上。

大哥在车下喊：

"下来！"

高马弓着腰跳下车。金菊也被二哥推下车。

又是日上三竿时分，苍马县农民种植的大片辣椒遍地流火，一片血红。黄麻地坦荡如坻，一望无际，鸟儿无声无息地在黄麻梢头上滑翔。望着这些黄麻，金菊心里竟出奇地平静了。她好像早就朦朦胧胧地看到了今天的情景，现在，一切都清楚了，该发生的事情，终于发生了。

她的双臂被麻绳捆在背后。他们还客气，只绑住了她的手脖子。高马被五花大绑着，细麻绳深深地煞进了他的肩膀，使他的脖子长长地探出去。看到高马的样子,她心里很难过。

杨助理员往黄麻地里走了两步,毫无顾忌地掏出鸡巴,撒着尿,回头说:

"老大,老二,你们姓方的都是些十足的窝囊废!"

大哥张口结舌地看着杨助理员。

"连妹妹都让人拐骗跑了,你们这些笨蛋!要是我,哼!"杨助理员狠狠地瞪了高马一眼。

没用杨助理员再说什么,二哥就冲到了高马面前,攥紧拳头,对准高马的鼻子捣了一拳。

高马惨叫了一声,连连倒退三五步,才勉强站稳了脚跟。他的胳膊抽了抽,好像要抬手去抹脸。他一定被打晕了,忘记了胳膊已被捆住。

"二哥……你不要打他……打我吧……"金菊哀求着,往高马身上扑。

二哥飞起一脚,把她踢进了黄麻地。她和着黄麻倒下,打了一个滚,捆住手腕的绳子吐噜噜滑开。她团起身,抱住了小腿。腿骨钝痛,她想这条腿大概断了。

"饶不了你!"二哥骂道,"你这个臭不要脸的骚货!"

高马脸色煞白,两道黑血从鼻孔里流出来。那血淅淅沥沥地流着,血色由黑渐变为鲜红。

"你们……打人犯法……"高马断断续续地说,他的脸上肌肉抽搐着,连嘴巴都歪了。

"你拐骗人口,才是犯法!"杨助理员说,"你拐骗活人妻,拆散三对夫妻,该判你二十年徒刑!"

"我没犯法!"高马晃着头,把鼻血甩出去,坚定地说,"金菊并没和刘胜利登记结婚，因此她不是活人妻，你们强迫金菊嫁给刘胜利，是破坏婚姻法！要判刑也只能判你们！"

杨助理员撇着嘴，对方家兄弟说：

"好一张硬嘴！"

二哥挥着拳，对准高马的肚子捣了一拳。高马叫了一声亲娘，腰弓成虾米形状，前跄跄，后跄跄，一头扎在地上。

大哥和二哥跳到高马身边。二哥用结实的腿踢着高马的肋，踢着高马的背。二哥练过武功，每天晚上都在打麦场上练。他的每一脚都使高马翻几个滚。高马团着身，哀号不止。大哥也想踢高马，但残腿难以支持身体，等他举起腿来时，高马已被二哥踢到别处。大哥总算踢了高马一脚，但用力过猛，自己也被闪倒，趴在路上，半天才爬起来。

"你们别打他……是我要他领我跑的……"金菊扯着一株黄麻滑溜溜的秆子，爬起来，脚一触地，腿骨上的剧痛电流般上冲脑际，她又跌倒了。她干号着，手把着黄麻，往路上爬。

高马在土路上翻滚着，脸上沾满了血与泥。二哥毫不留情地踢着他，好像踢着一个沙袋。二哥每踢一脚，大哥就像弹簧般在路上跳起，嘴里呐喊助威：

"踢！狠踢！踢死这个驴杂种！"

大哥的脸歪扭着，浑浊的眼里泪汪汪的。

金菊爬到路沿上，手拄着地站起来，歪歪扭扭往前走两步，又想往高马身上扑。二哥跳起转身，凌空一脚，正中金菊小肚子。金菊嘴里发出"呱"一声怪叫，疾速地滚进黄麻地里。

高马已经不能出声，但尚能翻滚。二哥依然一脚接一脚地踢着他。二哥脸上挂满汗珠。

"你们把他踢死了啊……"金菊又爬到路沿上来。

杨助理员拦住二哥,说:

"行了老二!够了老二!"

高马滚到路边的辣椒地里,脸扎在泥土里,背朝着天,两只手扎煞着,手指根根紫红,像色彩鲜艳的毒蘑菇。

杨助理员有些慌张。他走进辣椒地里,把高马翻转过去,伸手至高马嘴边,好像是试高马的鼻息。

他们把高马打死了!金菊眼前万点金星飞舞,金星又变成绿色的光点,那么多绿色的光点画着优美的弧线在她头上飞舞。她伸出手,去捕捉些么绿光点。总也捕捉不住……总也捕捉不住……有时,好像把一个绿光点握在手心里,但一张手,它又飞走了。一股腥甜的味道从喉咙深处慢慢涌上来,她一张嘴,看到鲜红的一团东西缓缓地落在胸前一株枯草上。我吐血啦!她胆战心惊;我吐血啦……她感到十分幸福,所有的恐惧、所有的忧虑、所有的烦恼,顷刻如烟消散,惟余一丝甜蜜的忧伤萦绕在心头……

杨助理员怒斥着二哥:

"老二,你他妈的真是个狠孙!教训他两下子就行了,你踢得他快死了啊!"

"你不是骂我们兄弟窝囊废吗?"二哥不满地嘟哝着。

"我骂你们窝囊废是骂你们兄弟两个连个女人都看不住,我也没让你踢死他!"杨助理员说。

"死了吗?死了吗?"大哥惶惶不安地问,"杨助理员……我可没踢着他……"

"大哥,你说什么?"二哥双眼沁血,盯着大哥,"还不是为了给你换老婆!"

"老二,哥不是那个意思……"

"什么意思!"二哥说。

杨助理员说:"别他妈的磨牙斗嘴了,快把他抬到路上来。"

大哥和二哥下路进了辣椒地,一个抬头一个抬脚把高马抬到路上来。一放下高马,大哥就一屁股坐在路上,张着大嘴喘气。

"快把绳子给他解了!"杨助理员命令着。

大哥二哥对望一下,不说什么话,嘴脸上却都是想说话的样子。二哥把高马翻过去,让他脸朝下,手朝上。大哥就地往前蹭蹭,低头去解捆绑在高马手臂的绳子。金菊在成千上万的绿色光点中看到大哥那两只骨节弯曲的、像两柄芭蕉扇那么大的手,那两只手抖索得厉害,却解不开绳结。

"下嘴咬!"杨助理员高喊。

大哥可怜巴巴地望望杨助理员,跪在高马身侧,低下头去,咬那死绳结,大哥那样子很像一只啃骨头的小狗。

绳结终于被大哥咬开。杨助理员把大哥拨拉到一边,用力抽绳子,好像从高马的肉里往外抽筋。金菊感到心脏越缩越小,一股股凉气从背后生出。

杨助理员抽出绳子,把高马翻转过来,又把食指和中指触到高马两个鼻孔上去,一定是试他还喘气不喘气。他们把他打死了!为了我他们打死了他。高马哥……我的高马哥……金菊紧缩着的心脏松弛了,她沉浸在甜蜜忧伤的幸福中,腥甜的液体又从咽喉深处缓缓爬升。无数碧绿的光点在眼前舒缓地飞舞着,碰撞得黄麻茎叶窸窣作响。阳光灿烂,苍马县的辣椒地里,千点万点的温暖的红火苗活泼地跳动着,一匹枣红色的小马驹子从辣椒地深处蹦起来,甩着尾巴撒了一个欢,然后,踏着火苗飞跑起来,马蹄被火苗照耀,恰如耀眼的珠贝。马脖子下的铜铃铛发出一串串清脆悦耳的响声。

高马的脸肿胀起来,发亮的黑皮肤上满是凝结的血污和黑土,他直挺挺地躺着,腿和胳膊都顺顺溜溜。杨助理员把手缩回来,又把耳朵贴到高马的胸膛上听着。金菊听到高马沉重有力的心跳声,合着枣红马驹急促响亮的马蹄声,马蹄声像小鼓,心跳声如大鼓。

高马哥……你不能死啊……你不能撇下我一个人……金菊呻吟着。她看到那匹十分熟悉的枣红马驹奔跑到路边来。它在路边的辣椒地里慢慢地跑着,马蹄蹚着流动的火苗,宛若蹚着流动的血水。马脖子上的铜铃响得清脆而悠长。马驹沿着路边逡巡着,两颗蓝眼睛盯着高马挂着两丝平静微笑的脸。

"算你们好运气!"杨助理员站起来,说,"他还活着,要是他死了,你们哥俩一块蹲监狱去,一个也甭想跑!"

"八舅,您说怎么办?"大哥六神无主地问。

"为了你们的事,我也跟着倒霉!"杨助理员从口袋里摸出一只白色的小瓶子,对着方家兄弟晃一下,说,"这是我好不容易才跟张医生要到的云南白药,里边有一粒'救命丹',给这小子吃了吧!"

杨助理员蹲在高马的脸旁,拧开小瓶的塞子,倒出了一粒鲜红的药丸,炫耀了一下,说:

"扒开他的嘴。"

大哥和二哥对望一眼,二哥一歪脖子,鼻子里哼了一声。大哥蹲下,用粗大的黑手指,扒开高马的嘴唇。杨助理员捏着那粒药丸,又炫耀了一下,然后,恋恋不舍地把它填进高马的嘴里。

"小郭,把水壶拿来!"杨助理员呼唤司机。

司机懒洋洋地从车里钻出来,提着一个黄漆大半剥落的军用水壶。司机的腮上有一道半圆的凹槽,一定是趴在方向盘上睡觉硌的。

杨助理员往高马的嘴里倒着水,水里散着扑鼻的酒气。

四个男人围着高马站着,像四根黑木桩。八只眼都不转动地死盯着高马的脸。枣红马驹飞跑着。蹄声响亮,马蹄溅起来的火苗疾速滑行着,噗噗噗地响着。马驹环绕着人群旋转,把金菊也圈在圈里。它从黄麻地里跑过时,黄麻的茎秆就如柔软的柳条一样,自动地向两边分开,那些绿色的光点碰撞到马驹光滑的皮肤上,又轻软地反弹回来。小马驹……小马驹……金菊伸着两只胳膊,想去搂抱它像绸缎一样的脖子。

高马的手动了一下。

"好啦!"杨助理员兴奋地说,"好了!云南白药名不虚传!真他妈的管用!"

高马的眼睛睁开了一条缝,杨助理员俯下身子,亲切地说:

"小子,你捡了一条命!要不是我的云南白药救命丹,这会儿你早见到了阎王爷啦!"

高马唇边漾着安详甜蜜的微笑,对着杨助理员点了一下下巴。

"八舅,现在怎么办?"大哥问。

高马胸膛里呼噜呼噜地响了一阵,胳膊收回,支起,把头和脖子从地上拖起来。他的嘴角上沥沥拉拉地流出一些带血的丝线。高马哥……我的亲哥……枣红马驹把毛茸茸的嘴触到你的脸上了,它哭啦……高马的头掉在地上,又慢慢地举起来;马驹用金黄的舌头舔着高马哥的脸。

"这小子,真顶打!"杨助理员看着踞伏在地的高马,由衷地赞叹着,"高马,知道为什么揍你吗?"

高马笑着,点点头。他在看我。高马哥的脸上都是笑。枣红马驹用舌头舔着他脸上的血迹。

"你还敢拐着我妹妹跑吗?"大哥上下起伏着身体问。

高马笑着,点点头。

二哥抬起脚,又要去踢高马。

杨助理员高叫一声:

"老二,混蛋!"

大哥把高马的小包袱捡起来,用牙咬开包袱的结,包袱里的东西掉在地上。大哥扑地跪倒,双手按住了那个牛皮纸信封。

"老大,这可不好!"杨助理员说。

大哥的手指伸进嘴里,蘸着唾沫,数点那沓纸币。

"老大,这不好!"杨助理员重重地说。

"八舅,他毁了我妹妹,又费了您的贵重药,要他赔!"

大哥又用那只湿漉漉的大手,把高马身上的口袋掏了一遍,掏出了几张皱巴巴的毛票和四个亮晶晶的硬币。枣红马驹一扬嘴巴,把硬币碰掉,大哥急忙把翻滚的硬币捉住。大哥眼泪汪汪。

第九章

旧社会官官相护百姓遭殃
新社会理应该正义伸张
谁料想王乡长人比法大
张司机害人虫逃脱了法网

——方四叔卖蒜薹路上惨遭车祸,瞎子张扣在公安局前为四叔鸣冤叫屈演唱片段。

一

中午时分,四婶昏昏沉沉地侧卧在床上,感觉到有人在拉自己的胳膊,便赶紧爬起来,搓搓眼,看着那个头戴大檐帽,身穿警察服的年轻姑娘白生生的鹅蛋形脸。

"四十七号,你为什么不吃饭?"女看守问。

女看守生着两只大黑眼,睫毛忽闪忽闪地眨,四婶从心眼里喜欢这个俊姑娘。女看守摘下大檐帽,扇着风说:

"来到这里,要老老实实,有什么问题交代什么问题,坦白从宽,抗拒从严。该吃饭要吃饭。"

四婶心里泛起一股热浪,老眼里夹着两泡泪,连连点着头。女看守留着个男孩子式样的小分头,头发黑鸦鸦的,更显出脸蛋子的白净来。

"姑娘……"四婶撇歪着嘴,想说句什么,眼泪哽了喉。

女看守戴上帽子,说:

"好啦好啦,快吃饭吧!相信政府,不会冤枉一个好人,也不会漏掉一个坏人。"

"姑娘……俺是个好人,快放俺回家吧……"四婶哭着说。

"你这个老太婆,真是啰唆!"女看守皱皱眉头,嘴巴两边显出了两个小酒窝,"放你不放你,我说了也不算。"

四婶抬起胳膊擦擦鼻涕,撩起衣襟揩揩眼泪,问:

"姑娘,你今年多大啦?"

女看守一瞪眼,显出一副厉害样子来,说:

"四十七号,不该问的别问!"

"俺看你长得这么俊,心里喜得不行,就随口问问。"四婶说。

"你管我多大干什么?"

"不干什么,就是问问。"

女看守扑哧一笑,说:

"二十二啦!"

"哟,跟俺家金菊同岁,属小龙的。俺那个闺女不出息,连你一半也赶不上……"四婶感慨地说。

"你快吃饭吧,吃了饭好好想想你干的事,老实坦白交代。"女看守说。

"姑娘,你叫俺想什么?"

"为什么逮捕你你不知道?"

"俺怎么知道……"四婶一歪嘴,又哭起来。四婶哭着说:"俺正在家里吃饭,吃着谷面饼子就着红咸菜,就听到大门外有人叫俺,一出门,就有人抓住了俺的手,俺吓得闭了眼,等俺睁开眼,手脖子上明晃晃的,锁起俺来啦……俺闺女在屋里哭,她快要生孩子啦,说了也不怕您笑话,她怀着个私孩子。俺叫着,公安局就把俺拖着跑了,还有个女公安局,个比你高,没有你俊,心眼比不上你好,她可凶,还踢了俺好几脚……"

"行啦行啦!"女看守不耐烦地说,"你快吃饭吧。"

"姑娘,你心烦啦?"四婶说,"你们公安局有多少人不好抓,抓俺个老婆子来干什么?"

"你没去砸县政府?"女看守问。

"那就是县政府?"四婶说,"俺不知道。俺有冤枉,俺老头子,身体棒棒的,一点病也没有,生生被他们给轧死啦……"

四婶呜呜地哭起来,哭着说着:

"姑娘……俺有冤枉……"

女看守说:"不许哭,也不许叫我姑娘,叫我看守员,或是叫政府,她们都这样叫。"

"那位大妹妹跟俺说过,要叫政府,不许叫姑娘。"四婶指指趴在对面灰床上的女犯人说,"年纪大了,记性不好,弄弄就忘啦!"

"快吃饭!"女看守说。

"姑……政府,"四婶指指那个乌黑发亮的馒头和那钵子蒜薹汤,问,"这饭,要不要钱?粮票?"

女看守哭笑不得地说:

"你吃吧,不要钱,也不要粮票,敢情你是怕收你的钱和粮票才不敢吃呀!"

"姑娘,你不知道,俺老头子一死,两个不争气的儿子打架,分家,折腾得一文钱都没有了……"

女看守转身就走,四婶问:

"姑娘,你找了婆家了没有?"

"四十七号!够了,老疯婆子!"女看守说。

"现如今的闺女,都是火爆仗脾气,不让老人开口说话。"四婶说。

女看守把铁门用力带上,高跟鞋敲得走廊地面笃笃响着,走到尽头去了。

走廊的天花板上有什么东西吱吱扭扭地响着,好像旧水车的声音,监狱院里有树,树上有知了的叫声。

四婶叹了一口气,拿起那个黑馒头,放在鼻子上闻闻,用手掰开,撕下一块,放在凉透了的蒜薹汤里蘸蘸,塞到缺牙的嘴里,呜呜呀呀地嚼起来。

对面床上的中年女人翻了一个身,仰面朝着天花板,长吁了一口气。

四婶问:"他大嫂子,你不再吃点啦?"

中年女犯人睁着两只黯淡无光的大眼,苦笑着摇摇头,软疲疲地说:

"心窝里堵得慌,吃不下去啦。"

中年女犯人只吃了半个馒头,剩下的半个放在那张灰色的小方桌上,几个绿苍蝇在上边爬。

四婶吃着馒头说:

"这是陈麦子面蒸的,有点霉味了,就是这样,也比谷面饼子好吃。"

中年女犯人不再说话,两只大眼直瞪着监室的灰顶,半天也不转动一下。

四婶吃完馒头，喝光钵子里的蒜薹汤，两眼直盯了半天那块放在灰桌上正被苍蝇啃咬着的剩馒头，不好意思地问：

"他大嫂子，你看我这钵子里沾着这些油花子，怪可惜的，俺撕你块馒头皮，擦着它吃了吧？"

中年犯人点点头，说：

"大婶子，您都吃了吧！"

"这是你的口粮，我吃不大对劲。"

"我吃不下去，你吃了吧，大婶子。"

"那俺就吃了。"四婶从床上下来，移到灰桌前，把那块沾满苍蝇屎的馒头抓在手里，对中年犯人说，"他嫂子，不是俺人老嘴馋，细米细面的，糟蹋了可惜！"

中年女犯人点点头，两只灰色的大眼里突然有两颗黄泪珠子滚下来。

"他嫂子，看你这样心里定有什么难受事？"四婶问。

中年犯人不说话，大泪珠子一颗接一颗地在脸上滚。

"想开点吧，"四婶也眼泪汪汪地说，"人活着是不容易。俺有时候就想，人哪里比得上条狗呢？狗有人给它拌糠吃，没有糠吃泡屎也就饱了。狗身上有毛，不用发愁没衣裳穿。人呢，既要操持着吃，又要操持着穿，忙忙碌碌一辈子，到老来，养着好儿女还好，养不着好儿女还得挨打受骂……"

四婶抬起手背擦擦流到脸上的老泪。

中年女犯人把身一翻，脸埋在被子里，呜呜地大放悲声，那两个肩，颤抖得厉害。

四婶颤巍巍地下了床，挪到中年女犯人的床边上坐下，用手拍打着她的肩头，说：

"他大嫂子,快别这样啦,看开了就好了。这个世界,本不是咱这号人活的,人都是命,没下生就定好了的,该着你当官当将,该着你为奴为婢,都是改不了的……咱老姐妹们关在这里,也是天老爷早给安排好了。这里还好,有床,有被,吃饭也不要钱,就是这窗户小了点,憋气……想开点吧,实在活不下去,寻思个方方就死了……"

女犯人哭声更大了,站岗的兵把脸贴到铁窗上,大声说:

"四十六号,不许哭!"

岗哨用巴掌拍着窗户上的铁棍,说:

"不许哭,你听到了没有!"

女犯人的哭声低下去,肩膀还颤抖着。

四婶挪回自己床上,脱了鞋,盘腿坐着,苍蝇满室飞动,嗡嗡声一阵大一阵小。裤腰里有些痒,伸手摸出一个肉乎乎的东西来,贴近眼一看,是个灰白的大虱子,便放在两个大拇指甲盖之间,把那虱子挤成一张皮。四婶记得家里是没有虱子的,便疑心这监室的床铺上有,拉起灰被子一看,褶缝里果然有堆堆的虱子在爬动,她兴奋地噘了一声,说:

"他大嫂子,被上有虱子!"

女犯人没吭声,四婶也不管她,把腚往被子近前挪了挪,专心捉起虱子来。用指甲盖挤虱子太费劲,四婶就把虱子扔到嘴里去,前门缺牙,放到后槽牙上,咯嘣咯嘣咬,咬死一个吐了一张虱子皮。那虱子里有一股甜滋滋的味,四婶嚼得上了瘾,把什么痛苦啦、烦恼啦,忘得干干净净。

二

中年女犯人的呕吐声把四婶惊扰了。她揉揉找虱子累花的眼,把沾在嘴唇上的虱子皮抹掉,虱子皮沾在手背上,四婶把它们擦到墙上。

女犯人在干呕,大张着嘴巴,却不见呕出什么来。四婶趿拉着鞋过去,捶打着女犯人的背,口里连连发出叹息。

女犯人呕了一阵,抬手擦擦嘴角上的涎线,有气无力地躺倒,闭着眼,大声喘气。

四婶问:"他大嫂子,你是不是那样了?"

女犯人睁开没有光彩的眼,定定地看着四婶,好像不明白这话的意思。

"他嫂子,俺是问你,是不是有喜了?"四婶问。

女犯人把嘴一咧,嗷嗷地哭起来,一边哭一边叫:

"我的孩子……我的爱国……"

"他嫂子,他嫂子,快别这样,快别这样,"四婶劝着她,"你有什么苦处,就对俺老婆子诉吧,憋在心窝里难受……"

"大婶……俺那爱国死了,俺梦到他死啦……他被人打破了头,满脸是血,那血流啊流啊……一会儿工夫,一个白胖的大小子,就成了一张皮了……像您咬死那些虱子皮一样……俺抱着他,叫他,他睁开眼,说:'娘,咱什么时候上俺姥姥家去?俺姥姥家那条母狗生小狗了吧?生了六个,还没睁开眼呢。你跟俺姥姥说说,让她给我留一条,我要条黑的,公的,我不要母的,母狗招狗……'俺爱国牵着那条小黑狗在河堤上跑,小黑狗脖子上挂着小铃铛,丁丁当当地响着……俺爱国脸蛋子红扑扑的,两只大眼,黑得能照出人影来……河堤的漫坡上,都是花,有紫勾勾的野茄子花,有白生生的瓜蒌花,有蛋黄色的苦菜子花,还有粉红的野芙蓉花……俺爱国一个小男孩家,偏偏像个女孩似的,喜欢花,他采了些紫花、白花、蓝花、红花、黄花,扎成一把,举到俺鼻子底下,俺爱国说:'娘,你闻闻,香不香……'俺说:'香!香!'俺爱国摘了一朵白花,说:'娘,你蹲下。'俺说:'要娘蹲下干什么?'俺爱国说:'让你蹲下嘛!'俺爱国性子巧,一句话说不来眼窝里泪水就打转。俺赶快蹲下。俺爱国把那朵白花插在俺头发里,说:'俺娘戴花啦,俺娘戴花啦!'俺说:'孩子,戴花要戴大红花,你怎么给娘戴小白花呢?'俺爱国说:'小白花比大红花好看。'俺说:'孩子,戴白花不吉利,人家都是死了人才戴小白花哩!'俺爱国吓坏了,哭着说:'娘,你可别死,我死了你也别死'……"

中年女犯人又呜呜地哭起来。

监室门哗啦啦一声打开,一个持着上刺刀的枪的哨兵站在门口,手里拿着一张白条子,喊道:

"四十六号,出来!"

中年女犯人停住哭,肩膀还是一抽一抽地搐着,腮上还挂着泪。

持枪士兵身旁站着两个白衣警察,左边一个男的,手里提着一副黄澄澄的铜手铐子,像金镯子一样;右边一位女的,个子不高,腰粗腚大,脸上生着粉刺,嘴角长着个小黑瘤子,瘤子上生着几根黑毛。

"四十六号,出来!"

中年犯人趿拉着鞋子,疲疲塌塌地往门口蹭,一出门口,男警察就把那副金镯子给她套在手脖子上。

"走!"男警察说。

中年女犯人回头看了一眼四婶,那眼里空空荡荡的,什么都没有。四婶吓得够呛,坐着,手脚都不会动,就听着那铁门咣的一声关上了。站岗的兵、兵的耀眼的刺刀、白警察、灰女人,一晃都不见了。四婶的眼睛一阵发辣,监室里顿时一片漆黑。

三

他们把她押到什么地方去了呢？四婶沉思着,倾听着,铁笼外的院子里传来知了的噪叫,更远的地方,也许是那条宽阔的大马路上吧,则传来巨大的钢与铁撞在一起的声音。监室里慢慢又光明起来,绿苍蝇在顶棚下飞着,像蓝色的小流星一样。

中年女犯人走了,四婶感到孤单紧张。她发现自己还坐在四十六号的铺上,恍恍惚惚地记起是不许随便变动床位的,这是那个长得很俊的女政府昨天晚上掌灯时叮嘱过的。一只绿油油的小虫子在手上爬着,她抬手捻死了它,它的残破肢体里渗出一些黄黄的液体,散发着一股辣乎乎的味道。四婶想到了蒜薹的味道,像,又不是太像。女犯人被押走,四婶不停地回想起她哭的情形,回想着她带着她的爱国在河堤漫坡上采花的情景。她掀开了女犯人的被子,一股腥气扑过来,被子上嘎渣着些黑糊糊的东西,像屎又像干血。四婶用指甲刮着那些东西,刮得吱吱呀呀地响。被缝里也堆着一些虱子,她抓了几个,塞进嘴里,嚼着,嚼着,脸一抽搐,落了泪。四婶想起四叔捉虱子的情形来了。

院子里阳光很旺,四叔靠在墙上,赤着背,棉袄摊在膝盖上,把虱子从衣缝里揪出来,放在一只盛满清水的破碗里,水上漂着一层虱子。四婶说:

"老头子,猛捉,捉满碗用油炒炒,你就着虱子喝酒。"

那时金菊还小,依偎在四叔身边,问:

"爹,你怎么招来这么多虱子?"

"穷生虱子富生疥!"四叔说。

四叔揪出一个大虱子,放在水碗里,金菊用一根草棍拨拉着那些虱子玩耍,一只秃头老鸡走到水碗边,歪着头看那些虱子。

金菊说:"爹,鸡要吃虱子!"

四叔把母鸡咋呼走,说:

"好不容易抓的,你来吃!"

金菊说:"爹,给它个吃吧,让它多下蛋!"

四叔说:"我在凑数呢,西村王先生跟我要一千个虱子。"

金菊问:"他要虱子干什么?"

"兑药!"

"虱子还能入药?"

"天底下万物,样样都是药。"四叔说。

"你抓了多少啦?"

"八百四十七个啦!"

"我帮你抓吧?"

"不用你,王先生交代啦,不能经女人的手,经了女人的手,兑药就不灵验啦。"

金菊赶忙缩回手。

"当个虱子也不容易,"四叔说,"没听人说?两个虱子,一个城里的,一个乡下的,在路上走碰了头。城里的虱子问:'乡下的大哥,你要去哪里?'乡下的虱子说:'到城里去,你呢?'城里的虱子说:'我到乡下去。''去干什么?''去找食吃呀!''你快别去了,我被饿得没法,正想去城里找活路呢!'城里的虱子问乡下的虱子是怎么回事,乡下的虱子说:'乡下的破棉袄,一天三时找,一时找不到,不是用棍敲,就是加嘴咬!我们不是被敲死就是被咬死,我活着出来就不容易了。'乡下的虱子哭着说。城里的虱子叹一口气说:'我寻思着乡下比城里能好点,正想去呢,没想到更坏。'乡下的虱子问:'城里怎么样,城里总比乡下好。'城里的虱子说:'好个屁!城里的绫罗绸缎,一件套一件,三天两次洗,一天五次换,不用说吃,肉都捞不到看,不是烙铁烫,就是开水灌。我活着逃出来也不容易。'两个虱子抱在一起哭了一场,左思右想没了活路,就找了个井,一块儿跳下去,自杀了!"

金菊咯咯地笑起来,说:

"爹,你真能瞎编!"

金菊的笑声在四婶耳边回响着,四婶抽抽鼻子,咬死一个虱子。过去的美好生活图画使她有些难受。她不抓虱子了,下了床,赤着扁扁的脚,走向铁窗,铁窗挺高,窗台齐着她的额头。她只好退回来,爬到床上,站起来,从窗口望出去,望到走廊外一道铁丝织成的网。网外是一片菜地,菜地里有黄瓜,有茄子,有扁豆角,扁豆蔓发黄,茄子正开着花,紫紫的一片,有两只白粉蝶在菜地里飞着,有时钻到扁豆架里,有时又站在茄子花上。

四婶坐下,手又伸进被缝里去摸虱子。

……

四

胡同东边高直楞家的鹦鹉叫到第四遍上,四婶用脚勾了一下四叔,说:

"老头子,该起来了,鹦鹉都叫了四遍啦!"

四叔坐起来,披上一件夹袄,装上一锅烟,点着,抽着烟,听着那些鹦鹉们梦呓般的叫声,四叔说:

"你到院子里看看天上的星去!我总不信鹦鹉叫,一些玩的鸟,又不是公鸡,也能报时辰?"

"人家都说鹦鹉很灵。"四婶的眼在暗夜里神秘兮兮地亮着,"你去看过那些鸟吗?绿毛的,黄毛的,红毛的,什么色的都有,嘴巴都勾勾着,扎到毛里去,眼珠都晶晶亮。人家都说这些鸟邪魔鬼祟的,高直楞发的是鬼财,我看着也不地道。"

四叔不搭腔,把那烟袋子抽得通红。鹦鹉们的叫声从暗夜里传来,高一阵低一阵,四婶眼前跳动着那些花花绿绿的鸟儿,它们用眼斜看着她。

……

她拉起被子,盖住腿,有些害怕,盼着中年女犯人能快回来。走廊里又有当兵的在叫号,又有人踏踏地走步。

……

走到院子里,四婶身上凉森森的,一只猫的油滑身影在墙头上一闪就不见了,她打了一个颤,把脖子往里缩缩。抬头看天,天上星光灿灿,天河东南西北,河里的星比去年好像密集。她寻找着那并排着的三颗星,它们在东南方向挂着。半个黄月亮在东天边上露出头,天才半夜。她走进东墙根新盖起的牛棚里,摸着黑给春天新买的花母牛槽里添了一簸箕草。母牛趴在地上回嚼着,两眼绿幽幽的,一听到槽里草响,它呼地爬起来,头往前冲,弯弯的牛角正撞在四婶的额头上。四婶捂着头骂一句:

"你这个死牛,碰死我啦。"

母牛刷拉刷拉地吃着草,四婶转到槽后,摸摸它的肚子,心里想着:再有三个月,就该生小牛啦。

"什么时候啦?"四叔问。

"才半夜,你再打会儿盹吧。"四婶说,"我又喂了一遍牛。"

"不困啦,"四叔说,"也该走了,昨天白跑了一趟,今日得早走,母牛又走不快,磨蹭到县城,天也就亮了,五十里路呐。"

"俺就不信有那么多卖蒜薹的。"

"你不信也得信。满街都是人,牛车,马车,拖拉机,脚踏车子,还有摩托,从冷库排队,一直排到铁路北,都是蒜薹,都是蒜薹,都是蒜薹,听说冷库里快装满了,再收两天就不收啦!"

"这年头,卖点什么也不容易。"

"再待会儿,把老大和老二叫起来,让他们装上车,套上牛!"四叔说,"我也受够了,被金菊这个杂种折腾的,心脏出毛病啦,一动弹就心慌。"

"他爹,这两天老大和老二嘀咕着要分家,你知道不?"

"我又不瞎,还看不出来?老二是怕老大影响他找老婆,老大一看金菊铁了心跟高马,三换亲散汤,也想分出去光棍一条过日子啦。这些杂种!"四叔愤愤地说,"卖了蒜薹,再盖三间屋,就分家。"

"金菊跟咱俩过?"四婶问。

"让她滚!"四叔说。

"高马能拿出一万元?"

"那小子能吃苦,今年包了四亩'叫行'地,加上自己的二亩,一共种了六亩蒜,我那天从他的蒜地边走,看到他的蒜长得头一份好,我估摸着他能拔六千斤,六千斤就是五千块,咱先要过来,那五千块,让他明年还,便宜了这个小杂种!我不能让她把个私孩子养在家里!"

"金菊去了,高马的钱都给了咱,少受不了罪……"

"你还去可怜她?"四叔把烟袋往炕沿上一磕,忽地跳下炕,"饿死个杂种才好。"

四婶听到四叔到牛棚里看了看。又听到四叔敲着西间的窗格子叫：

"老大，老二，起来，帮我把蒜薹装到车上！"

四婶也下了炕，点着灯，挂在门框上，然后，从缸里舀了一瓢水，倒在锅里。

四叔问："你往锅里倒水干什么？"

"熬点汤给你喝。"四婶说，"要走半夜路呢！"

"你给我省着点吧！"四叔说，"我坐在车上，走什么路？你弄点水把牛饮饮吧！"

老大和老二走出屋来，站在院子里。夜气很凉，他们都缩着膀子，一声不吭。

四婶往一只瓦盆里添了三瓢水，抓了一把麸皮撒在盆里，又找了根烧火棍搅了搅，端到院里甬路上。

四叔拉出母牛来，让它喝水。母牛呆呆地站着，嘴唇呱嗒呱嗒响着，却不喝水。

四婶召唤着母牛：

"喝喝喝……喝点水……"

母牛站着不动，身上散着热烘烘的臊味。鹦鹉们又噪叫起来，叫声像一团云，飘过来又飘回去。那半黄月升高一些，照在院墙上，黄黄的一片。星光黯淡了一些。

"再给它加点麸皮。"四叔说。

四婶又抓来一把麸皮撒在瓦盆里。

四叔拍拍母牛的角，说：

"喝吧。"

母牛低下头，鼻息吹得瓦盆里水响，然后，咕嘎咕嘎地喝起来。

"你们还愣着干什么?"四叔不满地咋呼着两个儿子,"快把车抬出去,把蒜薹装上!"

老大和老二把地板车的架子抬出去,又把车轴和车轮拿出去装上。村里贼多,不敢把车放在门外。蒜薹在南墙根下堆着,都捆成了把,上边罩着塑料布。

四叔说:"提桶凉水泼泼,省得掉分量。"

老大提了桶水,用瓢舀着,哗啦啦啦往蒜薹上浇。

四婶说:"让老二跟你一块儿去不好?"

四叔说:"不好!"

"死犟死犟的!"四婶说,"到县里去买点好饭吃吧,没干粮捎了。"

"不是还有半个谷面饼子吗?"四叔问。

"都好几顿了。"四婶说。

"你拿给我吧!"四叔把牛拉出大门,套好了车,回来,披上破棉袄,把半个凉饼子揣到怀里,找一根树条子挟着,走出了大门。

"越老越糊涂,"四婶说,"让老二去卖还不行?真是糊涂。"

老二冷笑一声,说:

"俺爹怕我贪污哩!"

老大则说:

"老二,爹是心疼咱。"

"谁要他心疼?"老二嘟嘟哝哝地说着,回屋里困觉去了。

四婶长叹一声,站在院子里,听着牛车轱辘的嘎吱声渐渐消逝在朦胧的夜色里。高直楞家的鹦鹉们发疯地叫着,四婶惶惶不安,在院子里踯躅着,满身涂着苍黄的月光。

监室的铁门又被推开,警察取下四十六号手腕上的铐子,她疾走两步,扑到床上,好像死了一样。

趁着警察关门的当儿,四婶哀求着:

"政府,行行好,放俺回去吧,俺老头子的'五七坟'到了……"

回答她的,是铁门的一声巨响。

第十章

仲县长你手按心窝仔细想

你到底入的是什么党

你要是国民党就高枕安睡

你要是共产党就鸣鼓出堂

——蒜薹滞销后,数千百姓到县政府请愿,县长闭门安睡,不出理事,瞎子张扣站在县政府高台阶上,苍凉演唱之片段。

一

金菊挨到高马家院子,哀鸣一声,便跌翻在地。腹中的男孩怒目圆睁,双手攥拳,怒吼着:

"放我出去!他妈的,你放我出去!"

她爬过院子,爬过门槛,手扶着门框站起来。高马家徒四壁,生满红锈的锅里,汪着一洼黑水,几只老鼠从锅台后跳下来。屋里乱糟糟的,好像冲进过一头牛。一种不祥的感觉爬上她的心头。

她趁着那孩子拳打脚踢的间隙哀叫着:

"高马……高马……"

那孩子打了她一拳,说:"你别叫了,高马也犯了罪,跑了!碰上你们这样的爹娘,算我倒霉!"男孩又踹了她一脚,她抽一口冷气,叫一声天,眼前一黑,就栽倒了,她的头碰到那张没被大哥和二哥砸烂的桌子上。

……

爹已经打累了,坐在门槛上抽烟。

娘也打累了,坐在风箱上喘着粗气抹眼泪。

她蜷缩在墙旮旯里那堆乱草上,不哭,也不叫,脸上挂着一丝微笑。

大哥和二哥回来了。大哥提着两只铁皮水桶,一串干辣椒。二哥推着一辆半新的自行车,车架子上夹着几件半新的军装。兄弟二人气喘吁吁地站着。二哥说:

"这小子,家里没有值钱的东西啦!"

"老二要把他的锅砸了,被我劝住了,给他留着吧,事不能做得太绝。"大哥说。

"你说,还跟高马跑不跑了?"爹的火气又上来了。

她的耳朵里响着高马的录放机放出的歌唱声,爹的话语远远的,似乎与自己无关。

"聋了?你爹问你,跑不跑啦?"娘从风箱上蹦下来,用烧火棍戳着她的额头问。

她闭着眼,轻轻地说:"跑。"

"打!打!打!"爹从门槛上跳起来,跺着脚喊,"吊起来,吊起来,我就不信制不服这个杂种!"

"爹,不能啊,金菊是我的亲妹妹,她是一时糊涂,骂几句就行了。妹妹,你是明白人,你知道不?你这一私奔,把咱全家的脸都给丢了。

要被人家戳好几辈子脊梁骨,快给爹娘认个错,以后就安心过日子吧。年轻人,谁也不敢说不犯点糊涂,好妹妹,快向爹娘认个错。"大哥说。

金菊轻轻地说:

"不。"

"吊起来,给我吊起来!"爹暴怒地吼叫着,对大哥二哥说,"你们两个,死了?聋了?"

"爹,这……"大哥满眼狐疑地说。

"我养的闺女,要她死她就死,谁能管得了?"爹把烟袋别在腰间,斜楞着眼对娘说,"你去给我把大门插上。"

娘浑身哆嗦着说:

"她爹……就随了她吧……"

"你也想挨揍?!"爹抬手给了娘一巴掌,说,"快去插大门。"

娘倒退了两步,迷蒙着眼,转身,像一个纸人一样,晃晃荡荡走向大门,金菊心里替娘难过。

爹从墙上摘下一条指头粗细的新麻绳子,抖搂开,命令大哥二哥:

"剥了她的衣裳!"

大哥脸色煞白,说:

"爹,我不要那个老婆了,你也别打她了!"

爹抡起绳子抽在大哥弯曲的腰上,大哥的腰猛地抻直了。

大哥和二哥走上前来,都把头歪到一侧,摸摸索索地来解她的扣子。金菊拨拉开他们的手,自己把褂子脱下来,又把裤子脱下来。她穿着一件破汗衫,一条红裤衩,站着。

爹把绳子扔给大哥,说:

"绑起她的胳膊来!"

大哥攥着绳子头,说:

"好妹妹,你快跟爹告饶吧!"

金菊摇摇头说:

"不。"

二哥把大哥推到一边,把金菊的双臂别到身后,用麻绳拴住了她的手脖子。二哥嘲讽地说:

"想不到咱家里还出了一个宁死不屈的共产党员!"

金菊咧开嘴笑了。

二哥把绳子扔到梁头上,看着爹。

爹说:"吊起来!"

二哥用力拽起绳子来。她感到胳膊拉直了,胳膊上的条条筋肉都抻直了,肩上的骨头咯嘣咯嘣响着,胳膊上的皮绷紧了,汗水突然涌了出来,她的牙死咬着嘴唇,但一串哀号还是不可遏制地从牙缝里蹿出来。

爹问:"说,还跑不跑啦?"

她用力把头抬了抬,说:

"跑!"

"拉,拉,拉上去!"

她眼前飞舞着绿色的光点,耳边响着火苗燃烧的哔剥声,黄麻的影子在眼前晃动着。那匹枣红色的小马驹站在高马的身旁,伸出紫红色的舌头,舔舐着他脸上的污血和灰尘,一道道金黄的迷雾从路面上升起,从万亩黄麻地里升起,从苍马县的辣椒地里升起,枣红马驹在金黄迷雾里时隐时现……大哥的脸是青的,二哥的脸是蓝的,爹的脸是绿的,娘的脸是黑的。大哥的眼是白的,二哥的眼是红的,爹的眼是黄的,娘的眼是紫的。她看着他们,她悬空立着,微笑着摇了摇头。爹跳到院子里,拿了一条使牛的鞭子来,抽打着她,鞭梢打在皮肉上,她感到灼热……

等她清醒过来时,发现自己又蜷曲在墙旮旯里,爹娘住的房间里有好多人在说话,好像还有那杨助理员的声音。

她手扶着墙壁站起来,头大脚轻,跌进爹娘的炕前。有人伸手扶了她一把,她也不看是谁扶住自己,寻找着爹娘的脸,她说:

"你们能打就打死我吧,打死我我也是高马的人,我和他睡了觉,我怀上了他的孩子!"

说完了话,她放声大哭起来。

她听到爹说:"我成全你们!告诉高马,让他拿一万块钱来!一手交钱,一手交货!"

她笑了。

二

那个眉眼酷肖高马的孩子怒目直视着她,吼叫着:

"让我出去!让我出去!你不放我出去,你算个什么娘?"

她眼里流着血,推开枣红马驹长方形的冰凉头颅,说:

"孩子,娘想明白啦,你别出来了,你出来干什么?你知道这外边的苦处吗?"

男孩停止了挣扎,问:

"外边是什么样子,你说给我听听。"

她把正用温暖的紫舌舔着她的脸的枣红马驹推开,说:

"孩子,你听到鹦鹉们的叫声了吗,你好好听听?"

男孩竖起了耳朵,认真谛听着。

"这是高直楞家的鹦鹉群,有黄的,有红的,有蓝的,有绿的……五颜六色,色色俱全。它们都生着弯勾嘴,头顶上高挑着一撮翎毛,它们吃肉,喝血,吸脑子,孩子,你敢出来吗?"

男孩好像感到了恐惧,把身体紧缩了起来。

"孩子,你看,那遍地的蒜薹,像一条条毒蛇,盘结在一起,它们吃肉,喝血,吸脑子,孩子,你敢出来吗?"

男孩的手脚盘结起来,眼睛里结了霜花。

"孩子,娘当初也像你一样,想出来见世界,可到了这世界上,吃了些猪狗食,出了些牛马力,挨了些拳打脚踢,你姥爷还把我吊在屋梁上用鞭抽。孩子,你还想出来吗?"

男孩把脖子也缩了进去,整个身体团成了一个球,只有那两只大眼睛还是可怜巴巴地睁着。

"孩子,你爹正被公安局追捕着,你爹家里穷得连耗子都留不住了,你姥爷让车轧死了,你姥姥被抓走了,你两个舅舅分了家,家破人亡,无依无靠,孩子,你还想出来吗?"

男孩闭上了眼睛。

枣红马驹从敞开的窗户里把头伸进来,用温暖的舌头舔着她的手背,马脖子上的铜铃丁丁当当地响着。她用另一只手抚摸着马驹平整的脑门,和它的深深的眼窝。马驹的皮肤光滑凉爽,好像高级的绸缎。她的眼里盈了泪,她看到马驹的眼里也盈出了泪。

男孩又蠕动起来,他眯着眼说:

"娘,我还是想出去看看,我看到了一个圆圆的火球在转动着。"

"孩子,那是太阳。"

"我要看看太阳!"

"孩子,不能看,这是一团火,它把娘的皮肉都烤焦啦。"

"我看到遍野里都是鲜花,我还闻到了它们的香味!"

"孩子,那些花有毒,那香味就是毒气,娘就要被它们毒死了!"

"娘,我想出去,摸摸红马驹的头!"

她抬手打了枣红马驹一巴掌,马驹一愣,从窗户跳出去,嗒嗒地跑走了。

"孩子,没有红马驹,它是个影子!"

男孩闭死了眼,再也不动。

她从墙角上找到一根绳子,拴在门的上框,下端挽成一个圆圆的套,又找来一根小凳子,踏着。她用手摸摸绳套,绳子粗糙扎手,她有些犹豫,想找点油抹在绳上。这时窗外响起枣红马驹的嘶鸣,为了防止男孩再被惊醒,她赶快把头伸进套里去,然后一脚踢飞了凳子。红马驹从窗户里伸进头来,她想伸手再去摸一下那光滑冰凉的马额头,但胳膊抬不起来了。

第十一章

天堂县曾出过英雄好汉
现如今都成了熊包软蛋
一个个只知道愁眉苦脸
守着些烂蒜薹长吁短叹

——张扣鼓动蒜农冲进县府演唱歌词断章。

一

高马从墙上跌下来,听到墙头上两声枪响,青烟飘飞,泥土刷刷下落。他跌在一户人家的猪圈里,砸得粪泥迸溅,两头克郎猪突然受惊,哐哐地叫着,满圈乱窜。他急不择路,一头钻进猪屋子里,头上嗡的一声响,紧接着腮上、头皮上几处针扎般的刺痛。睁眼一看,猪屋的秫秸把下,倒悬着一个碗口大的马蜂窝,被他的脑袋撞了,数百只马蜂惊飞着,像一团旋转的黄云。他吓得趴在地上不敢抬头。忽然想起警察很快就会来搜查,就抱着脑袋蹿出猪屋,攀着半人高的圈墙,耸身一跳,跳到一个柴草垛后,又转到院子当中,他愣头愣脑地往东冲去,胳膊却被扯住了。慌忙中回头一看,见到一张白白净净的面孔,才忆起这是乡村小学的朱老师的家。朱老师的腰被红卫兵打断过,弓着不直,近视眼镜腿上缠着胶布。

高马不由自主地模仿了旧戏里的动作:双膝跪地,说:

"老师救命,警察为了蒜薹的事正在抓我。"

朱老师拉着他的手,把他带进一间黑糊糊的房子,房子里摆着些零七碎八、鸡毛蒜皮,墙角上立着一只大瓮,瓮里沤着红薯叶子猪饲料。

"跳进去!"朱老师说。

高马顾不上猪饲料腥臭逼人,抬腿耸身进了大瓮,猛往下一蹲,饲料涨上来,齐了瓮沿,气泡噗噗地响着。稀薄的饲料淹到高马的脖颈,朱老师按着他的头,示意他再往下缩,高马只好再缩,把嘴巴都浸在了饲料里,朱老师说:"千万别出声,沉住气!"顺手捞过一扇舀饲料的破瓢,扣在他头上,又扯过一个破锅盖,半遮半掩了瓮口。

院子里响起了沉重的脚步声,高马稍稍抬头,露出耳朵听着。他听到脚步声响到猪圈里去了。紧接着,一个结巴警察喊:

"你——你藏在猪——猪屋子里,就——就以为我看——看不到你了？出——出来!"

"再不出来就开枪了!"另一个警察喊叫。

"同志,你们这是干什么?"朱老师问。

"抓——抓反革命!"结巴警察说。

"抓反革命怎么抓到我家猪圈里来了?"

"你别添乱,抓出来再跟你说,"警察喊,"出来,你要是再不出来我就要开枪了!《刑事诉讼法》规定,罪犯拒捕,可以采取强制性措施,打死你也不犯法。"

"同志,你们开什么玩笑?"朱老师说。

"谁——谁跟你开玩笑?"结巴警察说,"我进去看看。"

结巴警察手一按短墙,身体跃进圈内,他往猪圈屋里探头探脑,几只马蜂飞出来,险些蜇着他的嘴巴。

"同志,这也不是对付日本鬼子,我还能骗你们?刚才我听到枪响猪叫,跑出来一看,一个黑影子一闪就闪到南墙外边去了。"朱老师说。

警察说:"窝藏罪犯就是犯罪,你要清楚!"

朱老师说:"我清楚。"

结巴警察问:"你——你叫什么名字?"

朱老师回答说:"我叫朱三天。"

结巴警察说:"你——你看到一个黑影子闪到墙南去了?"

朱老师说:"是的。"

"你干什么工作?"不结巴的警察问。

"我是教师。"

"是党——党员吗?"

"解放前入过国民党。"

"国民党?现如今国民党比共产党还吃香,告——告诉你,你要骗——骗我们,我们就不管你什么党,一样判你的罪!"

"我明白。"

两个警察跳进猪圈,又翻过猪圈的南墙,追赶黑影子去了。高马知道,墙外是一条通往粉丝坊的死胡同,胡同一侧的沟里,蓄着一些臭气熏天的污水。

朱老师揭掉高马头上的破瓢,急促地说:

"快跑!顺着胡同往东跑!"

他手按着瓮沿,从黏稠的猪饲料里拔出身子来。他全身沾着烂红薯叶子,暗红的水沿着胳膊和腿往下流,满屋里扩散着刺鼻的酸臭

气,他又不由自主地模仿着旧京戏里的动作,要屈膝下跪,感谢朱老师的搭救之恩。朱老师说:

"别来这一套了,快跑吧!"

高马跳到院子里,湿漉漉的身体着风一吹,竟有些飕飕的凉意。他跑出朱老师家的大门,沿着一条狭窄的小巷,往东跑了五十步左右,就进了一条南北通畅的大胡同。在小胡同的口上,他好像犹豫了一下,生怕两边各飞出一只穿着皮鞋的铁脚,把自己踢翻在地。迎着小胡同口是一道半人高的篱笆,他在犹豫的瞬间,倒退了一步,然后猛地一蹿——大胡同里似乎空荡荡的——身体就飞越了篱笆,跌落在一畦芫荽里,芫荽有两尺多高,碧绿的颜色,香气扑鼻,十分可爱。他顾不上欣赏这些,爬起来,踏着畦埂,飞一般往东跑。他看到高平川的白头老爹跪在地上给小白菜施肥。东边又是一道篱笆挡住去路,他又飞跃了过去,这一次过得不利索,那只当郎着的手铐圈套挂在了一根高粱秸上,他用力一拽,把高粱秸挣断,他听到高平川的爹问:

"那是谁?"

又是一条南北贯通的大胡同,胡同的南头有一堆女人坐在树阴凉里,好像在大声说着什么。东西则是房山和墙壁。他沿着胡同往北跑去,只用了几十秒钟的时间,便翻越了沙质的河堤,跌跌撞撞蹿下去,进入了河滩地上的红柳丛。他本能地向东跑。红柳无人修剪,一蓬蓬,乱糟糟,枝条繁乱,枝叶上寄生着一种扁平的毒毛虫,虫呈浅黄色,当地人叫"疤疾毛",沾人即把毒毛刺入肌肤,使皮肤红肿发痒——高马逃离危险后才发现身体上中了无数疤疾毛的毒刺——他飞跑着,踩着沙地上爬蔓生长着的蒺藜,自然也感觉不到蒺藜扎脚。

几只野兔被他从树丛里惊起,野兔与他并肩跑,一会儿就被他甩到身后,一道摇摇欲坠的石面木墩的小桥在他的左侧出现,红柳也到了尽头,他已经到了村庄东头,与小桥连结在一起的,是通往田野的马车大道。他不愿意让村里大街上的人发现自己,便跑过小桥南端的道路,翻过一个个被村里人偷挖沙土造成的深坑,进入了一片混种着桑树与槐树的林子。正是槐花开放的盛期,林子里闷香塞鼻,令人气短胸闷,他跑啊跑啊,双腿越来越沉重,眼睛越来越昏花,周身刺痛,气塞咽喉,白色的桑树干与褐色的槐树干弯弯曲曲,编织成一张疏密不定的罗网,使他举步艰难,左冲右突,也难寻出路,他一头栽到了地上。

二

傍晚的时候,高马苏醒过来,最先感觉到的是肚腹中燃烧般的焦渴,随后感觉到的是周身皮肤的刺痛与刺痒,手指触动皮肤,便有森森的小凉风由汗毛孔里灌进去。视力只剩下一条线,很别扭。他用手摸脸,摸到眼睛肿成了两条缝。他恍惚记得,钻进朱老师家的猪屋子里,头撞马蜂窝,马蜂蜇了自己的脸。

一轮红日冉冉西下,初夏的傍晚美丽又温柔,焕发着魅人的光彩,漆黑的桑叶上泛着玫瑰色的红光,洁白的槐花散着浅绿的氤氲。晚风轻轻吹,桑叶槐花婆娑起舞,林子里一片花瓣与叶片的磨擦声。

抓住一棵桑树的叶,浑身骨节叭叭地响。他艰难地站起来,腿也肿胀,脚也肿胀,鼻窦郁闷,好像要炸开。他特别想喝水。他努力证实着,晌午头里发生的事并不是梦境,干巴在身上的猪饲料和左手脖子上套着的贼亮的钢镯子,说明自己是个在逃的罪犯。他知道自己犯了什么罪,一个多月来,他忐忑不安地等待着,窗户上的插销从不敢插上。焦渴和拘谨的皮肤妨碍他正常思维,他穿过槐桑之林往北走,那里是河床,他记得春天里高群父子们在河床上掘过一眼井。

沙地上的蒺藜狗子扎他的脚,他避着它们走,沙茅草的硬针刺他的脚,他试试探探地走。通红的光线穿过槐花和桑叶,筛在他赤裸的身上,他看到自己的身上,尤其是双臂和胸膛上,鼓起一片红疙瘩。他猜到这是红柳叶上的"疤疾毛"留给自己的纪念。

走出槐桑之林,满河床的白沙土光华夺目,半轮巨大的红日唧唧有声地下沉着,西半边天上彩霞朵朵,宛若鲜花怒放。他无心欣赏奇景,用那两线目光搜寻着水井的踪影。

他看到漫漫红黄河床上,凸出着几堆褐色的土,便跌跌撞撞地奔过去。

水,水。他跪在水边,像骡马一样把脖子伸下去,嘴唇一接触到水面,便急不可耐地吮吸起来。一分钟后,他感到了井水刺激口腔咽喉和胃袋的巨大愉悦。这愉悦有些过分了,胃壁痉挛。他听到了水滋润干裂脏器的哔剥声。又猛吸了一分钟,他抬起脸喘息了十秒钟,又把头扎下去,这时,他才尝到了水的味道和温暖。

水是腥的,水是咸的,水是热咕嘟的。他把头浸到水里,然后慢慢站起来。水沿着面颊脖颈流向肩背和肚腹,"疤疾毛"的毒刺受到水浸,在皮肉里张开,毒素扩散,痛疼使他的肛门都噏紧了。

哎哟亲娘啊,他疲惫不堪地呻吟着,低头看那水井,井壁坍塌,水里生着一簇嫩绿的苔藓,苔藓间游动着一团团黄豆大的蝌蚪,三只拳头大小的虎斑蛙蹲在井边,雪白的下颌有节奏地跳动着,六只绿莹莹的眼睛虎视眈眈地盯着他。他跳了起来,干哕涌上喉,他感受到几百只蝌蚪在自己的胃里、肠子里蠕动着。一股水冲开咽喉,笔直地涌出来。他再不敢多看一眼那水井,扭转身,前仰后合地往桑槐之林走去。

太阳落下去了,天还没黑透,桑槐之林里雾气蒙蒙,野蚕昂着金属般奇形怪状的头颅,机械地啃着铁片般的桑叶,这嚓嚓啦啦的声响像锯片一样割着他的心。绿豆大的蚕屎像铁砂子一样落在他平伸出去的双腿上。他背倚一株桑,茫然地盯着满树薄雾中翩翩翻腾犹如细浪的槐花。黄昏时分,槐花的香气愈加浓重,空气里纷纷扬扬着浅黄的花粉。

后来升起了月亮,稀疏的黄星也缀在了蓝色的天幕上,大滴的露珠和着蚕屎下落,都好像是星斗的排泄物。他坐着,有时,一种强烈的念头催促他跳起来,但只要他一蜷腿,那念头就消逝了。有时,他想去掉箍在手脖子上的那只手铐,但只要一抬手,那念头就消逝了。

空中响起了夜行鸟儿扑棱翅子的声音,他的眼睛也似乎看到了鸟儿掠过时在桑树梢上留下的磷火般的轨迹。但留心去看,却什么也没有,连是否有鸟儿飞过也说不准。

后半夜,他感到了十分的寒冷,肚子里咕噜咕噜响着,好像有无数屁要放,但一个屁也放不出来。他看到金菊挎着一个红色的小包袱,挺着大肚子绕着桑,转着槐,畏畏缩缩地走过来。她在距离他五步远的地方站定,手扶着一株黄麻,用手指甲掐着黄麻,皮肤由黄转绿,由绿转青,最后成了吓人的灰白,她说:

"高马哥,俺要走了,跟你来告个别……"

他猛省到这是不祥之兆,使劲往前挪着,腿仿佛被绳子捆在一棵树上,挪动不了,只好用力往前伸手,胳膊眼见着增长,就要够着她的脸了,指尖感受到了她脸上冰冷的气息,就在这似够得着而够不着之间,胳膊停止了生长,他焦急地喊叫着:

"金菊,你不能走,咱俩一天好日子还没捞到过,等我卖了蒜薹,就把你娶过来,我保证,让你不受风吹日晒,不受雨淋雪打,你在家看看孩子,做做饭就行啦……"

"高马哥,你别做梦了,你的蒜薹卖不了,都烂了……你去砸县政府,触犯了法律,公安局已贴出告示,画影图像抓拿你……俺只有带着孩子先走了……"

金菊把那个小包袱解开,拿出小录放机,说:

"这是你的,我从俺二哥那里给你偷回来了,我走了,你一个人孤单,就听着它解烦祛闷吧……"

她转身就走了,红衣服变成了一个雪白的影子。

"金菊——"高马大叫一声,把自己从梦中惊醒了。

他呆呆地望着爬升到东南天际的半块白月,心里怅然若失,回思适才情景,恐怖感袭上心头,他反复运算过的:金菊生产的日子,不是昨天,就是今天。

他终于站了起来,就像去年从苍马县的黄麻和苍马县的辣椒之间站起来一样,那时候是黄昏,他站起来后,连吐了十几口鲜血。方家兄弟心狠手辣,几乎送他见了阎王。多亏了杨助理员的救命丹,多亏了邻居于大嫂的照料,他才没死掉,多亏了第三天于大嫂传过方家的话来:只要你拿出一万元来,就把金菊嫁给你,一手交钱,一手交货。他记得自己大喜过望,竟失声痛哭起来。于大嫂说:方家真不是东西,把闺女当牲口卖了! 他记得自己说:嫂子,我哭,是因为高兴。一万元钱,我挣,钱是死的,人是活的,我种蒜卖蒜薹,顶多两年,就能把金菊娶过来……

蒜薹!都是这倒霉的蒜薹!让我落到了如此境地。他东扯桑,西拉槐,南撞桑,北碰槐,他在桑槐之林里盘旋着,突来的乌云吞了月,四周都是壁立的墙,鬼打墙!人有十年旺,神鬼不敢傍!高马,自从认识了金菊,自从和金菊拉了手,你就倒上了血霉!

三

高马在桑槐之林里转了半夜,黎明时,才从鬼魅的世界里清醒过来。他感到,除了心窝窝里还有一点点热气之外,全身上下都凉透了。眼睛上的肿消退了不少,这使他感到安慰。红日升起,渐渐晒暖了皮肤,他感到欢乐。肚子咕咕作响,连放了几十个冰凉的大屁,肠道贯通,内脏没出毛病,他感到还有希望。恢复理智后,他把急于进村去看望金菊的愿望克制下去,他猜想到,那两个警察,一定手持钢枪,潜伏在他家里,等待他自投罗网,只有傻瓜才大白天进村。他决定夜里进村。金菊即便今日生产,有她的娘照顾着也不会出大事,她的娘再怎么恶也是她的娘。

今后怎么办?他静下来时,自问着。你在这天堂县里是笃定不敢露头了,铐子已经锁住了你的左手。你等到夜里看看金菊,就跑到关东去吧,闯关东挣了钱,就把金菊和孩子接出去。

桑槐之林里飞来了鸟,变得生动活泼,他感到饥饿,便寻了一棵一把粗细、两米多高、枝头繁花累累的小槐树,用力一跳,抓住了槐树的脖颈,全身的重量挂上去,全身的力量压下来,槐树弯着,曲着,嘎吱吱响着,断裂了,一条槐树皮一剥到地,树干上白灿灿一片,立刻渗出嫩黄的汁液。他撕扯着全开放的半开放的含苞待放的槐花,紧急地往嘴里塞着,头几把槐花几乎是打着滚进了胃袋,后来才慢慢咀嚼,品咂着滋味。槐花蜜腥甘甜,全开放的有些苦味,含苞待放的有些涩味,惟有半开放的鲜嫩有汁,不苦不涩,于是他就专拣半开放的槐花吃,一上午工夫,他吃了三棵树的槐花。

闷热的中午,又有了新发现。此时他已吃腻了槐花,闻到了桑树里有一种酸溜溜的甜味,他看到桑树的枝丫里夹着些紫红的、鲜红的、鹅黄的小刺球,桑葚!他惊喜地叫起来。

如同吞吃槐花一样,最初吞吃桑葚,也是不分青红皂白,闭着眼睛吃,吃一会儿,开始品味道。鹅黄桑葚:硬、微甜、极酸、有涩味;鲜红桑葚:稍硬、甜、微酸;紫红桑葚:软、极甜、几乎不酸、余香满口。他到处寻找紫红桑葚,后来总结出一条经验:见桑树就晃,熟透了的紫红桑葚,自然被晃落沙地。下午,他的嘴唇一定被染得紫红了——他从紫红的手指推出来的结论。下午还有重大发现:他吃了白桑葚。白桑葚:个大,颜色白里透绿,像玉,味道胜过紫红桑葚。这是桑树里的新种,桑皮白,桑叶大如掌,厚如铜钱。

傍晚时,他腹中痛极,趴在沙地上辗转反侧,星星出来后腹泻半小时,痛疼缓解。"半小时"是他的估计,他的手表,去年就被方家老二撸走了。

四

无论如何,夜里也要回家看看。仅仅流浪了一天,他就感到了与人世隔绝的巨大痛苦。还没有真正隔绝呢,白天,他还听到了采桑女人的说话声,还爬到沙堤上偷偷望过田野里劳动的人们,南风里飘荡着成熟小麦的味道,蚕熟一时,麦熟一晌,明天就该开镰收割了吧?他十分焦急。他种了二亩小麦,长得很好,蒜薹几乎全部报废,小麦要是也报废,下半年的日子怎么过?他搔着枯干的乱发,忽然想到,自己的头发已经花白了,深刻的皱纹也布满了额头和嘴角。

他打定主意要趁夜潜回村去,他断定警察不会连续两夜蹲在他的破屋子里受罪。回到家,他计划着,先找出几件衣服穿上,一定要穿上一双鞋,他记得在墙角上那只破纸盒子里,还有一双当兵时省下来的新军鞋——方家兄弟扫荡家门时,一时大意,把这双鞋给漏下了。东间的壁子墙缝里,还有他第一天卖蒜薹时卖得的现金四百七十元。那天全村数他运气好。他想,取出这笔钱,拿四百块给金菊,让她买东西吃,让她给孩子扯几件衣服。七十元我做盘缠流亡东北。到了东北后,还得去找那位当了副县长的战友,看看能不能让他写封信,跟天堂县里求求情,赦免我的罪。

钢手铐在乌蒙夜色里闪烁着黯淡的光彩,他想去掉它,必须砸开它。他用手摸摸细细的钢圈,钢圈已煞进肉里,只要有了锤子和锉子,只要咬住牙,不愁锉不断它。无论如何也要回家去。

他不敢走大街。沿着逃跑的路线,警觉地谛听着周围的动静,一步步往回挪。他安慰自己,警察人生地疏,群众都不向着他们,即使与他们对了面,我也能逃脱。警察的枪是有些吓人,他们昨天就放了两枪,要是打死了我就是活该倒霉。不过警察们的枪法有限,白天都打不准,何况夜里?

进了自家的胡同,他还是感到紧张。周围熟悉的房屋和树木的轮廓使他心里很热。他隐身在槐树林里,屏心静气,打量着自家的院子。院子里静悄悄的,墙角上有蛐蛐的鸣叫声,窗户里飞进飞出着蝙蝠。他捡起一块土坷垃,用力掷到窗外。土坷垃砸在那口破锅上,发出很大的一声响。院子里屋子里依然悄无声息。他又投了块石头进去,院里还是静悄悄一片。为了安全,他绕了一个大圈,转到自家房后,沿着墙根,溜到后窗下,侧耳谛听着,屋子里只有老鼠的唧唧叫声。

他放心了。拐到胡同里时,他看到了一群群五颜六色的鹦鹉在胡同里在槐林里飞舞着,他疑心是高直楞家的鹦鹉们冲破了牢笼,飞出来夜游。那匹总也长大不了的枣红马驹子在胡同里飞跑着,它的光滑的皮肤上有一股香胰子的味道。

房门大开,他有些惊诧,汗毛森森直立。由于一直夜行,眼睛习惯了黑暗,所以,一踏进门槛,他就看到东间房门的正中立着一人,正要逃走,腿却生了根似的定住了,他嗅到浅淡的血腥味后边,奔涌而来了金菊的亲切、凝滞的味道。昨夜的噩梦如同电光在他心灵深处一闪而过,他扶住门框才免于摔倒。

他从灶口附近摸到了火柴,双手哆嗦着,连划三根,才燃起一点火苗。在动荡不安的小小光明中,他一眼就看到了吊在门框正中的金菊紫红的脸庞,凸出的眼球,耷拉出来的舌头和高高隆着的肚皮。

他举起两只胳膊,好像要去搂抱金菊,整个身体却像墙壁一样,向后,沉重地倒了。

第十二章

乡亲们壮壮胆子挺起胸膛
　　手挽着手儿前闯公堂
　　仲县长并不是天上星宿
　　老百姓也不是猪狗牛羊

──瞎子张扣鼓动群众冲闯县府时演唱片段,这已是蒜薹滞销后七日,街上蒜薹腐烂,臭气冲天。

一

　　高羊仰在床上,连被子都没来得及拉开就呼呼地睡过去了。他做了许多噩梦,起初是梦到了一条狗慢慢地咬着自己的脚踝骨,它一点点地咬,一点点地舔,好像要从那儿把他的血、骨髓全部吸光。他想抬脚踢它,脚抬不起来;他想挥拳打它,胳膊也抬不起来。后来,他又梦到自己被关在大队部里一间空房里,原因是他没把娘的尸体送县火葬场火葬,而是直接埋在了地里。娘的头光溜溜的像个葫芦,门牙脱落,满嘴里都是血。两个四类分子把娘抬到家里来,已是夜里十点多钟。他点亮油灯,问那两个四类分子是怎么回事,他们麻木不仁地看着他,看了一会儿,便一个跟在另一个的身后,悄悄地走了。他把娘背到炕上,哭着叫着,娘睁了一下眼,嘴唇翕动着,好像要说什么,但终究什么也没说,就歪头死去了。他扑到娘身上,大放悲声……

一只大手捂住了他的嘴巴,他晃着头,口里噗噗地喷着唾沫,那只大手松开了。

"伙计,你吵嚷什么?"在两粒闪烁的磷火下,一个嘴巴低沉严肃地质问他。

他醒了,明白了。岗楼里的灯光射到走廊里来,哨兵在烦躁不安地踱着步。

他抽泣了一声,说:

"我梦到俺娘啦。"

磷火下发出嘻嘻的笑声,说:

"梦到娘不如梦到媳妇,梦你媳妇吧。"

磷火消逝,监室沉入黑暗。他睡不着了,听到老犯人沸沸的吹气声,年轻犯人嘴唇香甜的吧嗒声和魔鬼一般的中年犯人沉重的喘息。

蚊虫大概已经吸饱了鲜血,趴到墙上休息去了。后半夜时,嗡嗡的蚊鸣消失了。他拉开被子盖在身上,立刻就有无数的小虫在皮肤上溜溜地爬动,整床被子都蠢蠢欲动。他心悸气短,掀掉被子。寒冷袭来,他只好再把被子盖上。他听到中年犯人在黑暗中哧哧地笑。

娘一歪头就死了,连一句话都没留下。那会儿正是七月天气,酷暑难挨,当夜就下了大雨,院子里积水成洼,青蛙在墙角上鸣叫。草屋漏雨声在大雨停止后又持续了很久。天亮后,他找出一条破被子,把娘裹起来,扛在肩上,操一把铁锹在手里,偷偷地出了村。他不敢把娘埋在公墓里,那里埋葬着贫下中农。他无钱送娘进县城火葬场,又不敢也不愿把娘和贫下中农埋在一起,让她的鬼魂也受贫下中农管制。

他扛着娘走了很远,来到天堂县和苍马县的交界处。这里有一块无主的生荒地,荒地里杂草丛生,人迹罕至。顺溪河里流水洸洸,水面上漂浮着许多被连根拔出的庄稼。他扛着娘过河时,河水淹到他的脸膛,湍急的河水冲激得他摇摇晃晃,站立不稳,几乎跌倒。

过了河,他把娘放下。娘的头从被子里伸出来。娘张着嘴瞪着眼,稀疏的雨点打在她胀得光溜溜的脸上,吐噜吐噜滚动着。娘的脚从被子里伸出来,鞋子不知何时脱落一只,娘穿着一只破鞋,赤着一只脚,赤脚呈青白色,牛角形状,上边沾满沙土。他跪在地上,干号了两声,心中犹如刀绞,眼睛里却无有一滴泪。

他在荒地转了一圈,选择了一块高地,便操起铁锹,开挖墓穴。他小心翼翼地把野草带土铲起,放在离墓穴较远的地方,然后下挖。挖到约有半人深时,灰色的沙僵土里,便渗出清清的水来。

他把娘扛到墓穴边上,放下,跪地,磕了三个头,然后大声说:

"娘!天降大雨,掘坑见水,儿无力置买棺材,一条破被,裹娘身体,娘,您……您就将就些吧!"

他把娘的尸体小心翼翼放进坑里,到远处薅来一些青翠的草,盖在娘的脸上。然后便填土入坑,为了防止暄土过剩,他填一层土就跳到坑里踩一次,踩着娘的身体,他眼里流泪,耳朵里如有黄蜂鸣叫。到最后,他把那些绿草又移过来栽好。抬头看天,天上乌云聚合,血红的闪电如疾速的游蛇,在云团里飞窜着,凉风飕飕,掠过原野,高粱和玉米叶子像绸布条般飞飘着,田野里充斥着巨大的喧哗。站在娘的墓边,他回顾。北有大河,东有大渠,西边是无穷的旷野,南边是雾气升腾的小周山,他的心感到欣慰。他跪下,又磕了三个头,低声说:

"娘,您占了一穴好地!"

爬起来,心里已不难过,只有一阵阵钝痛,骚扰在胸口。他提着铁锹,再次涉越小河,河水暴涨,淹没了他的下巴……

年轻犯人摸摸索索地到了铁窗下,拉开小门,对着胶皮桶撒尿,尿垢被冲起,臊气升腾,监室里的气味更加难闻。铁门下还留有一个推进饭食的小洞,顶棚上还有一扇小小的百叶扇,所以,夜晚的清风还能吹进来一些,使监室里的犯人不至于憋死。

他排除杂念,继续回忆往事。他涉过小河,就下起了大雨,天地间灰蒙蒙一片,田野里回荡着浪潮奔涌的巨响。回到家后,他脱得一丝不挂,把破衣衫拧干晾起,屋里到处滴漏,尤以房檐与土墙接合处最甚,红殷殷的污水沿着墙壁哗哗地往下流着,地上泥泞一片。起初他还找来破盆烂罐接那雨水,后来就袖手坐在炕沿上,随它的便了。

他直挺挺地躺着,两眼望着铁窗外那一线幽幽的天,想,那是我一辈子当中最不走运的一段:爹死了,娘死了,屋漏了。他瞅着积污纳垢的梁木,望着被雨水灌出来跳到锅台上蹲着避难的老鼠,很想悬梁自尽,但迟迟拿不定主意。

雨停了,一道阳光射出,他穿上半干半湿的衣服,跑到院子里,看看被急雨抽打得坑坑洼洼的房顶,心里忧愁得厉害。治保主任高景龙带着七个手持三八式大枪的民兵冲进院子。治保主任和民兵们都穿着高筒黑雨鞋,都披着装过化肥的塑料袋子,都戴着高粱篾片编织成的尖顶大斗笠,排成一条线,像一道可怕的墙壁。

"高羊,"治保主任说,"黄书记让我来问问你,你把你娘——那个老地主婆,偷偷地给埋了?"

高羊吃惊很大,他想不到消息会传得这么快,想不到大队里对一个死人还如此关注。他说:

"下大雨,再不埋就臭啦……下这样的大雨,怎么能运到县里去?"

治保主任说:"我不跟你叨唠,你有理去跟黄书记说吧。"

"大叔……"高羊双手相握,点头哈腰作着揖,"大叔……您就高抬贵手吧。"

"走吧,听话没有你的亏吃。"治保主任高景龙说。

一个身材高大的小伙子走上来,用枪托子捣了捣他的屁股,说:

"快走吧,伙计!"

高羊回头说:"安平,咱弟兄们……"

安平又捣他一枪托子,说:

"快走吧,丑媳妇脱不了见公婆。"

大队部里早摆好一张桌子,黄书记坐在桌子后边抽香烟。四壁墙上,红光闪闪,照得高羊心惊胆战。站在黄书记面前,他直打牙巴鼓。

黄书记和蔼地微笑着,说:

"高羊,你胆子不小啊!"

"大爷……我……"高羊双膝一屈,就跪在了地上。

黄书记说:"起来起来!谁是你的大爷?"

治保主任踢了他一脚,说:

"滚起来!"

他站了起来。

"你知不知道县里的规定,死了人都要火葬?"黄书记问。

"知道,知道。"

"知道为什么明知故犯?"

"黄书记……"高羊说,"下这么大的雨……离县这么远……我又没钱付火葬费……又没钱买骨灰盒……我想,反正火葬了回来还要埋在地里堆坟头,一样占耕地……"

"你还挺有道理嘛!"黄书记说,"好像共产党还不如你高明。"

"黄书记,我不是那个意思……我是说……"

"你什么都别说!"黄书记一拍桌子,站起来,说,"去把你娘扒出来,送到县里火葬。"

"黄书记,求求你,饶了我吧……"高羊又跪在地上,哭着哀求,"俺娘受了一辈子罪,好不容易死了,埋了,就别折腾她啦……"

"高羊,你的思想不对头啊!"黄书记说,"你娘解放前靠剥削为生,享尽了荣华富贵,解放后接受管制,劳动改造,是完全应该的,死了火葬,也是完全应该的嘛,我死了也要火葬嘛!"

"黄书记……俺娘说解放前她连顿饺子都舍不得吃,起五更睡半夜,积攒了点钱买地……"

"你要翻案?!"黄书记愤怒地说,"你是说共产党土地改革搞错了?"

高羊的后脑勺子上挨了一枪托子,他眼前金花飞舞,一头栽倒,嘴啃着了青砖铺就的地面。

民兵揪着他的头发把他拉起来,治保主任抄起一根光滑的木板,左右开弓,抽打着他的腮帮子。他听到自己的腮呱唧呱唧地响着。

黄书记说:"把他关到西屋里去! 戴子金,你去广播室吆喝吆喝支部委员让他们快来大队开会。"

高羊被关在大队部西边的一间空屋里,两个民兵坐在一条板凳上,怀抱着大枪,看守着他。天下雷声隆隆,大雨犹如瓢泼,密集的雨箭射击着大队部院子里的梧桐树叶和屋顶上的红瓦,发出不间断的杂乱轰鸣。

高音喇叭嗞嗞啦啦响一阵,然后,响起了戴子金的呼叫。戴子金呼叫的名字高羊都很熟悉。

一个民兵说："高羊,你小子闯了大祸了!"

高羊说："小叔,我没把俺娘埋在咱大队的土地里啊!"

那民兵说："烧不烧你娘已不是什么大事了!"

他瞪着惊惶的眼睛问："什么是大事?"

"你不是替你娘翻案了吗?"

"我说的都是真的呀!村里人都知道,俺爹是个有名的吝啬鬼,他一心就是攒钱置地,攒钱置地,俺娘买斤青萝卜吃都要挨他的揍。"

"你跟我说也没用。"那民兵懒洋洋地说。

当天晚上,冒着大雨召开了全体社员大会,大会的情景高羊记不清楚了,只记得那雨声和着口号声,从傍晚响到半夜。

第二天上午,他被几个民兵捆在一条长板凳上,脖颈上挂着四块砖头,连接四块砖头的是一根细麻绳,他感到那麻绳像锋利的刀刃一样割着脖子,随时都会把头割下来。下午,治保主任用钢丝拧住他的两个大拇指,把他吊在钢铁的房梁上,他也没觉到有多么痛,只是在身体脱离地面的一瞬间,汗水咕嘟一声就涌了出来。

"说,把地主婆埋到什么地方了?"

他摇了摇头。他的脑子里又出现了那块无主的荒地和那条湍急的河流,移栽过的青草一直被雨水浇着,连个蔫都没有打,他留下的脚印也被大雨滋平,只要他不说,娘就安眠了。他发誓,哪怕被打死,也要坚守住这个秘密。

这决心也不是没有动摇过,当治保主任把一根生满硬刺的树棍子戳进他的肛门里约有两拃深时,他惨叫着:

"大叔……饶了我吧……我领你们去挖……"

治保主任把沾着血迹的木棍抽出来,说:

"埋在什么地方?"

他望望治保主任黑糊糊的脸，低头看看自己的身体，两眼望着窗外雾蒙蒙的天，说："娘……儿今日跟你一道去了吧……"他低着头往墙壁上猛撞过去，两个民兵把他扯住了。

一阵愤怒之情十分不恰当地涌上他的心头，他声嘶力竭地号叫着：

"兄弟们，爷儿们，俺高羊从小没干一丁点坏事，你们与俺无怨无仇，凭什么这样折腾俺？"

治保主任眼里流露出一丝类似怜悯的情绪，但他还是坚定地说："这就是阶级斗争！"

治保主任没有再打他，民兵们也没有再打他。

夜里，他继续被关押在空屋里。两个民兵抬来两张长桌子，躺在上边，原说是轮班睡觉，但到了半夜，却都呼呼地睡过去了。

空房是木格子窗户，如果想逃跑，飞起一脚就可以踢破窗户跳到院子里。他不敢逃跑，也没有力量飞起脚来。治保主任的木棍捅破了他的直肠，他肚子鼓胀，却排不下气来，直肠肿了。他非常痛苦。铁房梁上，高吊着一盏烧柴油的马灯，油烟子把灯罩炝得乌黑，马灯光线暗淡，把一个圆圆的磨盘大的影子投到方砖地面上。他看到怀抱破大枪和衣而睡的两个民兵，心里竟为他们跟着自己受苦感到歉疚。有时他想，只要扑上去，就可夺过一条枪，逼住民兵，倒退到窗口，用枪托子捣开窗棂，就可以跳到院子里。但也就是一转念头而已，他内心里觉得，这些加在他身上的刑罚，是使娘免去死后烈火烧身必须付出的代价。一定要咬住牙，一定，这么多罪都受过来了，再说了，实在划不来。

民兵们睡得很香，他却连半点睡意也没有。就像今夜一样，犯人们睡得也还算香。他却连半点睡意也没有。铁窗外星光灿烂。天上又落雨了,梧桐叶子和房瓦又响成一片,在这声响之外,他隐隐听到一种极有力量的呼隆声,他知道,这是南边的顺溪河和村北的沙河发下大水来了。他在那样的处境下竟然莫名其妙地担心起田野里的庄稼来了,只要河堤决口,田野就是一片汪洋,高秆作物尚能挣扎几日,低秆作物就要全部泡汤。

他蜷缩在墙角,脊背贴在湿漉漉的墙壁上。格子窗外人影一闪,一个小小的纸包飞到了他的面前。他拿起纸包,剥开,一股香气扑鼻,原来是一张热乎乎的葱花油饼。他心头滚烫,努力克制着才没放声大哭起来。他一点点地吃饼,小心地咀嚼下咽,生怕惊动了民兵。他第一次知道,人在咀嚼、吞咽食物时,嘴唇口腔和咽喉会发出那么大的声音,没有惊醒民兵,实在是天照应。

那天凌晨发生的事情跟昨天晚上的事颇有类似之处。吃完了不知哪位好心人投进来的葱花饼之后,他感到自己又能够活下去了。他睡了大约有两个小时,被尿憋醒了。俩民兵还在酣睡,他不敢也不愿惊动他们,就悄悄地寻找老鼠洞,大队里房子一律方砖铺地,甭说老鼠洞,连条较宽的砖缝都找不到,但他意外地找到一个葡萄酒瓶子,他往瓶里撒尿,水打空瓶,犹如空谷投石,响声极大,他努力控制水量,以免惊动民兵。瓶子满足之前,泡沫就溢出瓶口,他忍耐着,等待泡沫消下,再往里灌,如是者三。瓶子满了。他捏着瓶颈,把它放在墙角上。在熹微的晨光里,他看到瓶子上鲜艳的商标,是那般扎眼,民兵睡醒后头一眼就能看到,他把瓶子移到另一个墙角上,它依然是那般扎眼。他把它提到窗台上,它更加扎眼。

民兵醒了。民兵说:

"你他妈的要干什么?"

他满脸发烧,心里感到很惭愧。

"谁给你送来的酒?"民兵问。

"不是酒……是我……"

民兵笑起来:"这小子!"

治保主任敲开门。民兵指着酒瓶子向他汇报。

治保主任也笑了。

"你喝了它吧!"治保主任说。

"主任……我怕惊醒他们……才这样……我去倒了它……"高羊很窘地解释着,恳求着。

"我看不用了吧?男人尿清热解毒,喝了吧!"治保主任笑容满面地说。

他忽然被一阵奇妙的感情撩拨得十分兴奋,他说:

"大叔,这是高级葡萄酒!"

治保主任与两个民兵六眼对望,然后都开颜微笑。主任说:

"是高级葡萄酒,快喝吧!"

他提着酒瓶,仰脖灌了一口,尿液尚温,除了微微咸涩外,并无异味。他咕嘟咕嘟地喝着,一口气喝下去大半瓶。他抬手擦擦嘴巴,眼睛里涌出热泪,脸上带着笑,嘴里说:

"高羊,高羊,你这个杂种,你说你哪来这么大的福气?吃着葱花馅饼,喝着葡萄美酒,你说你哪来的这么多福气?……"

他把剩下的"葡萄酒"一饮而尽,然后,趴在方砖地上号啕大哭起来。

黄书记来了,告诉他,沙河洪水暴涨,交通断绝,扒出死尸也无法运到县城火葬,因此,罚款二百元,放他回家。

他踩着满街的泥泞走回家,凌晨时又降暴雨,雨柱冲打他的头顶,他感到痛快,他心里暗暗叫着:

"娘啊娘,你生前儿未能孝顺你,你死后总算平安入土,免了烈火烧身,比贫下中农待遇都高,儿虽然吃屎喝尿,心里也高兴……"

他一迈到院子里,就看到自家的三间草房顶盖缓缓塌下,紧接着水花蓬起,泥土四溅,在轰隆隆的巨响里,房后的槐林和河里的滔滔黄水猛然出现在面前。

他叫了一声娘就跪在了院子的泥水里。

二

黎明时分,他好像睡了一小会儿,醒来时浑身酸疼,鼻孔和嘴巴往外喷着火,灼热的气流把嘴唇和鼻翼都烧烂了。他拼命打着哆嗦,哆嗦得铁床嘎嘎吱吱响。人为什么要打哆嗦呢?是啊,人为什么要打哆嗦呢?一些红颜色的小女孩在天花板上跑着跳着嚷着叫着。她们的身体很单薄,来回乱窜的风吹得她们的腰拧来拧去。其中一个女孩赤裸着上身,手里持着一根竹竿,孤零零地呆在一边。他惊讶地问:

"那不是杏花吗?杏花,你快下来,掉下来可就跌死啦!"

杏花说:"爹,我下不去啦……"

她哭起来,透亮的大泪珠从她的倒垂的头发梢上滚下来,悬浮在空中,久久不下落。

又来一阵急风,把小女孩们通通刮跑了,一个白发苍苍的老太太,沿着泥泞的道路跟跟跄跄地走过来。她披着一条破被子,赤着一只脚。她的脸上、身上沾着厚厚一层泥巴。

他高叫着:"娘——娘——我还以为你早死了,原来你没死!"

他向娘扑过去。他感到自己的身体失去了重量,就跟那些单薄的小女孩一样。风拉扯着他,他的身体抻得比原先长出了好几倍。站在娘面前,用力把住一根根横着的栏杆,他才能站直。

娘转动着淤满泥土的眼球,怔怔地看着他。

他兴奋地说:"娘,你这些年到哪里去了?我一直以为你死了!"

娘轻轻地摇着头。

"娘,你不知道,世道变了。八年前,地、富、反、坏、右都摘了'帽子',土地承包到了户。我娶了一个媳妇,她胳膊有点毛病,心眼挺好的。她给您生了一个孙女,又给您生了一个孙子,咱家绝不了后代啦。现在咱家里有余粮,要不是今年把蒜薹烂了,钱也不会缺。"

娘的脸突然变了。她那两只积满淤泥的眼球里爬出了两只拖着长尾巴的蛆来。他惊慌万分,伸手去捏那两只蛆。他的手一接触到娘的肌肤,一股冰凉的冷气沿着指尖直扑进心脏,与此同时,娘的身体里涌出了黄水,那些筋肉,也一块块地随风消散,只剩下一具骨架立在他的面前。他怪叫了一声。

从遥远的地方,传来了呼唤声:

"伙计……伙计……你醒醒……你是不是被魔住啦?"

他看到六只绿光闪烁的眼睛,在紧紧逼视着自己,有一只生满绿毛的手爪缓缓地伸过来,他感到了恐怖。那只冰凉的手触到了他的额头,立即缩了回去,好像被热水烫了似的。

那只绿手爪整个地按在他的额头上,他感到既恐怖又惬意。

"伙计,你病啦?"中年犯人高叫着,"你的头像火炉子一样烫手!"

中年犯人把被子蒙在他身上,说:

"伙计,我猜想你是感冒了,蒙上被子,捂出一身大汗就会好的。"

他感到心里暴躁得不行,肢体却无法克制哆嗦。人为什么要哆嗦呢?他进一步想,人为什么要哆嗦呢?三个同室的犯人都把自己的被子拿过来,压在了他身上。他还在哆嗦,他感到四条被子都随着自己哆嗦。有一条被子蒙住了他的脑袋,他眼上一片黑暗,被子上的恶浊气息堵得他喘气不畅,汗水滚滚冒出,虱子在汗水中爬动。他感到自己就要死了,病不死也要被这四条烂牛皮一样的被子压死、憋死,他拼出全部力气,把蒙在头上的被子掀掉。他感觉到如同从沼泽中抻出了头,他大声哼喘着,说:

"乡亲们……救救我吧……"

他努力揪出那一丢掉就要陷入昏迷的无形的意识把柄,就像陷在无底的淤泥时伸手拽住一绺垂下来的柳枝。他眼前交替出现着光明与黑暗,出现黑暗时,群魔跳舞,死去的爹娘和那群鲜红的小孩跳跃着,嬉笑着,团团环绕着他的身体,有的捅捅他的胳肢窝,有的扯扯他的耳朵垂,有的咬他的屁股。爹手持柳木棍,在铺满碎玻璃渣子的道路上踯躅着,爹经常莫名其妙地跌跤,有时好像自己故意栽倒,有时好像被暗中的无影无形的巨人推倒,每次栽倒,爹的脸上就要镶进几块玻璃渣子,爹的脸彩光闪烁。

当他伸手去捕捉这些精灵时,黑暗便倏然消逝,精灵们的嬉笑声还在天花板下回荡。天亮了,铁窗外一片光明,监室里虽然还昏暗,但已能清楚地看到物体的形状。高大的中年犯人用两只大拳头,愤怒地擂打着监牢的铁门,老犯人和年轻犯人则梗着脖子,发出长长的、狼一般的吼叫。

走廊里哐哐地响着,是哨兵持枪跑步过来了。果然是哨兵持枪跑步过来了。哨兵的脸出现在铁窗外,问:

"你们要造反吗?"

"不是造反,政府,九号快要病死了!"

"就你们这个监室事儿多!等一会儿吧,等值班室里的上了班,我就告诉他们!"

"人都要死了!"

哨兵捏亮一根手电筒,照着高羊的脸,高羊闭着眼,躲避强光刺激。

"这不是红光满面吗?"

"这是发烧烧的!"

"感冒发烧,家常便饭,不要大惊小怪!"哨兵抽身走了。

他又陷进时明时暗的痛苦境界里去,爹和娘率领着小鬼来折腾他,连它们的鼻息和气味都能感觉到,但只要一伸手,鬼影连同黑暗就会消失,他就会看到同室犯人们焦急不安的面孔。

早饭从铁门洞里推进来。他听到犯人们低声商量着什么。

"伙计,你吃点饭吧!"中年犯人抓着他的肩膀说。

他连摇头的力量都没有了。

后来,他听到了铁门开放的声音,汹涌的新鲜空气扑进监牢,他的脑袋顿时清醒了不少。他感到身上的被子一层层被揭掉,好像剥掉他身上一张又一张的皮。

"你怎么啦?"一个柔和的女人声音问。

这一声问候异常亲切、温暖,他恍惚中又看到了娘曾经有过的慈祥面容。他睁开眼,透过层层迷雾,看到一张又白又大的脸,看到一件又白又长的大褂。他闻到了那大褂上的碘酒气味和一股高级女人才能放出的香胰子的气味。

这是一个膘肥体壮的高级女人,她抬起一只手按在他的手腕上,这只手凉森森的。凉森森的手移到他的额头上,碘酒的气味芳醇至极,他贪婪地呼吸着,他感到淤塞的胸膛通畅了许多,碘酒,特别是高级女人的气味使他感到巨大的安慰,使他沉浸在一种飘飘欲仙、忧悒又优美的幸福感里。他鼻子酸溜溜的,很想哭泣。

"夹住!"他看到那女人把一根银光闪闪的玻璃棍甩了甩,塞进他的胳肢窝里。那女人又说:"夹紧了啊!"

高级的高大女人背后站着一个身穿警服的黑瘦男人,他仿佛一个怕见生人的男孩,躲躲闪闪地在女人背后,脸上挂着犹豫不决、忐忑不安的表情。

"你应该穿上衣服!"女人说。

他想说话,但说不出来。

"他被你们抓来时就是这样,光膊子赤脚!"中年犯人说。

"孙所长,"女人转身对瘦男人说,"是不是通知家属,给他送几件衣服来?"

所长点点头。身体消逝在女人背后。

他听到所长问:"你们住在这里,感觉怎么样?"

"感觉好极了!"年轻犯人大声说,"又凉快,又舒服,就像天堂一样!就是他娘的虱子太多啦!"

"有虱子?"

"没有,没有会说话的!"

"政府,你们实行点革命的人道主义,弄点药来除除虱子!"

"可以考虑你们的要求,"所长说,"宋医生,你们医务室配点药灭灭虱子。"

"我们统共三个人,哪有时间配药灭虱子,这么多监室呢?"宋医生说着,从高羊胳肢窝里把温度计抽出来,举到光明处一看。他听到她倒吸了一口气。

她搬来一个皮匣子,揭开,拿出一架器具,套在脖子上,不,是插在耳朵眼里。她用力捏着一个发光的铁疙瘩,铁疙瘩连接着一条杏黄色的胶皮管子,胶皮管子颤抖着。她对着他俯下身来,她的又白又大的脸就对着他的脸。他嗅到了她脸上令人心迷神荡的气息。那个发光的铁疙瘩在他胸膛上移动着,他感到了巨大的压迫,但这压迫是幸福的。他知道自己终生都不会忘记这一时刻了。

哪怕立刻死在这间监室里,我也够本啦! 一个高级的女人摸过我的额头,她的脸离我的脸这么近过,我清楚地闻到了她的香味,她弯腰的时候,我还看到了她脖子下边像粉团一样白的皮肤。人活一世,也不过如此了。

她伸手拍拍他,亲切地说:

"翻过身去!"

他看到她手里擎着一根画着棕色横杠杠的玻璃管,玻璃管里装着金黄色的液体,玻璃管顶端挑着一根银色的长针。他顺从地翻过身去。她的手指,温柔细软,凉森森的手指,这手指多么好啊!这手指抓住他的大裤衩子的边缘猛往下一拽,他感到屁股暴露出来,一阵凉气直射肛门,他把全身的肌肉都绷紧了。一股更加寒冷的感觉在他左侧的屁股上扩散开,她用一团棉花揉搓着他的屁股。

"放松!"她严肃地说,"放松肌肉!你怕什么?从来没打过针?"

她对准他的屁股打了一巴掌,说:

"你绷得这么紧,怎么能攮进去?"

我够本啦! 真够本啦! 她是个高级的女人,她一点不嫌我脏,她用那么干净的手打我的屁股! 死在这监室里也不委屈啦!

她用两个手指轻轻地戳着他的屁股,问道:

"你的脚是怎么搞的?肿得这样厉害?"

他的心思转移到脚上去,他被幸福压迫得即将窒息,没有能力答话。

她又拍了一下他的屁股,屁股上像被毒蜂蜇了一下子。她把那针又往下一捅。他听到她的喘息声,他感到她的小手指一勾一勾地搔着屁股上的皮肤,平生从未体验过的巨大温柔从天而降,彻底麻醉了他的心灵。他抽抽搭搭地哭起来。

他希望这过程永不间断地继续下去,女狱医已经把针头拔出来。

女狱医收拾着药箱问:"你哭什么?难道会这样痛?"

他什么话也不说,难过地想着:打完针,她就要走了。

年轻犯人说:"医生,我拉不出屎来,您能给我检查检查吗?"

女狱医说:"拉不出来你就憋在肚子里吧!"

"医生,你好不讲道理!"

"对你这样的小流氓有什么道理好讲!"

"医生,您可别骂我小流氓,我和您女儿是同班同学,我和她谈过恋爱!"

"七号,你太狂妄啦!"所长严肃地说。

高羊听到年轻犯人和女狱医讲话,心里十分不愉快。他盼望着女狱医还能与自己说几句话,女狱医却背着药箱,与看守所长一起走了。

半个小时后,看守所长把脸贴在铁窗上,对着屋里喊:

"九号,给你做了一碗病号饭,你吃了吧。"

一个灰钵子从门洞里推进来,监室里立刻弥漫了香气。犯人们的眼睛放出绿光来。中年犯人亲自把那一钵子面条端过来。他欠起身来,看到面条里卧着两只金黄的鸡蛋,汤面上漂着翠绿的葱叶和大朵的油花。

"所长,政府,我也病啦……我肚子疼……"年轻犯人高呼着。

"小李,"看守所长招呼着在走廊里来回踱步的士兵,说,"你过来看着,别让他们抢病号的饭!"

中年犯人一怔,顺手就把饭钵子扔在高羊的铺上,嘴里低声骂着,回自己的铺上躺着去了。

面条和鸡蛋香味勾起了他的食欲。他用颤抖的手抄起筷子,搅了搅面条,面条白如粉丝,滑滑溜溜,他从来没有见过这么细这么白的面条。他双手捧起钵子,哧溜喝了一口热汤,肠胃都幸福得发抖了。他双眼盈泪,对着铁窗外士兵的脸,喃喃地说:

"感谢政府的恩德!"

高羊,他吃着面条,呼叫着自己的名字,高羊,你交上好运,从前只能调远里望望的高级女人摸了你的头,从前连见都见不上的高级面条进了你的肚肠,高羊,人苦不知足,你这下该知足了……

他把一大钵子面条吃光,连口汤都没剩,老犯人和年轻犯人直勾勾地盯着他手里的钵子,他感到有点不好意思。他肚里还是饥饿。

哨兵在窗外说:"还病了哩,要是不病,我看你能吃一桶!"

"政府,我也病了……我肚子疼……哎哟亲娘……肚子痛死啦……"年轻犯人号叫着。

三

放风的时间到了。一阵尖利的哨子响过,两个看守拿着钥匙串,把监室一间间打开了。中年犯人和老年犯人走出监室,年轻犯人把窗下的小门打开,将屎尿满溢的胶皮桶拖出来。他忽然有了主意,停止了中年犯人分派给他的工作,他对高羊说:

"哎,新来的,你吃了一大碗面条,该你倒这马桶!"

年轻犯人一蹦就蹦到监室外边的走廊上。

高羊刚吃了面条,高级女人又给打了针,比同室的犯人多享受这么多优待,他也不好意思。他手扶着床边坐起来,赤脚一着冰冷潮湿的水泥地面,头便发晕。他站起来,伤了踝骨的脚笨拙而麻木,踩在地上如同踩着棉花。他提起了那只胶皮桶,胶皮桶的重量并不大,只是那股臭味催人发哕。他尽量地把提桶的胳膊撑出去,那桶却偏偏要撞他的腿,把尿和屎蹭在他的光腿上。

日光强烈,他眼睛痛得很厉害。泪水哗哗地流。过了一会儿,眼睛不痛了,腿和胳膊却直着劲颤抖。他放下屎尿桶,扶着走廊里的一根立柱,想喘息一会儿,立刻就被持枪站在走廊尽头岗楼里的士兵咋呼了一嗓子:

"九号,不许把便桶放在走廊里!"

他慌忙提起便桶,跟随着其他监室提便桶的犯人往前走。走下走廊,往西南角一拐,有一间用铁皮和烂板子钉起来的小屋子,木板上用红漆涂了一个团扇般的大"男"字。几十个倒便桶的犯人排成一字队形等在厕所门口,出来一个,进去一个,出来一个,进去一个。

轮到他进去了。他赤着脚,踩着厕所里陷没脚踝的、混合着屎尿的泥水,心里极度恶心。厕所正中是一个黑洞洞的大粪坑,他的头晕得不轻,差点没扎到粪坑里去。倒了便桶的犯人又站到厕所外边一根生锈的自来水管子下,等候冲洗。水不旺,噼刺噼刺的,像小孩子的尿柱。犯人们用一个秃笤帚呱嚓呱嚓地戳着便桶,好像戳着他的肠胃。他非常想呕吐,他看到那些细如粉丝的面条在肚子里翻腾着,那两只金黄的油煎鸡蛋随着面条翻腾着,他咬住牙关,把涌到喉头的面条咽下去。不能吐,坚决不能吐,这么高级的面条,吐出来太可惜了。

冲洗便桶之前,他把那只受伤的脚放在水柱下。他的脚上沾着一些不敢用眼看的脏东西。

后边的犯人用便桶磕了一下他的屁股,骂他:"穷讲究什么,这是洗脚的地方吗?"

他回了头,看到磕自己的是一个没有胡子的中年人。这人生着两只很大的黄眼珠子,满脸都是短促的褶皱,好像在水里浸泡过又晒干了的黄豆。高羊有些惧怕,可怜巴巴地说:

"大哥……俺初来乍到,不懂规矩……俺脚上有伤……"

黄眼犯人说:"快点吧,他妈的,马上又要收风啦!"

他草草地冲洗了脚——水柱冲激左脚上的伤处时,他看到那里的皮肤青白一片——又草草地刷洗了便桶。

把便桶放回原处,他已经精疲力竭。他想不到昨天上午还是一个精壮汉子,今天上午就成一个干丁点活就喘息不迭的窝囊废。从室外一进监室,才发现监室里空气恶浊。他听到自己的胸膛里有重浊的声音,他忽然想到了死亡。我不能死。他支撑着,走进阳光里。站在走廊里,他看清了监狱的格局。

他先看清了长长的狭窄的走廊,走廊两头各戳着一个铁打的岗楼,每个岗楼里站着一个手持钢枪、腰缠子弹袋的哨兵。走廊南边是一道灰色的高墙,墙上开着两个小门。

现在走廊里空空荡荡,犯人们都不知哪儿去了。西边岗楼上那个哨兵喊:

"九号,从小门里钻出去!"

他顺从地钻出去。外边风景更美好。这是一个阳台式的大铁笼子,笼子和走廊等长,宽约十米,高约四米,下面是水泥地面。编织铁笼的材料是镰把粗的铁棍和指头粗的钢筋。铁棍生着红锈,钢筋没有生锈,泛着青蓝色的幽光。铁笼外边是一块很大的平地,地上种着蔬菜,有马铃薯,有黄瓜,有西红柿,几个女政府在黄瓜地里摘黄瓜。再往外又是一道高高的灰墙,墙上拉着铁丝网,他想起小时候听人说过,监狱的墙上拉着电网,甭说是人,就是只鸟儿也休想飞过去。

犯人们多数都手扒着铁笼上的钢筋,看着外边的风光。铁笼的洞眼只有碗口大,再小的人头也伸不出去。也有坐在北墙根上晒太阳的,也有像张扣的鼓书里说过的那个华子良一样沿铁笼的边缘跑步的。铁笼分成两半。西边一半盛着男犯人,东边一半盛着女犯人。

高羊一眼就看到了手扒着铁笼子的方家四婶,一天不见,她好像重新变了一个人。他看到了她的右一半脸。他不敢与她打招呼。

女政府们抬着一个竹筐子,挪到西红柿地里了。犯人们手把铁笼看着她们,没有吭气。

女政府们嘻嘻哈哈地打闹着,其中一个满脸雀斑,个子矮小,看样不过二十岁的女政府笑得最响。

高羊听到与他同监室的年轻犯人嬉笑着说:
"政府,政府,开恩赏个西红柿吃。"
女政府们都不说话了,眼直愣愣地往铁笼里看。
"政府开恩,赏个西红柿吃!"年轻犯人说。
小个雀斑女政府说:"你叫我声大姨,我就给你吃。"
"大姨!"年轻犯人毫不犹豫地高声喊叫。
雀斑小个女政府一愣,紧接着笑弯了腰。
其他几个女政府逗她:"小刘,快给你大外甥扔个西红柿呀!"
雀斑女政府直起腰,从竹筐里拣了一个半青半红的大个西红柿,瞄瞄准,用力往铁笼里投来。西红柿碰到钢筋上,弹出半米,落在铁笼外边。

"你个笨蛋,小刘!"一个瘦得像鱼刺般的女政府说。

雀斑女政府又拣了一个鲜红的西红柿,瞄着年轻犯人,用力抛过去。西红柿飞进铁笼,跌在水泥地上,只听到一片嗷嗷的怪叫声。

年轻犯人骂着:"他妈的,这是俺大姨给我的!他妈的,老虎打食喂狗熊。"

也不知西红柿进了谁的肚子,犯人们又手把着铁笼往外看。

"大姨,再给俺一个吧,大姨!"年轻犯人央求着。

犯人们一齐乱嚷起来,有叫"大姨"的,有叫"大姐"的,高羊听到中年犯人恶狠狠地骂着:

"肏你大姨!"

女政府们接二连三地扔起西红柿来,犯人们像疯狗一样,叫着,骂着,抢着,时而在这边挤成一堆,时而在那边攞成一团。

走廊两头的哨兵持枪跑来,几个看守也从铁笼外的办公室跑来。哨兵把枪栓拉得哗啦哗啦响,看守员用穿着皮鞋的脚乱踢着压在一起的屁股、腿。

尖锐的哨子响起。

看守员高叫着:

"滚回去,都给我滚回去!"

犯人们鱼贯钻过墙上的小铁门。高羊是最后一个进来。他一进来,看守员就把小铁门关起上了锁。收风了。

铁笼、菜地、高墙、铁丝网都看不见了。从广阔的天地回来,才感到走廊里这般狭小。他听到墙外一个男人与那女政府们吵嘴,小个雀斑女政府的嗓音尖上拔尖,与众不同,很容易辨别。

四

进了监室,如同进了地洞。黑暗不仅蒙蔽了眼睛,而且也蒙蔽了耳朵。惟有鼻子是灵敏的,高羊感到霉烂和腐臭的气味难以忍受。

中年犯人压低了嗓门说:

"新来的,你站起来!"

"大哥……你要俺干什么?"他惶惶不安地说。

中年犯人阴鸷地笑着,问:

"面条好吃吗?"

他羞愧地说:

"挺好吃……"

"你们听到了吗?他说挺好吃的!"中年犯人说。

"好吃难消化!"年轻犯人说。

"你吃独食!"老犯人扑上来撕扯他的头发。

中年犯人把老犯人拖到一边,一步步逼高羊后退。他退到墙上,恐怖地往铁窗那里望。

"你要敢叫,我就掐死你!"中年犯人说,"你这条摇尾巴舔腚沟子的狗!"

"大哥……饶了俺吧……"

"你吃的面条是什么面粉做的?"

他摇着头。

"是通心粉!吃了通心粉,就要挨通心拳!"中年犯人一招手,说,"来,每人三拳,打吐就算!"

年轻犯人攥紧拳头,对准高羊心窝硬骨部位,闪电般捅了三拳。

高羊痛苦地叫着,一张嘴,就把那些面条吐噜吐噜吐出来。吐完了,他就瘫在了水泥地板上。

中年犯人说:"小偷,你叫了一顿大姨,连个西红柿都没捞到吃,俺要奖赏你……"

"大叔,我不要……"

"别叫!你把他吐出来的面条吃了吧!"

年轻犯人跪在地上,低声哀求着:

"大叔,好大叔,亲大叔,我再也不敢了……"

铁门外响起钥匙声,犯人们跑到自己床上躺起来。

监门打开,光明进来,几个男政府站在门口,站岗的拿着一张白纸条说:

"九号,出来。"

他飞快地向门口爬去,鼻涕一把泪一把地说:

"政府,政府,救救我的命吧……"

一个男政府问:"九号,你怎么啦?"

中年犯人说:"他病了,发高烧,说胡话,吃了一碗病号面,又呕出来。"

"还提吗?"一个男政府问另一个男政府。

"提出去再说吧!"那个被问的男政府说。

"起来!"哨兵说。

他一站立起来,男政府就把一副黄手铐锁在他的手脖子上。

第十三章

> 仲县长急忙忙加高院墙
> 墙头上插玻璃又拉铁网
> 院墙高挡不住群众呼声
> 铁丝网也难拦民怨万丈

——部分群众冲进税务局和计量所,殴打了几个积怨甚多的官员,县长仲为民调房管局维修队加高自家院墙,墙头上插了防攀爬的玻璃碎片,又拉了半米高的铁丝网。瞎子张扣在县府前大街高声演唱断章。

一

他爬起来,又莫名其妙地,向前栽倒了。七八只花花绿绿的鹦鹉从敞开的窗户飞进屋里。它们穿过梁头,贴着墙壁,擦着金菊的尸体,愉快地飞翔着。它们羽绒般光滑的皮毛使它们好像赤裸裸的没有皮毛。金菊的身体在门框上悠来荡去,门框的铆榫处发出细微的嘎吱声。夜深人静,每一点细小声响都震耳欲聋。他心里木木的,没有什么痛苦,喉咙里又腥又甜,他知道又吐血了。高马,他呼叫着自己的名字,高马,自从你跟金菊好了,你就倒了血霉,你吐血、呕血、咯血、便血,你浑身上下血迹斑斑!"

高马抓住门框,像弯曲生长的树木,缓慢、倔强地站立起来。金菊,是我把你毁了。金菊鼓起的肚子使他喉咙里的血腥味加浓加重。他踏着一条凳子,去解拴在门框上的绳子。他摸索着,手指哆嗦,指肚发软,金菊身上浓烈的蒜薹味刺激着他,血腥味刺激着他,他辨别出金菊身上的血腥味与自己身上的血腥味的细微差别。男人的血是灼热的,女人的血是冰凉的。女人的血是洁净的,男人的血是污浊的。花皮鹦鹉从他的胳肢窝里、从他的腿胯之间穿飞着,它们不怀好意的丑恶叫声促使他心跳失去规律。他无力解开这死结。粗糙的麻绳子绷得紧,他知道无力解开这死结了。

高马摸到火柴,点亮了一盏煤油灯。灯光照着空旷的屋子,照着花毛鹦鹉们投射在墙壁上的斑斓的大影子。他心里突然充满了对这些艳丽的鸟儿的刻骨仇恨。金菊的身体竟是如此这般的高大。他惊愕。金菊的影子长长地躺在地上。

他贴着她的身体出了房门,弯腰至锅灶后,寻找切菜的刀。他摸到了炊帚疙瘩,炝锅铲子,却未摸到菜刀。高马,你那把切菜刀让俺大哥抄走了,你难道忘了吗?他听到金菊的说话声。

金菊的脸背着油灯的光看去不太分明,好像在微笑。她微笑着说:"高马哥,我猜一定是儿子。"

"女儿我也喜欢,我一点都不重男轻女。"

"女儿总是不行。咱一定让他好好上学,让他上中学,上大学,到城里去工作,别在庄户地里受罪。"

"金菊,你跟着我遭罪了。"他摸着她的头。

"你不也一样吗?"她摸着他肋条凸出的胸脯,难过地说,"俺爹俺娘心真黑,跟你要那么多钱。"

"不要紧,我能挣。"他坚定地、充满信心地说,"卖了蒜薹,再卖了蒜头,估计会有五千元,那时候乡亲们手里都有钱,我求求他们,借五千块,乡亲们是会帮忙的。你生孩子前,我一定要把你娶过来!"

"你快点把我娶过来吧!"她说,"我在那个家里受够了!"

她的脸上沾着一些绿色的、抖动的斑点。他疑心那是花毛鹦鹉脱落的羽毛沾在她的脸上。

这时他想起那把腰刀。

他拿着腰刀,拔开木制刀鞘。腰刀上生了斑斑点点的红锈,但刀刃依然十分锋利。刀尖被崩掉了,可见这刀钢火很好。那时爷爷还活着,爷爷说:"你放着它!"他说:"我磨磨它,它锈啦!"爷爷把刀夺过来,说:"这不是好动的东西!"那时母亲还活着,母亲说:"这刀杀过人头,你千万别乱动!"他知道这把腰刀在梁头上。他踏着凳子,一伸手,触到了一个硬硬的、长长的东西,便紧紧地抓住,拿下来。就着灯影,拉开刀鞘,好像见到了爷爷和亲娘的面容。

他抡起刀,对着那根绳子砍过去。绳子把刀弹回来,他又莫名其妙地摔倒在地。等他爬起来,那条绳子已经绷断了。金菊落地。金菊的脚尖先落了地,紧接着脚后跟落了地,紧接着整个身体往后仰倒,倾银山,倒玉柱,可怜扇起一股阴风,把油灯扑得摇摇欲灭。高马跪在地上,解着紧紧勒住她脖子的绳套。解开绳套,金菊长叹了一口气,他惊喜万分,大声呼叫。她一声不吭。他摸摸她的身体,已是冰凉僵硬。他想把她伸出来的舌头塞回口里去,想不到那舌头肥大得出奇,无论如何也塞不进去。尽管如此,她的脸上还是挂着迷人的微笑。

"高马哥,你的钱凑够了吗?你什么时候娶我啊?"

他拉一条被子蒙住了她的上半身和脸。

他大声号哭了几分钟，便感到异常乏味。提着生锈的腰刀，宛若一个英雄好汉，一步步跌到院子里，清风拂面，满口血腥。仰头看天，见月小星高，万里无云，成群的花皮鹦鹉从敞开的窗户和门洞里飞进飞出。它们飞行时好像没有任何阻力，它们的皮毛太光滑了。

他挥起腰刀，对准一只鹦鹉劈下去，那只鹦鹉拐了一个弯，从他身旁滑进屋子里去了。我要杀了你们！我要把你们全杀光！我要磨亮我的手中的刀，把你们全杀光！

他跪在一块从小周山运来的巨大磨刀石旁，哧楞哧楞地磨起刀来。他先是干磨，把刀上的红锈磨掉，然后，寻了一个破瓦盆，盛上半盆水，蘸着水磨。他磨了足有半夜，磨到晨鸡报晓。用一把乱草，把刀上的水擦拭干净。举起刀来，只见寒光闪闪，冷气侵人。他把刀刃放在脸上，轻轻往下一刮，便听到喳喳的脆响，连汗毛都刮下来了。

握着宝刀，他更觉得自己像个专门夜里行事的豪杰。手提宝刀，手便发痒。他只一跳就到了乡政府大院，把那些高大的向日葵，有的拦腰斩断，有的劈头开颅。他的刀太快了，好像不是他拿刀劈，而是那刀自己向向日葵奔去。刀口所到之处，一律无阻挡，好像劈斩着无物。他看到那些向日葵枝秆总是他把刀抽走之后，才从下半截枝秆上摇摇晃晃歪下来。团扇大的叶片上闪烁着黯淡的星光，跌落在地上，悄然无声，连个屁也不敢放。他杀得性起，又把那几棵大杨树砍折了。白森森的杨树干嘎嘎吱吱地断裂着，树上栖息的数千只鹦鹉纷纷飞起。起初犹如光芒四射，后来犹如一团彩色的云团，绕着乡政府大院上空疾速飞行，把雨点般的白屎拉在乡政府蓝色的房瓦上。这些鸟们飞累了，纷纷掉在房顶上——都像石块一样垂直地掉在房顶上，打得瓦片劈里啪啦地响。砍倒了三棵大树，天空变得异乎寻常地宽阔，东西南北四个方向同时升起了四轮鲜红的月亮，照耀天下如同白昼,鹦鹉们的羽毛绚烂多彩,它们的眼光华夺目,宛如一颗颗宝石。

他右手高举着腰刀,高举着挂着手铐的左手,自我感觉身体高大无比。鹦鹉们围绕着他飞行着,他心里极端鄙视它们,便用力去劈它们。鹦鹉在空中一分为二,冰冷的血溅了他一脸。他用左手抹一把脸,闻到鹦鹉的血腥臭扑鼻。

鹦鹉们毫无顾忌地从窗户、门口飞进屋子,又毫无顾忌地从门口、窗户飞出屋子。月亮早就落下去了,一片灰白的庭院上蹲着几个模模糊糊的柴草垛。他持刀立在门口,等待着鹦鹉们。一只鹦鹉调皮地飞过来,翅羽翻卷,宛若一只旋转的彩球,他一刀劈过去,鹦鹉在空中分成两半,一半跌在他的左脚上,一半跌在离他一步远的地方。他飞起左脚,把这半只鹦鹉踢出墙外,然后伸出残缺的刀尖,用力一戳,把那半只鹦鹉挑起来。他把脸往前凑,把刀往后拉,仔细端详着它。它的肌肉和破裂的内脏还在哆嗦着,一股热烘烘的气息扑到他脸上,黏稠的冷血沿着刀刃流到腰刀的铜护手上。他一挥刀,把这一半鹦鹉甩出墙外。

鹦鹉们愤怒了,成群结队地在他面前噪叫,他拉开架势,骂着:
"畜生,你们来吧,你们来吧!"

他主动出击,冲进鹦鹉群里,将那把锋利腰刀像搅屎棍一样在空中胡乱搅动着,鹦鹉劈里啪啦掉在地上,有的彻底死了,有的受了重伤,像青蛙一样在地上弹跳着。鹦鹉层出不穷,一群群涌上来,他奋力搏斗着,不是在杀鹦鹉,而是在汹涌的狂潮里挣命。

最后,他筋疲力尽地跌倒在鹦鹉堆里,跌倒在血泊里。残存的鹦鹉在半空里盘旋着,哀鸣着,再也不敢下来。

胡同里响起嗒嗒的马蹄声,他亢奋得难以自持,撑刀跃起,看到

那匹亲爱的枣红马驹从断墙外伸进头来,它似乎比以前清瘦了,眼睛也变大了。它怜悯地注视着他。他的眼泪奔涌而出,他说:

"我的亲人……你别走……你别走……我想你……我要你……"

马驹头渐渐后退,被黑暗吞没了。他听到一串马蹄声由北往南去了,马蹄声响亮,马蹄声模糊,马蹄声消逝了。

二

他把一沓钱递到邻居于家夫妻手里,说:

"大哥,大嫂,我就这些钱了,你们看着办吧,不够了求你们先给我垫上,日后我一定还你们。"

他双手攥着那把刀,坐在靠窗户的墙角上。

于家夫妻交换了一下眼神,女的说:

"大兄弟,是不是告诉一下她那两个哥?……你丈母娘昨儿个与高羊一起,被公安局抓走了。"

"你们看着办吧,大哥大嫂,拜托你们啦!"

"是火葬还是土葬?"男的问。

他一想到那熊熊的火焰吞噬金菊和腹中婴儿的情景,就感到心如针扎。他坚决地说:

"土葬!"

于家夫妻急匆匆走了。乡邻们成群结队地来探望,有哭的,也有板着脸不哭也不笑的。村主任高金角也鬼鬼祟祟地前来探望,他叹着气,挪到高马眼前,说:

"大侄子,你……"

高马把腰刀晃了晃,说:

"主任,你别把我逼急了!"

高金角弯着腰跑了。

于家嫂子割来两丈绸子,招呼来一群妇女,在院子里铺了一领席,一个懂裁缝的妇女到屋里去量了金菊的身体,操起剪刀咔嚓咔嚓铰起来。

看热闹的人络绎不绝,破碎的鹦鹉尸体被众人的脚践踏着,彩色的羽毛随风飞舞,沾到人的腿上、衣服上、脸上,众人浑然不觉。

金菊的尸体已搬到炕上,高马每时每刻都能看到她。太阳升起很高了,光线透过黄的红的黄麻茎秆和鸡爪形的黄麻叶片,照耀着她的脸,她的脸宛若一朵绽开在秋季艳阳下的金色菊花。他伸出手指,去触摸她的脸。她的脸光滑有弹性,好像高级的丝绒。

方家两兄弟一前一后来了。先来的是方老二,他铁青着脸,大踏步走过院子,他踢起的鹦鹉毛纷纷落在大红的绸缎上。进门时,一只鹦鹉俯冲下来,好像要去啄他的眼睛,被他一巴掌把那鸟儿扇到墙上。他站在炕前,揭开一角被子,看了看金菊的脸,金菊对他微笑着。

他厌恶地将被角放下,走到院子里来找高马。他骂道:

"高马,你这个杂种肏的,你把俺一家搞得家破人亡!"

方老二揎拳捋袖往墙角行走,高马用手铐的铁圈敲打着腰刀的脊背,敲出清脆的丁当声,他双眼血红,紧盯着方老二。方老二胆怯地退回去,他说:

"我要到县里告你!你害死了我的妹妹!"

方老二刚走,方老大就来了。他瘸得更加厉害了,头发花白,双目混浊,俨然已是个苍老的人。他一进院子就放声大哭,哭得回声婉转,活像个老女人,进了屋,他手拍打炕沿,哭道:

"妹妹——我的苦命的妹妹——你死得屈啊——"

方老大的哭声逗引得一群老娘们直抹眼泪,几个男人进去,把他架出来,劝道:

"方家大哥,人死不能复活,你们兄妹一场,你这为哥的,就快张罗着给她办理后事吧。"

一听这话,方老大顿时不哭了。他擦着鼻涕说:

"嫁出的女,泼出的水,她早就不是方家的人了,厚葬薄葬,不关俺的事。"

他一瘸一颠地哭着走了。

高马站起来,喊住了他,说:

"你到这屋里去看看,还有什么值钱的东西你就全拿走吧!"

方老大停了停,没说什么,走了。

女人们为金菊缝了一套大红绸的衣服,拿到屋里。她们脱掉金菊的旧衣服,用水擦洗了她的身体,替她把送老的新衣穿起来。她浑身鲜红,好像一个新媳妇。

高直楞飞一样跑进高马家的庭院,他捡那些鹦鹉的尸体,一边捡,一边骂,一边流泪。他把鹦鹉的尸体装进一个大筐里,说:

"高马高马,你说这些鸟儿碍你什么事了?你有本事对着人使,遭害这些鹦鹉干什么?这都是钱啊!你把我给毁利索啦……"

尚有七八只残存的鹦鹉蹲在黄麻颤颤巍巍的梢头上,它们羽毛凌乱,浑身沾满血污。它们啼叫着,叫声十分凄凉。高马也有些可怜它们。

高直楞噘起嘴唇,发出一种奇怪的声音唤着它们。

"我是省电视台的记者,我们了解到你和金菊姑娘的不幸的爱情,请您把这件事情的过程给我们谈谈好吗?"这位记者有三十多岁,戴着一副大眼镜,生着一张大嘴,嘴里有一股臭气。

"我是县妇联的干部,主管清理'三换亲'的工作,你把情况谈谈吧!"这是一位年轻的女人,脸上涂满白粉,嘴里喷出一股尿味,高马恨不得一刀削下她的头来。

"你们都滚!"他站起来,提着刀,愤怒地说,"我没有什么好说的!"

"高马兄弟,做棺材是来不及了,再说东北森林正烧着大火,木材涨价,这大热的天,"于秋水瞟着金菊膨胀的身体说,"我买了两张新苇席,买了两丈塑料布,里边用塑料布包好,外面裹上两张苇席,不会比棺材差,入土为安,你说呢?"

高马说:"大哥,一切由着您安排吧!"

电视台的记者一会儿蹲着一会儿跪着,噼噼啪啪地拍着照,他把黄麻梢头上的鹦鹉也拍了进去。这简直是一幅画:黄的黄麻秆,红的黄麻秆,青绿的黄麻秆……金红的阳光,枯黄的与翠绿的黄麻叶子,五彩的鹦鹉们,满面忧愁,噘着嘴吹口哨的高直楞,鹦鹉们缩着头,蔫蔫地叫着,叫声凄凉,催他泪下。

"我已安排了六个人在村东公墓里开穴,差不多就该往外抬了。"于家大哥说。

院子里铺开两张新苇席,新席上展开浅蓝色的塑料布,四个女人把穿着红绸新衣的金菊抬出来,放在塑料布上。记者啪啪地拍着照,那个满脸白粉的女人也装模作样地往一个小本子上记着什么,她的脖子是黄色的,与白脸区别分明,高马又恨不得一刀把她的头削下来。

"大兄弟,你看看,还有什么不满意的吗?"于家大嫂说。

高马趋前看看金菊,黄麻枝叶婆娑,紫穗槐的气味沁人心脾,阳光明媚,月色皎洁,气喘吁吁,汗水淋漓,金菊的脸上都是微笑。金菊金菊清香扑鼻……

他朦朦胧胧地看到那蓝色的塑料布包裹了金菊的身体。那金黄的席片包裹了金菊的身体。两个男人用崭新的黄麻绳子捆扎着苇席,为了捆得结实,他们用脚蹬着苇席,用力把绳子煞进去。他听到篾片断裂的声音,他看到那两只大脚踏在金菊鼓起的肚子上。

他扔掉刀,双膝跪地,咯咯地咳着,把一口血淋漓在胸脯上。蹲在黄麻梢头的鹦鹉惊飞起来,它们疾飞一阵后便降低高度,它们像点水的燕子一样,点水的燕子肚子贴着水面飞翔,它们的肚皮贴着黄麻梢头飞翔。记者抢着拍照,搽粉的女人给年轻记者抻平裤腰上的皱纹。它们飞翔着,像一枚枚抛来抛去的梭子,在他和金菊的脸上,编织着无穷变幻的美丽图案……

他把双臂并拢,高高地举起来。结巴警察把那副摔打坏了的钢手铐拧下来,把一副黄灿灿的新手铐锁在他的手脖子上。

"小——小子,你还——还跑吗?"结巴警察说,"躲过了初一——一,躲——躲不过十五!"

第十四章

舍出一身剐

把书记县长拉下马

聚众闹事犯国法

他们闭门不出理政事

纵容手下人盘剥农民

犯法不犯法

——张扣在公安局收审闹事群众后演唱片段。

一

高羊赶着毛驴车，拉着蒜薹，趁着满天星光，向县城进发。车载很重，破烂的车框子嘎嘎吱吱响，每遇颠簸路段，车子响得更厉害，他担心这破车随时都会散架。过沙河里的小石桥时，他紧紧地揽着驴笼头，用屁股顶住惯力很大的车辆，帮着瘦小的毛驴。这头毛驴像只大山羊，一巴掌就能扇倒。桥上的条石不平整，车轮咯咯噔噔响。桥墩下积蓄着几汪水，反映着寒冷的星光。上坡时，他把拴在车轴上的绳子挂在肩上，帮着毛驴用力。上了坡就是通往县城的柏油大道，路面平整，风雨无阻。这是三中全会后农民集资修筑的公路。他忆起修路时自己也发过牢骚:"出这么多钱,咱一辈子去几趟县城?"现在他知道自己错了,庄户人目光短浅,贪图蝇头小利,就是不行。政府高明,听政府的话没有错,他逢人就这样说。

上了柏油路,便听到前边不远处有辚辚的车声和老人的歌唱声。夜深人静,歌声在远大无边的田野上回荡,高羊听出了这是方家四叔在歌唱。方家四叔年轻时一表人才,跟着"小白羊"的野戏班子唱过戏。据说闹过风流人命案。

大姐大姐巧梳妆——吹吹打打入洞房——金针刺破莲花瓣——琼浆玉液流满床——

这老东西,老不正经。高羊心中暗骂,催驴蹒进,长夜漫漫,路途遥远,他想寻个伴儿说话。看到前车绰绰的大影子时,他喊道:

"是四叔吧!我是高羊。"

四叔闭口不言,路两边乱蓬蓬的树木上有蝈蝈唧唧叫,驴蹄声清脆频繁,蒜薹味在暗中发散,月亮从高树后升起,浅浅的白光照着柏油的道路,他心里充满希望。

他的车咬住了前车的尾巴,他又问:

"是四叔吧?"

四叔沉闷地答应了一声。

"唱啊,四叔。"

四叔叹息一声,说:

"唱什么!哭都哭不过来啦!"

"我起得就够早了,没想到还在您后头,四叔。"

"还有更早的,你没看到这一路的牲口粪?"

"四叔,你昨天没卖了?"

"你卖了?"

"昨天我没去,俺老婆刚坐了月子,前日黑夜折腾了一夜,我一个人,忙不过来!"

"生了个什么?"四叔问。

"儿子!"高羊掩饰不住兴奋的心情。他忽然明白了自己为什么有这么好的情绪。老婆生了儿子,蒜薹丰收,高羊,你时来运转啦。他想起娘的坟墓的位置,那是块风水宝地,当年自己忍辱受屈也不交代娘埋在哪里,真值了。

四叔坐在车栏上,点火抽起烟来,火光短暂地照亮了他的脸。一点暗红的火星闪烁着,后半夜清凉的空气里,弥漫着老旱烟苦辣的味道。

高羊能猜到四叔为什么忧愁,设身处地一想,他也替四叔犯愁,他说:"四叔,人呐,都是命,婚姻啦,钱财啦,都是命中注定了的,愁也没用。"他劝着四叔,自己的心头感到很轻松,他知道自己绝不是对四叔的处境幸灾乐祸,他仅仅是对自己目前的家庭状况感到满意,他也希望四叔的两个儿子早早娶上媳妇,家贫望邻富嘛。他说:"咱这些庄户人家不能跟好人家比较,人比人要死,货比货要扔,咱只能跟叫花子比,虽然穷,还没吃了上顿没下顿,穿得破,还强似光腚。日子不顺心,身体还健康,有点瘸腿拐胳膊,还强似得了麻风病,您说是不是四叔?"

四叔唔了一声,把烟袋锅子嘬得嗞嗞响,银灰色的月光涂在车辕杆上,涂在牛的角上,涂在毛驴的耳朵上,涂在闪烁着亮光、蒙住蒜薹的塑料薄膜上。

"俺娘死了后,我就这样安慰自己,人就得知足,就得能自己糟践自己,都想好,孬给谁?都想进城享福,乡下的地谁来种?天老爷造人的时候使用了几种材料,高级的为官为相,中级的当工人,低级的当农民。像咱这道号的,都是下脚料做的,能活在世上为人,就是大福气,您说是不是四叔?您再比比这条牛,它拉着一车蒜薹,还得拉着您,一刹走慢了,您还要用鞭打它。万物是一理。所以呀,四叔,忍着吧,忍过来是个人,忍不过来就是个鬼。前几年,王泰他们逼着我喝自己的尿——那时王泰还不发达——我一咬牙,喝了,不就是泡尿吗?人其实都是心理的关系,都是假干净,那些穿白褂的医生够干净了吧?他们连胎盘都吃了,你想想,从女人那儿扯出来的,带着血,他们连洗都不洗,切上蒜薹,放上盐,倒上酱油,加上味精,炒得半生半熟的,就那么咯吱咯吱地吃了。吴医生把俺老婆那个胎盘拿去了,我问他好吃不好吃,他说像海蜇皮一样。我的亲儿,那玩意儿,像海蜇皮一样?您说恶心不恶心?所以呀,他们让我喝尿,我咕嘟咕嘟就喝了,那么一大瓶子哩。后来怎么着?我喝了尿,也没少块肉,我还是我。黄书记没喝尿,转年就得了癌,百药无效,后来就生吃毒蛇、蜈蚣、蛤蟆、蝎子、马蜂,说是'以毒攻毒',攻了半年,连人都攻死了!"

牛车和驴车拐了一个弯,道路爬进沙窝村后的沙荒里,沙荒里有一些起起伏伏的沙疙瘩,沙疙瘩上种着一墩墩红柳、紫穗槐、白蜡条、桑树疙瘩,月亮照在树丛上,枝条和叶片都星星点点地亮。一只屎壳郎嗡嗡地飞着,又啪唧掉在路上。四叔用枝条抽了一下牛,又点火抽烟。

道路有些上坡,小毛驴低着头,沉默不语,拉着车爬坡。高羊怜惜牲口,就把绳子挂上肩,帮它拉。这个坡延续很长,爬到坡顶,回头一望,才发现有些灯光好像在深坑里亮着。下坡时,他坐在车辕杆上,小毛驴脊背弯曲,四蹄错杂,看看要倒的样子,他只好跳下来,跟着车走。

"下了这个坡,咱就走了一半路了吧?"高羊问。

"差不离儿!"四叔沉闷地说。

车辆从高高的沙岗上慢慢往下滑行,几乎路边的每丛树上,都有单调而凄凉的虫鸣。四叔的母牛趿跄了一下,险些栽倒。地上腾起一些细雾,正南方向很远的地方响着低沉的隆隆声,地下的路有点哆嗦。

"过火车啦!"四叔说。

"四叔您坐过火车吗?"高羊问。

"用你的话说,那是咱这号人坐的吗?"四叔说,"等下辈子投胎投到大官大院的家里再坐吧!这辈子只能调远里看看啦!"

"我也没坐过,"高羊说,"要是天老爷照应,年年收蒜薹,再过五年,我就豁出一百块钱,坐坐火车,开开洋荤,也不枉披着张人皮,在这世界上走了一遭。"

"你还年轻,有盼头。"四叔说。

"有什么盼头,人过三十多半辈,人过五十土埋身,我比您家老大还大一岁,四十一啦,黄土埋到胸口窝窝啦!"

"人活一世,草木一秋。上树掏雀儿,下沟摸鱼儿,都好像眼前的事,可是一转眼,就该死啦!"四叔叹息着说。

"四叔您多大岁数啦?"

"六十四啦!"四叔说,"七十三,六十四,阎王不叫自己去。今年的新麦子我八成是吃不上啦!"

"没事,四叔,您身板这么硬朗,再活个十年八年的不成问题。"高羊安慰着他。

"你不用宽慰我,我不怕死。活着无趣,还不如死了!死了也给国家省点口粮。"四叔笑着说。

"您死了也给国家省不下口粮,您的粮食是自己种的,也不是吃国库粮的高级人。"高羊说。

一团灰色的云彩,月亮钻了进去。路边的树棵子模糊起来,天一暗,树丛里的虫鸣声明显地响亮起来。

"四叔,高马这个小伙子不错,您把金菊嫁给他也不算输了眼色。"高羊冷不丁冒出了一句,他立即就反悔了。他听到四叔的喘息声顿时粗了。他急忙岔开话题:"四叔,您听说了没有,羊栏村老熊家的三儿考上美国留洋生啦,到了美国一年,就娶了个金头发蓝眼睛的美国女人,照片都寄回来了,老熊揣着那张照片,逢人就炫耀。"

"人家老祖宗的坟茔坐在好风水上啦!"四叔说。

高羊想起了母亲的坟茔,那是块高地,北面是小河,东边是大渠,南边能望到小周山,西边是一望无际的平川旷野。他又想到刚出生两天的儿子,这小子生就一个大头。我这辈子是出窑的砖,定了型了,娘占住的风水宝地,也许能在她孙子身上使劲,这小子没准能成个大气候!

一辆拖拉机大开着电灯,从他们的车边呼呼隆隆地开过去,车上拉着装得像小山一般的蒜薹。他们催促牛驴,顾不上闲扯了。

二

日头冒红的时候,他们的车临近了铁道。这期间,早有几十辆拖拉机跑到他们头里去了,车上拉的都是蒜薹。

他们被一道涂着黑白二色漆道道的长木杠子拦挡在铁路的北边,在他们车后,蜿蜒着一条由牛车、驴车、马车、人拉地排子车、手推车、拖拉机、汽车组成的车马长蛇,四乡的蒜薹都向县城汇集,一派丰收景象。红日刚露半个脸,红得有些黑气缭绕,日上半竿处,笼罩着一块华盖般的白云,白云的下半部被染得淡红。四根锃亮铁轨东西向横卧着,一辆冒着白烟、发出震天呼啸的绿皮火车从西开过来,一个个车窗飞速滑过,车窗玻璃上贴着一些挤扁了的浮肿胖脸。

横木杆子下边,站着一个手持红绿双色小旗的中年男人,也是浮肿着胖脸。吃铁路饭的高级人是不是都浮肿着胖脸呢?高羊暗中猜想着。火车驰过去了,地皮还在颤抖。火车的鸣叫高音撕裂,吓得小毛驴浑身战栗。高羊把捂住驴眼的双手拿开,看到那个打小旗的铁路员工摇着一个把柄将长木杆子升起来。杆子还未升到应有的高度,车辆就迫不及待地往前涌。道路狭窄,仅容两车比肩而行。高羊眼睁睁地看着许多轻便的人拉地排子车、自行车,从他和四叔的驴车牛车旁挤过去。过了铁路,是一个大上坡,坡上的道路正在维修,铺着龇牙咧嘴的乱石,堆着黏土与黄沙。坡上的车辆都在痛苦地颠簸着、挣扎着,所有的车夫都从车上跳下来,小心翼翼地拉着牲口的缰绳,控制着车辆。

四叔的牛车依然在前。高羊看到四叔遍身冒白气,面若黑锅底,侧着身,左手牵着牛缰,右手持着一根树条子,嘴里呜呜啦啦地叫着,树条子摇晃着,但并不打下去。花母牛的头昂着,嘴巴里嘟噜着白色的泡沫,呼哧呼哧喘着粗气。牛蹄可能被乱石扎得奇痛,母牛的腰拧成一条蛇。

一轮红日头,两块破云彩,这是此刻天上的部分景象。一条烂公路,万辆蒜薹车,这是此刻地上的部分景象。高羊从没经过这么大的场面,心里有些发慌。他双目不敢斜视,紧盯着四叔后凸的脑勺子。小毛驴像跳舞一样走着,尖利的石头片子已把它的左前蹄上的弯曲处豁开了一个血口子,黑血滴在白石片上,晃来晃去的车辕杆时而把毛驴别往左,时而把毛驴别往右。高羊也顾不上可怜它,反而毫不客气地催着它。后车咬着前车的尾巴,前车咬着更前车的尾巴,大家谁也不敢怠慢,生怕被那些不拉人屎的家伙见缝插针。

他听到左边一声爆响,好像炸了一颗手榴弹,毛驴和人都吃惊不浅,不由自主地打几个哆嗦。歪头去看,见一辆地排子车爆炸了轮胎,红色的胶皮内胎翻到黑色外胎外边来。拉地排子车的是两个姑娘,一个大点,一个小点。大的头像一节圆木,满脸斑痕,活像树皮;小的是白净皮肤,瓜子形脸庞,只可惜瞎了一只眼。他短暂地感叹着:真如瞎张扣说的,貂蝉是绝色美人,脸上还有七个浅皮麻子,可见世界上没有十全十美的人。那两位姑娘看着破轮胎,手足无措,在她们身后,有人催促,有人叫骂。两个姑娘打着坠坠把车子拖到路边的烂泥里去,后边的车辆立即填补了她们的空间。

又连续发生了几起轮胎爆破的事故,有一声大响简直是震耳欲聋,那是一台五十马力的拖拉机爆破了后轮胎,车轮的钢圈紧压地面,车身倾斜着,几个穿干部制服的站在破轮胎前发呆,司机——一位满脸油泥的男青年,攥着一把大扳手,破口大骂着交通管理局的亲娘。

上了大漫坡,又下大漫坡。大漫坡上照样是怪石直立,狼牙狗牙交错,爆炸声接连不断,交通堵塞。高羊心中暗暗祷告,老天保佑我的车轮胎不被扎破。

下到坡底,是一条东西方向的柏油马路,十字路口设有红绿灯,站着一群穿灰制服戴大檐帽的人。东西方向路上也有许多载着蒜薹的车辆,从南边也涌来许多载着蒜薹的车辆。

他们赶着车挤到了东西方向的路上,往前走了几百米,就再也挪不动了。这时,穿灰制服的人夹着黑皮包来了。他从他们胸前的牌子上,知道了他们是交通监理站的人。

根据早先的经验，交通监理站监理的是机动车辆，所以，当一个年轻的交通监理官提着黑皮夹子，站在他面前时，他还像没事人似的，对着这个被一身灰制服扎裹得威风凛凛的小伙子讨好地傻笑着。

监理官用圆珠笔开了一张白条子递给他，说：

"交一块钱！"

他瞪着眼，半天都没弄明白是怎么一回事。监理官把那张白纸条抖抖，又说：

"拿一块钱！"

"什么钱？"他狐疑地问。

"交通管理费。"监理官冷冷地说。

"俺是毛驴车！"他说。

"手推车也得交！"监理官说。

他说："同志，俺没有钱，俺老婆刚生孩子，把钱都花光了！"

"你快点交吧，要没有这个，"监理官摇摇白纸条，说，"没有这个，供销社不收你的蒜薹。"

"真没有钱，"高羊把衣服上的口袋都翻过来，说，"您看，您看，真没有钱。"

"那就交蒜薹吧，三斤蒜薹。"监理官说。

"三斤蒜薹三块哪，同志！"

"你怕吃亏就交钱好啦！"

"您这不是逼人吗？"

"谁逼你？你以为我愿意来收？这是国家的规定！"

"那……既是国家的规定，您就拿吧！"

监理官抓起一捆蒜薹，扔在身后一只大筐里。把那张盖着红印的白纸条拍到他的手里。抬筐的是两个半大的孩子。

监理官又跟四叔要钱。四叔从贴身的衣袋摸出两张五毛的票子给了他。四叔也得到了一张盖着红印的白纸条。

那个大筐眼见着就满了,两个孩子抬着满筐蒜薹,歪歪扭扭地往岗亭那儿走,岗亭后停着一辆大卡车,两个身穿白衣服的男人抱着膀子,倚在车的后挡板上,样子像装卸工。

起码有二十个穿灰制服夹黑皮包的监理官在活动着。有一个穿红背心的小青年跟监理官吵起来,小青年不讲语言美,开口就带脏字:"你们这些小屄养的,比他妈的国民党还厉害!"那位监理官抬手抽了小青年一个耳光,他打得那样利索,那样平静,脸上毫无表情。

"你敢打人?!"红背心小青年嚷着。

"打你是轻的。"监理官冷静地说,"你再骂骂看!"

小青年往监理官身上扑,被两个中年人拉住了。中年人劝着小青年:

"胜利,算啦,胜利,算啦!让你交你就交,少说话。"

两个穿白衣的警察蹲在一棵白杨树下抽烟。

高羊想,怎么是骂人呢?那监理官不是屄养的难道是肛门养的?实话好说实话难听。他庆幸自己没跟监理官发生冲突,但一想到那捆水灵灵的蒜薹,又心疼得要命。他叹了一口气,叹过气心就不疼了。

这已经是半上午的光景了,高羊的驴车几乎没有挪动,往东的路上,黑压压一片车,往西的路上,也是一片黑压压的车。他问了四叔,知道蒜薹收购点——冷库,在东边三里远的地方。那里人欢马叫,好像开锅水里煮饺子。高羊想去看看,又不敢随便挪动。

他肚里有点饿,就从车上拿出小包袱,解开,拿出一个二面饼子半个咸菜疙瘩,让让四叔,四叔说不吃,他也不真让,就一口饼子一口咸菜地吃起来,吃到半截,又从车上拽出五根蒜薹,心想:权当又被监理官拿走了五根。蒜薹又脆又甜,真是好东西,下饭。

正吃着呢,又有穿制服戴大盖帽的人站在面前,他吓得够呛,忙找出那张白条,晃着,说:"同志,俺交过啦!"

那位接过条去,瞅一眼,说:

"这是监理站的,我们是工商交易所的,交吧,两块钱,工商交易税!"

高羊心里竟然也有一丝丝气上来,他说:

"俺还没卖一根蒜薹呢!"

工商交易官说:"等你卖了蒜薹,你不就跑了?"

"俺没钱!"高羊气愤地说。

"我告诉你,"工商交易官说,"没有完税的条子,供销社不会买你的蒜薹!"

高羊软了,说:

"同志,俺实在是没钱。"

"没钱交五斤蒜薹!"

高羊一阵头晕,直想咧开嘴哭:

"同志,俺就这么几斤蒜薹,东家三斤,西家五斤,还不给零叨了?俺老婆孩子,没白没黑的,收几斤蒜薹不容易啊,同志!"

工商交易官同情地说:"你进行工商交易,就得完交易税,这是国家的政策。"

"既是国家政策……那就随您吧,皇粮国税,杀了俺俺也不敢抗……"高羊呢呢喃喃地说着。

工商交易官把一捆蒜薹扔到身后的大筐里,抬筐子的也是两个半大男孩,好像两个小木偶。

看到自己的蒜薹翻着跟斗掉进大筐里,他鼻子一酸,两滴泪挤出了眼眶。

中午时,阳光毒辣,人和驴都被晒得蔫蔫苶拉。毛驴拉了十几个粪蛋子出来,一个穿灰制服戴大檐帽的人过来,开了一张白条给他说:

"罚款两元,我是环境保护站的。"

又一个穿白制服戴大檐帽的人过来,开了一张白条给他,说:

"罚款两元,我是卫生检查站的。"

他呆呆地瞅着站在面前的环境保护官和卫生检查官,有气无力地说:

"没有钱,你们拿蒜薹吧!"

三

傍晚,他的驴车和四叔的牛车终于靠近了冷库的蒜薹收购点。冷库门前安着两只磅秤,磅秤后端坐着两个面如死灰的司磅员。司磅员周围来来回回走着一些穿制服的人,他一见穿制服的人就感到脊梁冰冷。

"总算挨到了。"四叔欣慰地说。

"是挨到了……"他也说。

司磅员僵硬地报着蒜薹的斤数,用圆珠笔往五联单上画着数字。下一份就是四叔了。高羊看到四叔局促不安的样子,自己心里也直打鼓。当他看到站在磅秤旁边那位验级员时,心里的鼓声更加紧急。

一位穿制服的人手提着一个电喇叭,站在一张红颜色的桌子上,高声喊道:

"各位蒜农请注意,各位蒜农请注意,冷库已满,暂停收购蒜薹。

冷库已满,暂停收购。什么时候收购,我们会通知各乡供销社,再由供销社通知你们。"

高羊当头挨了一棒似的,头晕眼花,手扶着驴背才没有摔倒。

四叔说:"不收了?轮到俺就不收了?俺从半夜就往这赶,等了整整一天!"

"蒜农们,回去吧,等几天,等冷库里腾出地方,再通知你们!"

"俺离家五十多里啊,同志!"四叔哀求着。

过磅员提着算盘站起来。

"同志,俺已经交了工商交易税、交通监理费……"

"你们把条子保存好,下次来卖蒜薹时照样有效,蒜农们,回去吧,冷库工作人员正在日夜加班苦干,等这批蒜薹入了库,再继续收购……"持电喇叭的人苦口婆心地劝说着。

后边的人都拥上来,有嚷的,有叫的,有哭的,有骂的。

那人提着电喇叭跳下桌来,弯着腰跑了。

冷库的大铁门关上了。

一个面孔黧黑的年轻人跳到那张红漆桌上,高声喊着:

"他妈的!干什么都要走后门!进火葬场都要走后门,何况卖蒜薹!"

他跳下来,消逝在蒜薹里。

一个满脸粉刺的小青年蹦到桌子上,高声叫骂:

"冷库,我肏死你亲娘!"

蒜农们哄笑起来。

有人摘下磅秤上的钩子,用力抛到冷库的镀锌铁格子网大门上。大门当啷一声响。

一群人拥上来,掀翻了磅秤,砸破了司磅桌。冷库里出来一个老

头,说:

"你们要造反?"

"打这个老混蛋!他儿是工商局的刘麻子,这老混蛋看大门一月挣一百元!"

"打打打!"一群人拥到铁门前,撞得铁门哗哗啦啦响。

高羊说:"四叔,咱快走吧,卖不了蒜薹不要紧,别弄了事在身上。"

四叔说:"我倒想进去砸他个痛快!"

高羊说:"走吧,四叔,走吧!一直往东走,咱能绕到铁路北。"

四叔调转车头,赶着牛往东走。高羊牵着毛驴,紧跟在四叔车后。

走出约有半里路,他们回头观望,见冷库铁门前烧起了一堆大火,有一个浑身通红的人摘下冷库的大牌子,扔到火里。高羊对四叔说:

"冷库不叫冷库,叫恒温库,牌子上写着。"

"管他娘的什么库呢,烧这个杂种!"四叔说。

他们还看到大铁门被撞开了,一群人拥进冷库大院。火光抖动着,远远地映着他们的脸。他们听到了一阵阵吼叫,和砸碎玻璃的声响。

一辆黑色的小"地鳖子"车从东开过来。高羊惊恐地说:

"大官来啦!"

小轿车开到火堆前停住了,几个人钻出车来,立刻被人推到沟里。有人拿着棍子敲着"地鳖子"车的铁盖,敲出扑通扑通的闷声。有人从火堆里抓起一根燃烧的木头,塞进"地鳖子"的肚子里。

"快走,四叔!快走!"高羊催促着。

四叔也有些怕,对着牛腚抽了一树条子。

他们走着走着,听到后边一声轰响,回头看,一根火柱子从那辆"地鳖子"车里蹿起来,比屋脊还高,连几里外的野草都照白了。

高羊心里说不清是喜还是怕。他自己能听到心跳,两只手心里,渗出了黏糊糊的冷汗。

四

他们赶车绕出县城,越过铁路,不知四叔心中如何,高羊自觉轻松愉快,好像刚从狼窝里逃出来。屏息静听,还能听到冷库那边的喧哗声。

又往北走出三五里路,听到路东侧不远处有突突的柴油机声,和哗哗啦啦的流水声,就在那声响处,亮着一盏昏黄的灯。听到水声,高羊觉得焦渴难熬,想四叔也是一天水米没沾牙,不会不渴。他说:

"四叔,您帮我照应照应车,我去东边弄点水来喝,我的驴和您的牛也该饮饮,喂喂,还有几十里路要走哩。"

四叔不吭不响地窝住牛,把车往路边靠了靠。

高羊从驴车上解下一只铁皮桶,提着,朝灯光那儿走。他寻到一条宽仅容脚的狭窄小径,小径两边是齐着膝盖的玉米,玉米叶子蹭着他的双腿和他手中的铁桶。灯光影影绰绰,看着只距离公路两箭地的光景,却是很难接近。柴油机声和水声也始终那么大,好像永远不可能接近。小径有时消失,他就走在庄稼地里,他小心地下脚,生怕踩倒了人家的庄稼。隔着破鞋,他也能感觉到靠近县城的土地比远离县城的土地肥沃。小径又出现了,走几步,突然加宽了许多,勉强可以行走马车。路两侧有浅浅的沟渠,沟渠外的庄稼高高低低,他闻出了棉花啦,花生啦,玉米啦,高粱的气味。它们各有各的气味,绝对不会混淆。

那盏昏黄的马灯突然变得明亮了许多,水的哗哗和机器的突突也是突然变得清晰明亮起来。这时他看清了自己的身影。他有点胆怯,羞涩。

一直走到马灯跟前——马灯挂在一根竖起的木杆上,一台十二马力的红色柴油机用四根木桩固定在路面上,飞速旋转好像不转,但从一闪而过一闪而过的皮带铁接扣上说明飞速旋转的马力带发出嗒嗒的声响。一根粗胶皮管子伸进机井里,水泵沙沙地响着,白色的水从水泵的口里喷出来。地上铺着一块塑料布,塑料布旁边摆着一双胶鞋。没有人吱声。他用力往黑暗中看去。他闻到了玉米苗子的气味。

"那是谁?"黑暗里有人喊。

"过路的,讨口水喝。"他回答。

玉米叶子嚓啦嚓啦响着,一个高大的男人扛着一张铁锨走到光明里来。他站在水泵前,把沾满泥巴的脚放在激烈的水柱里冲涮着。冲涮干净脚,他又把沾着泥的铁锨放在水柱里。锨刃上滴着水,闪烁着寒光。

那人跳过路沟,把铁锨插进地里立住,说:

"你喝去吧,管饱!"

高羊跑过去,跪下,迫不及待地把嘴插下去,水流冲得嘴唇发麻,水噎得他胸痛。喝饱了,他洗了洗脸,又打了满满的一桶水,提着,回到马灯下。

那个人正上下打量着他。

这是个仪表堂堂的年轻人,上穿半袖衬衫,下穿制服裤子,一块亮晶晶的手表挂在腰带上。

他把手表摘下来,套在手脖子上。他看看表,问:

"你是干什么的?这么晚了。"

高羊说:"卖蒜薹的,整整一天滴水没沾牙,听到这边水响,就跑过来啦。"

年轻人问:"你是哪个乡的?"

高羊说:"高疃乡的。"

"噢,那可是够远的。你们乡供销社没设点收购?"

"供销社不管这事,都忙着贩卖化肥去啦。"

年轻人笑了,说:

"这也正常,一切向钱看么!卖了吗?"

"没有,排队排到我眼前啦,人家就说冷库满了,暂停收购。要是他们明天收购,那俺豁出去等一夜,也不往回赶了。鬼知道猴年马月还能再开磅。"他本来想不说了,但忍不住,就说,"那边闹出了大乱子了,磅秤给人砸了,桌子给人烧了,玻璃砸了,连地鳖子车也给烧了!"

年轻人有些兴奋,说:

"你是说群众造了反?"

"造不造反俺不知道,反正乱子闹大啦!"他叹道,"真有些胆大不怕死的。"

年轻人说:"俺爹和俺二哥也去卖蒜薹了,不知他们有没有闹。"

高羊看着年轻人嘴里那两排整齐的白牙,听着他那掩饰不住的京腔,说:

"这位大兄弟,俺看出来啦,您不是个一般人物。"

年轻人说:"我是当兵的,最一般的人物。"

"您是好样的,混好了,还回家帮老人干活,就冲着这一点,您也有大前程,不忘本哪!"

年轻人掏出烟来,鲜艳的烟盒在灯光下像朵花儿,他抽出一支递给高羊,高羊说:

"俺不会抽,俺还有个乡亲在路上等俺,俺接您这支烟,给他抽去,这辈子他也没抽过这么高级的烟。"

高羊把烟卷儿夹在耳朵上,提着水桶,寻着来路走。

他一上公路,四叔就不高兴地说:

"你到东海里去打水啦?"

他的小毛驴痴呆呆地站着。四叔的花母牛和着车卧在了地上。

"你先喝吧,你喝饱了再饮牲口。"高羊说。

四叔把嘴扎到桶里,喝了一个饱。站起来,连连打着水嗝。高羊把那支烟从耳朵上摘下来,递给四叔,说:

"碰到了一个高级人,他说他是个当兵的,我一眼就看出来他是个军官。他给我烟,我说我不会,我说你会,就给你要来了。"

四叔接了烟,放在鼻子上嗅着,说:

"也没有什么香味。"

高羊说:"当了官还帮老人干活,不简单!现如今的人都是扔了叫花子棍就打叫花子,没见咱村那王泰,见了咱就像见了生人一样。"

"人哪……"四叔感叹着。

"您喝足了?"高羊问,"那我就饮牛啦。"

"先饮你的驴吧!我这牛不回嚼,怕是病啦。它肚子里还有一条小牛哪,要是蒜薹卖不成,再把牛毁了,可就赔了大本啦!"四叔说。

小毛驴闻到水味,嗤哼起鼻子来,高羊还是先给四叔饮牛。母牛想爬起来,但爬不起来,四叔抱着车杆,帮着它爬起来。母牛的大眼闪烁着凄凄凉凉的蓝光。高羊把桶放在它嘴下,它喝了几口就抬起了头,伸出舌头吧唧吧唧地舔着嘴唇和鼻孔眼上。

高羊问:"它怎么喝这么点?"

四叔说:"这牛嘴巴刁,你四婶饮它时,要用麸皮逗引着它。"

"生活好了,连牛也娇了。"高羊说,"想想前几年,人也吃不上麸皮,何况牛。"

"你饮驴吧,别磨蹭了。"

毛驴早就急了。它一口气把水桶喝干,晃着头,犹嫌不足的样子。

四叔说:"牲口喝了凉水,要快走,走出汗来,不然要落下病。"

"四叔,这头牛花多少钱买的?"

"九百三十块,还不算交易税。"

"这么贵!"高羊咋了咋舌,"九百多块,能把它贴遍了。"

"钱毛了,"四叔说,"猪肉半年涨了九毛,一斤涨九毛!好歹咱一年也吃不了几斤猪肉就是了。"

"四叔,您还是赚,这头牛一年下一条犊子,要是下了母的,您等于净赚一条牛。养牛就是好事,比种蒜强。"

"你净想好事!"四叔说,"牛喝着西北风就能下犊子?不吃草?不吃料?"

夜色愈来愈深,他们不说话了,牛车驴车晃晃悠悠地往前飘。高羊实在有些困乏,就顾不上痛惜毛驴,跳到车辕杆上坐着,背倚着车上的栏杆,眼皮又黏又沉,他克制着自己不睡。又进入沙荒了,路边的灌木丛与昨夜一模一样,只是月亮尚未升起,树叶上没有光明。那些蝈蝈们、蛐蛐们、各种鸣虫们,也与昨夜一样唧唧啾啾地叫个不停。

上坡了,毛驴喘息着,像个患严重气管炎的老人。他从车上跳下来,毛驴的哮喘声小了些。四叔依然坐在牛车上,任凭那条怀孕的老牛挣扎着爬坡。高羊心里有些凉,他感觉到四叔是个心肠很狠的人,他提醒自己今后要少跟这种人打交道。

他们爬大漫坡爬到大约有一半的时候,月亮从东边极遥远的低洼处升起来了。他知道,这时刻比昨夜里那时刻要晚一点点,这月亮也比昨夜那月亮小一点点。它是苍黄的,也是微红的,它是苍黄、微红、淡薄、浑浊、有气无力、睡意蒙眬,比昨晚上略小,比明晚上略大的半块破月亮。它的光线又短又弱,似乎照耀不到这沙岗、灌木和柏油的公路。他拍了一掌毛驴冷汗涔涔的脊梁。车轮缓慢地转动着,缺油的轴承吱吱扭扭地叫着。四叔有时会突发性地唱一句流氓小调,又突发性地停止,唱时无准备,停时无延续。月光其实还是能够照耀到这里的,难道那灌木叶片上闪烁的不是月光吗?蝈蝈翅膀上明亮如玻璃的碎片难道不是月光在闪烁,清冷的蒜薹味里难道没掺进月光的温暖味道吗?低洼处有烟云,高凸处有清风,四叔唱道——不知骂牛还是骂人:

"你这个——婊子养的——狗杂种,提上了裤子你就——念圣经——"

他哭笑不得,看见从高岗处射来两道贼亮的光,那光忽高忽低,忽左忽右,像铰布的剪刀一样。紧接着听到了马达轰鸣。路两侧的树木和草地都清晰可辨,一只肥胖的金钱豹子夹着尾巴潜进树的阴影里。毛驴浑身冒冷汗,高羊紧紧地抱着它的头,把车逼到路的尽边处。灯光照得四叔的母牛像兔子一样瘦小。四叔也跳下车来,抓着牛的鼻绳,把车逼到路尽边。

那灯光把他们都照烂了。一个黑糊糊的大兽瞪着大眼扑上来,连豹子都吓退了,何况驴牛。后来发生的事就像开玩笑一样就像做梦一样就像拉屎撒尿一样。

高羊记得那辆汽车像座大山一样冲着他们压过来,在一阵咯咯唧唧的巨响里,四叔的母牛,四叔的牛车,四叔的蒜薹,连同四叔,都被黑暗吞没了。他一睁眼就看到一块玻璃后有一个中年人虚胖浮肿微笑着的脸和另一块大玻璃后一个中年人龇牙咧嘴的脸。他和驴都趴在了汽车的喷吐着热气的头上。

他记得那辆汽车缓缓地爬过来,四叔的牛惊恐地鸣叫着,四叔紧紧地搂着它的头。在炽烈的白光里,四叔的头收缩了,变得像一个钢头铜头,闪烁着青光蓝光,四叔眯缝着眼,张大着嘴,四叔满脸都是惶惶不安、可怜巴巴的神情。四叔的两扇招风耳朵被白光射透了。汽车的保险杠缓缓地撞着四叔的腿和牛的腿,四叔的身体往前一扑,然后就横着飞起来,胳膊扎煞着像翅膀,衣衫飘舞着像羽毛。四叔落在一丛白蜡条里。牛的头弯曲了,牛趴下了。汽车缓缓地轧上来,它先把牛和破车往前推进了一段,又把它们轧在肚皮下。

后来呢?后来车里的胖子说:"快跑!"车里的瘦子把车往后倒,倒不动,硬倒,倒出去了,又绕过高羊和毛驴往前跑。正是大下坡,车滑着,哗哗啦啦漏着水,水箱破了,漏着水跑。

高羊抱着驴头苦思冥想着:这到底是怎么回事呢?这是怎么回事呢?他摸了摸自己的头,头囫囵着,鼻子、眼、耳朵、嘴,样样俱全,摸摸毛驴的头,也是样样俱全,只是它那两扇大耳朵像冰一样凉。他一张嘴,像个孩子一样放声大哭起来。

第十五章

弹起三弦俺喜洋洋

歌唱英明党中央

三中全会好路线

父老兄弟们,种蒜发财把身翻

——1987年正月,张扣在青羊集王明牛三儿结婚宴席上演唱喜庆曲儿。是夜宾客狂欢,张扣烂醉如泥,在王家昏睡三日方醒。

一

被抓进监牢的第二天夜里,四婶梦见四叔浑身是血,站在自己床前,说:"老婆子,你在这里吃着现成饭,享着清闲福,不替我伸冤报仇了?"四婶说:"老头子,你的冤也伸不了,你的仇也报不了,我犯了罪了。"四叔叹了口气说:"那就算了吧,我把二百元钱塞在了窗台下第二道砖缝里,有朝一日你出狱,把钱取出来,拿出一百元,给我扎座金库,多装进些财宝,阴间和阳间一样,干什么事都要走后门,没钱玩不转。"四叔抹抹脸上的血,慢吞吞地走了。

四婶惊醒,冷汗浸透了铁甲一样的被子。四叔满身鲜血的悲惨形象在她眼前晃来晃去,她恐怖又悲伤。真有阴曹地府吗?她想,回家后头一件事,就是抠抠窗台下第二条砖缝,如果能抠出二百元钱,就是真有阴曹地府啦。这事可不能让老大和老二知道,这两个杂种,一个赛一个的歹毒。

想起儿子四婶就叹气。对面床上的女犯人也叹气。她也在想儿子。夜里,女犯人又被拉去提审,回来后又是一头扑到床上,哭一阵,就发呆,叹气,一声接一声。

女犯人睡着了,打着呼噜,忽快忽慢的,好像也在做梦。

四婶再也睡不着了。一只蝙蝠从铁窗棂间飞进来,转几个圈又飞出去。黑夜无边无沿,到处都是呓语声,到处都响彻鹦鹉们不祥的啼叫声。

四婶披着衣服走到院子里,在邻家鹦鹉们的怪叫声里,望着天上的星辰和那半块越升越高的月亮。后半夜了,四叔还不回来,她很着急。

晚饭后,她对二儿子说:"一相,你不去迎迎你爹?"

"迎什么!不该回来迎也回不来,该回来不迎也是就回来了!"老二说。

四婶无言以对,沉默了半天,才说:

"养你干什么呀!?"

"谁要你们养的?你们当初就该把我塞到尿罐里淹死,也省了我多遭几十年罪!"

四婶被噎得哑口无言,坐在炕沿上掉眼泪。

黄黄的月光涂在地上,四婶的影子倒在地上。

一阵急促的敲门声。

四婶急忙去开门,一个人跌进来。

"四婶……"高羊哭着说,"四叔让汽车撞死啦……"

四婶瘫在地上,不会动了。高羊把她拉起来,捶肩打背好一阵,四婶吐出一些口水,嗷嗷地哭着,喊叫:

"老大……老二……金菊……快起来,你爹被汽车撞死啦……"

金菊挺着大肚子跑出来,老大和老二随后跑出来。

二

天放亮的时候,两辆马车进了胡同,停在门前的打麦场上。四婶跑过去,一声接一声地呼唤着老头子。打麦场上站满了人,连村主任高金角都来了。老大和老二站在车旁,都铁青着脸不吱声。

"你爹哪?你爹在哪里?"四婶扎煞着胳膊问。

老大蹲在地上,抱着头,低沉地哭着:

"爹呀……我的亲爹……"

老二不哭,猛地掀开蒙住车厢的塑料布,露出了直挺挺地躺在车厢里的四叔。他张着嘴,瞪着眼,腮上沾着泥土。

老头子,老头子,你死得好惨。我摸着你的脸,摸着你的手。你的脸冰凉,你的手也冰凉,前天晚上你还是个旺活的人,今早上就成了个凉死尸啦!

四婶摸索着四叔的光头,摸索着四叔的耳朵。他穿着一件破夹袄,袒着半个瘪瘪的黑肚子。裤子被扯烂了,腿上血肉模糊。

老头子,你是个庄户人,按说应该顶死耐活的,难道碰一下腿你就死了吗?她摸着四叔冰凉的头,寻找着伤处。她摸到了,在四叔的头心子上,有一块鸡蛋大的凹陷,就是这儿,老头子,他们把你的头盖骨砸碎啦,把骨头碴子砸进你的脑子里去啦,所以你就死了。

上来两位乡亲把四婶拉开了。她牙关紧闭,喘不上气,眼见就憋死了。她听到金菊哭着爹叫着娘。有两个人用筷子撬开她的嘴。"轻点,轻点,别把牙撬掉!"搬着她的脑袋的人提醒那位用筷子撬牙齿的人。她的嘴巴被撬开了,有人往嘴里给她灌凉水。她醒了。

另一辆马车上,拉着花母牛的尸体。牛身体侧歪着,四条腿像机关枪一样,架在马车的草棚栏杆上。母牛的肚子鼓得很高,那条小牛似乎在它肚子里蠕动着。

哭一阵,号一阵,看看日头,已是三竿子高。村主任高金角说:"方一君,你爹就这样了,哭也哭不转,大热的天,尸体搁久了就要发臭,赶快收殓。有什么新衣裳,给你爹换上,雇辆车,送到县里去火葬。这条死牛,也该剥皮卖肉,赶明儿正好逢集,牛肉很贵,卖卖牛肉牛皮,你爹的殡葬费就够啦!"

"大叔,"方一君问,"俺爹就这么白白地死了?听高羊说,他和俺爹都把车停在了路边,是司机硬把车开上来的。"

高金角说:"噢,是这样?那司机该判徒刑,车主还要赔偿你家的人命钱!是哪里的车?"

"是乡政府的,王安书记也坐在驾驶楼里。"高羊说。

高金角脸色变黄,严厉地说:

"高羊,你可不许瞎说!你看清楚了吗?"

"大叔,俺没瞎说。乡政府的车往前跑了一段,水箱漏光了水,跑不动了。我正抱着四叔在哭呢,王书记和张司机又跑回来了。司机浑身哆嗦,嘴里一股酒味。王书记安慰他:'小张,别怕,有我哩。'王书记问俺是哪个村的,俺说了。俺听到王书记长舒一口气,王书记说:'小张,你别怕,是咱乡里的农民,事情好办极了,给他们家点钱就是啦!'"高羊啰啰唆唆地说。

高金角严肃地说：

"高羊，说话要负责任啊！你看清车牌号码了吗？没看清可不要乱说。"

"那是辆黑车，根本就没挂牌，白天不敢出去，都是夜里活动！"养鹦鹉的高直楞恶声恶气地说，"那个司机，是王安老婆的叔兄弟，原是个开拖拉机的，根本没有开汽车的执照！"

高金角怒吼一声：

"高直楞！"

高直楞直楞着眼，说：

"怎么啦？不让说话？你怕他，俺可不怕他！俺舅舅是市委组织部副部长，他王安算根屌毛！"

"喔，你还有这么一个舅舅？那你是不用怕什么，随便说吧。"高金角转脸对方家兄弟说，"这事情不简单，我一个村主任，管不了这样的事情，你们愿意怎么办就怎么办吧，我只有两条要求：一，死尸要火葬，这是县里的规定；二，卖了牛肉要向村委会交十块钱管理费，这是乡里的规定。"

"方老大，方老二，你们这些窝囊废！"高直楞说，"把你爹的尸体抬到乡里去，看看他王安怎么办！"

方老大还在犹豫，方老二把眼一瞪，说：

"走，大哥！金菊看家，娘你也去！"

老大和老二从车上把老头子拖下来。老头子像一条死狗，趴在地上。我说："老二，等等，给你爹换上件衣裳吧，他还有一件新棉袄，让他穿上吧，这是去见官，体面点好……"老二说："人都死了，还要屁的体面！"老二摘下一扇门板来，把老头子搬上去，起先是趴着，我说："老二，让你爹仰着吧。"老二把他爹翻了一个身，脸朝了上，两只大眼死瞪着天。高直楞这个好人,家去找了绳子和杠子,把门板捆好了。老大瘸着腿在前,老二直着腰在后,兄弟俩抬着他爹朝乡政府走,我跟在后边。村里的男男女女一大溜,拖拖拉拉地跟在我身后。高马那个小杂种也来了,不管怎么说,他也是我和老头子的闺女女婿了。他走到老大身边,一把抢过杠子去。高马和老二一般高矮,门板端平了,老头子的头也不滚来滚去了。抬到乡政府,把大门的不让进,让高马一膀子就扛到一边去了。乡政府里一个人也没有,只有一条大狗蹲在伙房门口冲着我们汪汪地叫。那辆撞死我家老头子的车停在院子里,车上拉着一车绿蒜薹。车头上尽是些血。

"他大嫂子,你的案子有点眉目了吧?"四婶关切地问那个中年女人。

"快要判了,俺别无牵挂,就是舍不得俺那好孩子。"中年女人眼泪汪汪地说。

"他嫂子,想开点吧,孩子小时,都像小狗一样围着娘转,长大了,就不一样了。"四婶说。

那辆车上沾着俺老头子的血,沾着俺家那条母牛的血,一股血腥味,一股蒜薹味。俺家那车蒜薹也让他们给糟害啦,俺那老头子血一滴汗一滴种出来的蒜薹,都给糟害了。俺一家三口,守着老头子的死尸,在乡政府大院里等啊等啊,等到天晌,连个过来问问的也没有。苍蝇在老头子脸上爬呀爬呀,它们一边爬,一边往老头子的眼里、嘴里、鼻孔眼子里、耳朵眼子里下白渣。白渣?白渣就是蛆啊,一转眼那些白渣就乌乌压压地活起来了。苍蝇一群群地飞着,赶走了这一群,那一群又飞来了。俺去墙上撕下一块报纸,蒙在老头子脸上,哪能蒙得住呢?那些苍蝇从报纸底下又钻进去了!那么多人都来看热闹,东村西村,南邻北舍都来了,就是不见一个官家的人。俺家老二到大院外的饭店里称了两斤油条,用块报纸兜着,叫俺吃,俺咬了一口,那块油条在嘴里乱打滚就是咽不下去。俺怎么能咽下去呢?老头子的死尸就摆在俺眼前,曝晒了一上午,都有味了。俺家老大也不吃。就老二自己吃。老二还爬到那辆汽车上,拖下一大捆蒜薹。他一手掐着绿蒜薹,一手拿着黄油条,左咬一口,右咬一口,两个眼珠子瞪着,两个腮帮子鼓凸着,狼吞虎咽。俺知道,二小子虽然愣怔,但他心里也不好受,怎么着也是他爹啊。

  日头发红的时候,到底等来了一个官家的人,是那个杨助理员,原先,他算是俺家的瓜蔓子亲戚,但自从金菊跟了高马,他就不是俺的瓜蔓子亲戚了。俺家老大叫过他"八舅",俺家老二给他家不知道干了多少活,盖屋、打墙、推土、运粪,俺家老二就像他家雇的长工一样。他骑着自行车从大门外来了,俺想:这会儿好了,盼星星,盼月亮,把救星盼来了!老大和老二迎着杨助理员跑上来。俺也跑上去,称呼什么呢?还是叫"他八舅"吧。俺说,他八舅,你给俺做主啊,俺给您下跪啦!俗话说,一跪千金重,杨助理员承担不起,慌忙把俺搀扶起来。后来俺才知道他是装模作样,还掏出一块手绢擦着眼。他掀起那张破报纸看看俺老头子的脸,苍蝇嗡一声飞起来,吓得他跳了一个跳。他对俺说:

  "四婶子,放在这里也不是办法啊!"

  俺家老二愤愤不平地说:

  "王书记轧死了俺爹,起码也得来打个招呼吧?俺爹虽然贫贱,可孬好也是条人命,就算轧死一条狗,也该向主人家道个歉吧!"

  杨助理员挤着眼说:

  "老二,虽然你妹妹跟人跑了,你家毁了婚约,把俺那可怜的外甥给折腾成疯症,整天价不是哭就是笑,可咱到底也算是亲戚了一场,这也叫买卖不成仁义在,不是我批评你,刚才你这些话欠考虑!王书记不是司机,他怎么能轧死你爹?司机轧死了你爹,他犯法,法院自有公论,你们把尸体抬到乡里,招来千万的人,干扰乡里工作,乡虽然小,但也是一级政府,干扰乡里工作,就是干扰政府的工作,干扰政府工作就是犯罪。本来是你有理,这一闹,你反而没理了,对不对?"

老二不服气,说:

"不管怎么说,这事王书记有责任,他利用公车,贩卖蒜薹,轧死俺爹,他却躲起来,连个照面也不打,这理走遍天下他也说不过去。"

"老二,你这话更离谱了,"杨助理员说,"谁告诉你说王书记贩卖蒜薹?你这是犯了诬陷罪!王书记今天去县里参加紧急治安会议去了,是县里的紧急治安会议要紧,还是你爹的事要紧?王书记开会回来就要布置严厉打击扰乱社会秩序的不法行为,你们正好做个典型!"

老二不敢吱声了,老大说:

"八舅,俺爹已经这么着了,六十多岁的人啦,死了也不算少亡,再说,也是他命该如此,要不,路上的人千千万万,怎么单单轧死他,所以呀,也是他命该如此。阎王要人三更死,谁敢留人到五更?想那阴曹地府里也有它的规矩。八舅,俺们都是庄户人,不懂规矩,你说吧,俺该怎么办?"

杨助理员说:"依我看,你们赶快把你爹抬回家,赶快去火葬,今夜去不了,明儿早上去。火葬场里备有专门拉死尸的吉普车,拉一趟四十块钱,现在什么都涨价,这么远跑一趟只收四十元,确实不贵。如果你们明天去火葬,我给你们打电话联系车。我看就这么定了,把你爹抬回去,给他净净面,刮刮胡子,有什么送老衣裳给他换上,你们守一夜灵,尽尽儿女的孝心,一大早吉普车就会开到你家门口,你爹活着没坐过小车,死后该排场排场。我再跟火葬场里的头头通融通融,走走后门,先把你爹烧了,装骨灰时多给装上点。抱回骨灰来,就通知亲戚朋友,来聚一聚,凑集点赙金。你爹死了你们还要继续过日子是不是?这样闹下去,担了罪名不说,还要把自家的日子给败坏了,四嫂子,您说对不对?"

我说俺妇道人家不懂什么事,您给做主吧。老二说:

"只怕死尸一烧,王书记就不认账了。"

杨助理员说:"老二,你糊涂!王书记堂堂一个乡党委书记,手里哪天不是过千过万?只要你们不给他添麻烦,你想想他能亏待了你们?乡政府再小也是一级政府,指头缝里漏漏就够你们后半辈子过的了。"

老大问:"八舅,有人劝俺去县里告状,你说俺去不去?"

杨助理员说:"是你爹死了,不是我爹死了,告不告是你们的自由。不过,这事要轮到我头上,我就不告。人反正死了,一切都要考虑活着的人。说穿了,就是钱!怎么多弄点钱,就怎么弄。你们去告了状,说到最狠处,把司机判刑,你们又有什么好?公家可是依法办事,顶多给你们几百元殡葬费。王书记在县里关系四通八达,就算把司机判了刑,过不了两个月就会出来,照开他的车。你们得罪了王书记,还落一个混账人家的恶名,老大和老二就甭说媳妇啦。要是你们不告,回家安安稳稳地把死人发送了,大家都会说你们善良,落个好名声,王书记也说了,只要你们答应私了了这件事,他保证对得起你们。你们掂量掂量,该怎么办自己拿主意。"

高马说:"人活着难道仅仅为了钱吗?"

杨助理员说:"噢,你小子也在这儿!你算干什么吃的?勾引人家闺女,弄得人家未婚先孕;破坏三家婚姻,搞得人家家破人亡。你算个什么东西!?还好意思到这里来插嘴?老大老二,你们自己看着办,我也不是想图仨赚俩,省得落人闲话。"

方老大说:"高马,你缺够了德啦,你凑够一万块钱,就快把金菊领走,俺没她这个妹妹,更没有你这个妹夫!"

高马满脸赤红,不言不语地走了。

三

四婶在黑暗的监室里,又一次想起把四叔从乡政府大院里抬回村庄的情形。还是老大在前老二在后,老大走路高高低低,门板摇摇晃晃,四叔的头在门板上滚来滚去。四叔头碰门板的声音已不如来时清脆。他们一出门口,乡政府的大门就关上了。四婶心里空落落的,回头望望院里,见有许多官家模样的人从地里冒出来,聚集成一大堆,脸上都挂着冷笑。杨助理员也在那人群里,脸上的表情与那些人一模一样。

四叔的尸体从大街上穿过时,情形不如早晨热闹。早晨村子里的凡会走的人都跟在尸体后边,现在,只有几条狗跟在后边嗥叫。

尸体到了家门口,老大和老二把杠子扔下,门板咣当一声跌在地上。在高直楞家的鹦鹉们如云如雾的啼叫声里,目光呆直的金菊开了门。四婶说:

"把你爹抬到炕上去吧。"

老大说:"娘,听人家说,在外边横死的人是不能上炕的……"

四婶说:"你爹辛辛苦苦一辈子,死了,连个热炕头也挣不上,我心里不过意啊……"

老二说:"人已经死了,放在钢丝床上也是一样。'人死如灯灭,气化春风肉烂成泥!'放到热炕头上臭得快。"

四婶说:"你们打算把你爹摆在露天地里?"

老二说:"就搁在这儿吧,让凉风飕溜着,省着有臭味。再说,也省了明早上再往外折腾!"

四婶说:"让狗啃了呢?"

老大说:"娘,今黑夜里,我正好把那条牛剥剥皮,把肉剔巴剔巴,明儿正好赶集卖肉,杨助理说得在理,死人怎么着都是死了,活人还是要好好活。"

四婶无奈,哭着说:"老头子,你儿子们不要你上炕,你就在场院里躺着吧。"

老大说:"娘,你别难受了,上炕歇着去吧。俺爹的事,俺来操持就是。"

老大点亮了一盏罩子灯,放在打麦场上一个竖起来的石磙子上。老二搬出了两根板凳,摆开。兄弟二人把放着四叔尸体的门板抬到那两根板凳上。

老大又说:"娘,回家去歇了吧,我跟老二守着就行了,说一千道一万,是俺爹命该如此,你也别难过啦!"

四婶坐在门板旁边的地上,用一根树枝,把四叔七窍里那些蛆虫拨拉出来。

老大和老二在场上铺开一块破苫头,把死母牛滚上去,滚得母牛肚皮朝天,脊梁两边塞上砖头,固定住了。四条牛腿冲着天,直棒棒的,像四根棍子。

老大持一把牛耳尖刀,老二持着切菜刀,从牛肚皮正中开了一条缝,老大在东,老二在西,开剥起牛皮来。四婶闻到了牛身上臭烘烘的味道,也闻到了四叔身上臭烘烘的味道。

他嫂子，那昏昏的灯光照着俺老头子的脸，他的眼黑黑地逼着俺，逼得俺骨头缝里都往外冒凉气。那些蛆，怎么拨拉都拨拉不净。让旁人听着，就恶心死了，可俺一点都不觉得他脏，俺只是恨那些蛆，拨拉出一条来俺就用脚捻死。俺两个儿光顾了剥牛皮，不顾他们的爹了。俺闺女端来一盆水，用棉花沾着，把她爹的脸擦洗干净。还找来一把剪刀，把她爹下巴上的花胡子剪掉，连鼻孔眼子里伸出来的那两撮毛也剪了去。俺老头子年轻时一表人才，老了，皮肉都抽缩了，不像样子啦。俺闺女又把她爹那件青袍子拿来，与俺一起给老头子换上，两个女人给一个男人换衣裳，总是不得劲，俺叫两个儿子帮忙，他们两个满手都是牛毛牛血，俺没用。俺说，金菊，他是你爹，不是外人，换吧。老头子瘦得皮包着骨头。他穿上袍子，像个人样了。那牛皮死难剥，老大和老二脸上都冒汗了。俺当时就想起一个笑话来。一个爹要死了，把三个儿子叫到炕前，说："我要死了，我死了后，我的尸体你们打算怎么处理？"大儿说："爹，咱穷家小户的，置不起棺椁，我看花两吊钱买具薄木棺材，盛着您，埋了，您看行不行？"爹摇摇头说："不好！不好！"二儿说："爹，我看，弄块破席卷出您去埋了，中不中？"爹说："不好！不好！"三儿说："爹，我说这样办：爹的尸体，俺兄弟三个劈成三份，剥了皮，拿到集上，当狗肉、牛肉、驴肉卖了，好不好？"爹笑着说："还是老三知道爹的心思，卖肉的时候，多加点水，省着折秤。"他嫂子，您睡着了？

老大和老二满手是血、泡沫，滑滑溜溜，攥不住刀把子，就放到地上搓。场地上铺着一层黄沙，沙粒沾在老大和老二手上，就像金子一样。苍蝇嗅到味儿，从乡政府大院里飞来。它们落在牛身上，笨拙地爬行着，老二用宽宽的菜刀背拍死它们。四婶让金菊找来一把破蒲扇，呼打着，不让苍蝇们再往四叔脸上下蛆。

空中有鸟儿扇动翅膀的声音,黑暗的墙角上有野兽绿幽幽的眼睛和它们焦急的喘息声。

半夜时分,老大和老二把牛皮剥下来。牛全身赤裸,只有四只蹄子还在,好像一个光着腚的人穿着皮鞋。老二挑来一担水,把牛身体冲洗干净,兄弟俩蹲在一边,各抽了一支烟。然后,动手开牛膛。老大说:"轻点,别把肠子割破。"老二用菜刀在牛肚子正中开了一条缝,牛的五脏六腑咕嘟嘟冒出来,那条小牛也冒了出来。四婶闻到一股热烘烘的腥气。天上响起猛禽的叫声。

老大和老二把那些肠子一根根扯出来。老二说肠子就不要了,老大说肠子、胃,洗洗都是好下酒菜。那只小牛呢,老大说没见天的小牛能熬药,有人用它冒充鹿胎膏,发了大财。

他嫂子,你就别难受啦,判了你五年?五年一眨巴眼就过去啦,等您出来,您儿子就中用了。

四

"'只当军师,不当分师',"村主任高金角说,"谁让我干着呢,'当官不为民做主,不如回家卖红薯',有意见当面提,过去我可就不管啦!"

老大说:"村主任,您就分吧。"

高金角说:"房屋四间,老大老二每人一间,四婶两间,四婶死后——四婶您就别难过,实话难听——老大老二每人一间。这两间房一大一小,小的搭配上大门和门楼子。锅碗瓢盆杂七拉八搭配成三份,我做阄你们抓,谁抓着哪份就算哪份。四叔和母牛的赔偿费三千六百元,三一三十一,四婶一千二,老大和老二每人一千二,存款一千三百元,老大老二每人四百,四婶五百。等高马拿来那一万元,四婶得五千,老大老二每人两千五。金菊出嫁时嫁妆由四婶置办,老大老二愿意出点钱就出,不出也不勉强。所有粮食分成三份半,半份是金菊的。四婶将来老病,不能动弹了,由老大老二轮流抚养,或是每人一月,或是每人一年,到时间再定。大体上就这样啦,谁还有意见?"

老大说:"还有蒜薹呢?"

高金角说:"蒜薹也分成三份,不过,四婶这么大年纪了,还能赶集去卖蒜薹? 老大,把四婶的跟你分在一起,你顺便帮着卖了怎么样?"

"主任,你看看我这腿……"老大说。

"那就跟老二分到一块。"

"主任,老大都不管,我更不管!"老二说。

"方一相,这不是你娘吗? 又不是帮别人出力!"高金角说。

四婶说:"我谁也不指靠,我自己去卖!"

老二说:"最好!"

高金角说:"还有什么没分的?"

老大说:"我记得俺爹还有一件新棉袄……"

四婶说:"杂种,连这个都记着? 这棉袄留着,我要穿!"

老大说:"娘,俗话说:'爹的棉袄,娘的裹脚,留给小辈,招财进宝。'您留着做什么?"

老二说:"要分就分个利索!"

高金角说:"少数服从多数,四婶,您就拿出来吧!"

四婶掀开破箱子,拿出棉袄来。

老大说:"兄弟,这一分家,我注定是光棍到老了,你找个老婆不难,这件棉袄,就让给我吧。"

老二说:"哥,吃泡屎不要紧,味儿不对。既是分家,就要公平,谁也别沾光,谁也别吃亏。"

高金角说:"一件棉袄,两个人要。怎么分?除非用刀剁开!"

老二说:"剁开就剁开!"

老二拎起那件棉袄,铺在一个木墩子上,回屋去抓来切菜刀,照准棉袄的中缝,一刀连一刀剁起来。四婶呜咽着,看着咬牙切齿的老二,把那棉袄剁成了两半。

老二拎着一半棉袄,扔给老大,说:"这半是你的,这半是我的,咱谁也不欠谁!"

金菊提出两只破鞋来,冷笑着说:"这是咱爹的鞋,他一只,你一只!"

金菊把两只破鞋,一只扔给大哥,一只扔给二哥。

第十六章

> 你要抓你就抓
>
> 俺听人念过《刑法》
>
> 瞎眼人有罪不重罚
>
> 进了监牢俺也不会闭住嘴巴

——"你不闭住嘴巴,俺给你封住嘴巴!"一位白衣警察怒气冲冲地说着,把手中二尺长的电警棍举起来。电警棍头上"喇喇"地喷着绿色的火花。"俺用电封住你的嘴巴!"警察把电警棍戳在张扣嘴上。这是1987年5月29日,发生在县府拐角小胡同里的事情。

一

前边一个男政府引着路,后边一个男政府用手枪顶着他的腰,走在监室外漫长的走廊上。监室一间挨着一间。全是一样的灰铁门,全是一样的小铁窗,惟一的区别,是灰铁门上的阿拉伯数码子。每孔铁窗后都有犯人在往外望着,那些脸浮肿、灰白,活活都是鬼面孔。他浑身打着抖,每一步都走得艰难。一个女犯人在铁窗后嘻嘻笑着说:"政府,政府,俺给你两毛钱,你帮俺买卷月经纸去!"男政府骂一句:"臭流氓!"高羊歪头去看那女犯的模样,政府用枪筒拧了他一下子,说:"快走!"

走完走廊,钻出铁门,紧接着爬一道又窄又高的楼梯。楼梯是木头的,有些糟朽。政府的皮鞋跺得楼梯"扑通扑通"响,他的赤脚踩着不怎么响。他的脚感觉到木楼梯比监牢里潮湿的水泥地面干燥温暖,舒适好多倍。这楼梯高得好像爬不到顶。他喘息着,旋转的楼梯引得他的头脑也旋转。如果没有身后政府用枪筒子戳屁股这无言的催促,他爬不到顶就会趴下,像条死狗一样趴在几阶楼梯上。他脚踝骨上的伤处像心脏一样跳着,周围的皮肉肿得跟踝骨一样高。烫啊,痛啊,老天爷啊,他暗中祝祷着,这倒霉的脚,你可千万别化脓。化了脓,那个高级女人愿意为我开刀排脓吗?他马上就想起了她身上的气味。

这是一间很大的房子,地板也是木头铺的,刷着红漆。墙上刷着绿漆,有的地方脱落了绿漆就露出了白灰的底色。大白天,天花板下亮着四根长长的电棍,电棍嗡嗡地叫着,催得他头晕眼花,紧靠墙,放着一排桌子,桌子后坐着一个男政府两个女政府,女政府中有一个似乎就是在菜地里摘过西红柿的那一位。北墙上写着八个大字,这八个字政府天天挂在嘴上,高羊不陌生。

一位男政府命令他坐在地板上。他感激万分,对着政府点头哈腰。政府命令他平伸两腿,把铐住的双手放在膝盖上,他顺从地执行了命令。

"你叫高羊吗?"

"是。"

"年龄?"

"四十。"

"职业?"

"农民。"

"家庭出身?"

"这……原来,俺爹娘是地主,后来,政府给四类分子摘帽子时,他们都早死了,俺也不知道俺是不是地主分子……"

"你知道政府的政策吗?"

"知道,知道,坦白从宽,抗拒从严,拒不交代,依法严办!"

"好,把5月28日你的犯罪经过讲一遍。"

二

5月28日,天上布满了乌云。高羊赶着被连日奔波累得更瘦更小的毛驴,拉着八十捆已经不新鲜了的蒜薹,再次去县城里撞运气。这天离四叔遭祸的日子已有九天,四叔被汽车撞死的情景,还时时地在他的眼前晃动。这期间他进了四趟县城,卖了五十捆蒜薹,得洋一百二十元,交各种名目的税共计十八元,实际得洋一百零二元。现在车上拉的八十捆蒜薹本来前天就可以卖掉。前天早晨,诸南县供销社在铁路北边设点收购蒜薹,每公斤价格一元二角。高羊的蒜薹刚搬到了诸南县供销社收购点的磅秤盘上,一群穿灰制服戴大檐帽的人高声叫骂着赶来,为首的就是王泰。

高羊讨好地跟王泰打招呼,王泰哪有心思理他?王泰跟诸南县供销社的人大吵大骂,把人家的磅秤推翻了。王泰说:

"我的恒温库没装满之前,谁也甭想拉走一根天堂蒜薹!"

诸南县供销社的人灰溜溜地开车走了。

他只好把蒜薹重新装到车上。他还想跟王泰打招呼,王泰一转身,带着手下兵丁走了。

　　5月28日,天上布满了乌云,好像要打雷下雨。高羊赶着驴车刚过铁道,就听到前边有人传过话来:供销社冷藏库已经装满,蒜薹可以自由出卖了。往哪里卖?外地的客户都被他们挤走了,卖给谁?这些黑了心的大檐帽根本不管群众的死活。众人议论着,都感到绝望,但却没有一个调转车头,好像前边还有希望。

　　车辆络绎不绝地往前拥,高羊的驴车也跟随着。他发现车辆不是向冷库方向前进,而是沿着县城里有名的"五一"大街,奔向县府前面的"五一"广场。

　　广场上聚集着成千上万的蒜农,广场上空蒜薹味扑鼻,乌云翻滚。蒜农们个个阴沉着脸,嘟嘟哝哝地骂着娘,瞎子张扣站在一辆破牛车上,拨弄着三弦子,沙哑着嗓子,满嘴白沫地高唱着:

　　　……可怜那忠厚老实的方老汉,就这样一命赴黄泉。
　　　一把把蒜薹被血染,一阵阵哭声惊破了天。
　　　天啊天,老天爷你为什么不睁眼,看一看这些横行霸道的阎罗官……

　　他的歌唱撩拨着每个人的心弦,听众的脸扭曲着,眼睛闪烁着光芒,好像一簇簇火苗在暗夜里燃烧。高羊不知别人怎么想,他心里是一阵忧伤一阵愤怒,还有隐隐约约的恐怖。他预感到今天要闹大乱子。他看到有些眉眼不甚清楚的人躲在一条小巷子里,对着广场上的人群拍照。他模模糊糊地想起,似乎在多少年前看到过这情景。他想赶车离开这是非之地,但四面八方都是车辆,动弹不得。

　　广场与马路相连,路北边就是县政府的大院。大院里松柏青青,鲜花盛开,一根水柱从院子正中直喷上去,又化成浪花,飘飘洒洒地落下来。县政府是一栋漂亮的五层楼房,飞檐琉璃瓦,墙上都贴着黄色的瓷砖,院子正中竖着一根旗杆,旗杆上挂着五星红旗。在高羊的心目中,县政府跟传说里的皇宫一样漂亮。高羊只记得前几年缴过县城建设税,听说是建县政府大楼。早有人说县府建得跟皇宫一样,今日一见,才知道不是谎话。"五一"大街上东来西往的车辆被拉着蒜薹的车辆堵住了,司机们着急地按着喇叭。喇叭声凄厉,惊得高羊神魂不安。高羊认为,汽车上坐的都是有头有脸的上等人,都有十万火急的公事要办,挡他们的道就是犯罪。他想立即把驴车赶到路边去,但万头攒动,车车相连,如何动得了?环顾四周,谁也不理汽车。看到别人那种无所谓的样子,他也不紧张了,随便吧,豁出这车蒜薹不要了,有罪也不是我一人。

瞎子张扣继续歌唱:

……孩子哭了抱给亲娘,卖不了蒜薹去找县长……

他的喉咙沙哑了。有人递给他一块冰棍,他用干裂的嘴嘬嘬冰棍,清清嗓子,又唱起来。一个衣冠灿灿的青年,举着一个小录音机,对着他的嘴巴。

县政府的钢丝编扎成的大铁门紧紧关闭着,一些衣着漂亮的人从楼上窗户里探出头来,望着广场上的情景。

几百个人聚在大铁门外,高呼着:

"县长出来!仲为民出来!"

拳头和棍棒敲打着铁门,发出隆隆的巨响。大门抖动着,随时要倒一样。县政府里一片死寂,连个人影也不见。有一只灰白的猫箭一般从院子里蹿过,消逝在冬青树丛中。传达室的老头拿着一把大锁,锁在铁门的插销上。人们把黏痰和唾沫吐到老头的衣服上和脸上。老头不敢说话,锁上门就跑了。

"老狗,看门的老狗,快打开锁!"群众高呼着。

被堵住的车辆不鸣喇叭了,司机们都把半截身子探出驾驶楼,看着光景。

"找县长,找书记讲理!"

"仲为民你出来!"

高羊看到一个马脸青年踏着一辆车站起来,好像鹤立鸡群。马脸青年高喊着:

"乡亲们,别乱吵,乱吵县长听不到,大家跟着我喊,我喊一句大家喊一句!"

马脸青年有点口吃。

群众嗷嗷地响应着。

"县长名叫仲为民,不为人民为个人!"马脸青年挥着胳膊喊了一句。

群众齐声吼叫,高羊被狂热的情绪感染,也挥着胳膊吼叫。

"县长老爷仲为民,快快出来见人民!"马脸青年脸上是一种古怪的表情,他喊话的时候,嘴唇好像不得劲。

群众齐声吼叫,声音大得震耳欲聋。高羊也吼叫着。

"当官不为民做主,不如回家种红薯!"马脸青年喊出了两句家喻户晓的话。

群众便把这两句话一遍又一遍地重复着。

终于,有两个身穿西装的中年男人从县府大楼里出来。他们站在铁门里,高叫道:

"蒜农们安静!蒜农们安静!"

群众都不吱声了,注视着铁门里的两个人。那个面孔瘦削的指

着那位戴着变色眼镜的中年人说:

"蒜农们,这是县府办公室逄副主任,逄副主任给你们做指示!"

逄副主任说:"蒜农们,县长委托我给你们说话。你们聚众闹事,是违犯国法的。县长让大家快回去,不要受坏人的挑唆!"

"我们的蒜薹怎么办?"群众高呼着。

"县长说,供销社冷藏库已经饱和,你们的蒜薹拉回家去自己想办法处理,能卖就卖,不能卖自家吃吧!"逄副主任高喊着。

"放你娘的屁!当初你们让我们种,现在又不要了,这不是坑我们吗?"

"你们不让我们卖,你们把我们的秤砣收了,把秤杆折断啦!"

"三分钱一斤都没人要啦!"

"仲为民,你出来!当官不给民做主,滚回家去种红薯!"

"蒜农们,你们不要胡闹!县长有重要事情,不能出来见你们!"逄副主任满脸是汗,怒冲冲地说:"你们要明白事理,县长是一县之长,光大事就够干的,难道还要替你们去卖蒜薹吗?"

高羊听完逄副主任的话,心里猛一"咯噔",是啊,县长是一县之主,难道还让他替我卖蒜薹?即使把蒜薹都烂了,也不能让县长去卖蒜薹。他很想溜走,四面八方都是车辆和人群,走也走不了了,他着急得想哭。

"让县长出来,我们要见见他!"

"对!县长出来!县长出来!"

逄副主任说:"蒜农们,我再次警告你们,立刻回去,如若不听,我就打电话给公安局,让警察来教育你们!"

"乡亲们!"马脸青年高叫,"不要被他唬住,我们没犯法,人民要见县长,怎么是犯法呢?县长是人民的勤务员,是人民选出来的,难道要见见都不行吗?"

"是他妈的谁选出来的?俺连他是个白脸是个黑脸都不清楚,怎么选他?"

"仲为民,你出来!仲县长,你出来!"

"你们太放肆了!"逄副主任吼叫着。

"打倒贪官污吏!打倒官僚主义!"高羊看到高马跳到牛车上挥拳高喊。

高马抓起一捆蒜薹,抛进县政府的大院。

"我们不要了,送你们这些老爷们吧!"

群众发了疯,上百上千捆蒜薹像生了翅膀一样,乱纷纷地落在了县政府的大院里。

逄副主任转身朝县府大楼跑去。有人高喊:

"抓住他,他去打电话调警察啦!"

绿色的钢丝网络大门剧烈地晃动起来。群众奋力冲撞铁门,木棍、拳脚、肩膀、碎砖烂瓦,一齐发挥作用,大门眼看着就变了形。

"冲啊!进去找县长讲理啊!"

大门的插销弯曲了,脱落了。大门猛然张开。群众像潮水一样涌了进去,高羊身不由己地卷了进去。他一捆蒜薹也没舍得扔,他还担心毛驴被踩死。但他无法回去。

他脚不点地蹿过用八角水泥砖铺成的地面,路过喷泉时,冰凉的雾降落到他的脸上。他冲进了水磨石铺地的县府大楼。巨大的声响在楼道里回荡着,有玻璃破碎的噼啪声,有踢开箱柜的喀啦声,还有女人的叫声。他在惶惶不安之中,体验到一种快感。他冲进一间办公室。眼前的所有豪华设施都是那么招他嫉恨。他试试探探地搬起一盆红花层叠的仙人掌,对准一方擦得锃亮的窗玻璃投过去,玻璃无声无息地裂开了,那花盆慢慢地钻出去。他立刻扑到窗口,看到那暗红的花盆载着花朵和玻璃的碎片翻着筋斗跌落在楼前的水泥地上。花盆迸裂,花朵零落破碎。他感到一阵快意。他退回来,搬起一个半圆形的透明金鱼缸,略微观赏了一下缸里的黑金鱼和红金鱼,黑金鱼和红金鱼都吃得肥肥胖胖,晃动的水和翻腾的鱼屎使它们吃了惊,它们泼剌着,鱼缸里冒出一股子腥气。他厌恶这气味,就把鱼缸投到窗玻璃上。玻璃又缓慢地裂开了。他趴在窗口,看明亮的鱼缸洒着明亮的水,明亮的玻璃碎片跟随着,黑金鱼和红金鱼在空气里游动着。鱼缸落在水泥地上,无声地破碎了。

他呆呆地往下望着那些在水泥地上跳动的金鱼们,心里感到不忍。抬头往远处望,广场上人仰马翻,自己的毛驴和车辆不知跑到什么地方去了。他十分焦急。群众还在大批地往县政府里拥来。一群全副武装的白衣警察从广场东侧的一条小胡同里拥出来,他们飞跑着,一进广场就如虎进羊群。警察们用棍棒开辟着道路,他们一定要来县政府。他转回身,想立即逃去,几十个人拥进来,他万万想不到方家四婶踮着双小脚夹杂在这群人中间。一位穿白背心,背心上印着一个铁锚的小伙子高喊:

"这是县长办公室,把县长捉住啊!"

高羊听到此说,心惊肉战,天哪!我竟冲进了县长办公室,我还砸了花盆鱼缸窗玻璃。他想跑,但房间里棍棒飞舞,他不敢动步。县长办公室地面上摆着的几十盆奇花异草像炮弹一样从窗口射出去,花盆大概打中了楼下的什么人,他听到窗户外有人哭叫连天。

墙上的字画也被撕下来,墙边的文件柜被一个小伙子用一个铁哑铃砸破,文件、书籍,稀哩哗啦流出来。那小伙子还用铁哑铃把桌子上的两部电话机砸得稀烂。

四婶东扯一把,西扯一把。她把窗户上的绿绸窗帘撕下来,双手扯着,好像抓住一个人的头,她哭着、骂着:

"你还俺的老头子!还俺的老头子!"

有几个农民在撬着办公桌上的抽屉,提哑铃的小伙子把桌子上的玻璃板,玻璃板上的金属烟灰缸,全部捶烂了。县长跑得仓皇,香烟屁股还在烟缸里冒烟哩。一筒"大人参"牌香烟和一盒火柴放在桌子上。小青年抽出一支烟,插到嘴里,说:"老子也坐坐县太爷的宝座。"他一腚坐在县长的藤椅上,划火抽着烟,跷着二郎腿,一副十分得意的样子。几个农民扑过来抢那筒人参烟。四婶把绸窗帘、字画、文件聚拢在一起,从桌上拿过火柴,划火点着。绸窗帘嗤嗤地冒着白烟,很快引燃了纸张,火舌沿着破碎的壁橱爬上去。四婶跪在地上,叩了一个头,喃喃地说:

"老头子,俺给你报了仇了!"

火苗腾起,农民们蜂拥逃出。高羊扯了一把四婶,说:

"逃命吧!四婶!"

楼道里浓烟滚滚,看来不止一个办公室里起了火,头上的天花板和脚下的楼梯都在震动。成群的人争相逃命。高羊拉着四婶逃出正门,他突然想起黑金鱼和红金鱼,也只能想想吧,千头攒动,两千条腿碰撞,被推倒的人在低处惨叫。他紧紧地攥着四婶的手,腾云驾雾般飞出县府大院,七八个持枪舞棒的警察的脸一晃就过去了。

三

"是你带头砸了县长的办公室?"坐在正中的男警察威严地问。

"政府,俺不知道那是县长的办公室……他们一说是县长的办公室,俺就再也不敢动手了……"高羊跪着说。

"照原来姿势坐好!"警察严厉地说,"难道别人的办公室就可以随便砸吗?"

"政府,俺迷迷糊糊地就被裹进去了……政府,俺自小老实,没干过坏事……"

"你不老实还能去烧国务院?!"警察嘲讽道。

"火不是俺点的……火是四婶点的……"

女警察把一张写满了字的纸递给坐在正中的男警察。男警察把纸上的字念了一遍,问:

"高羊,这都是你说的吧?"

"是俺说的。"

"过来签字!"

一个警察把他拖到桌子前。女警察递给他一支笔。他握着笔,手抖得厉害。他怎么也想不起那"羊"字是三横还是两横,女警察说:

"三横。"

"押回监室!"

"政府!"高羊跪在地上,哀求着,"政府,俺不敢回监室里去了……"

"为什么?"

"他们合伙揍俺,政府,求求您给俺换个监室吧。"

"让他去看死囚!"坐在正中的警察对站在旁边的警察说。

"九号,你愿意去看死囚吗?"

"愿意,只要不让俺跟他们在一起就行。"

"好,你要注意,不能让他自杀。这是件美差,每顿饭多发一个馒头给你。"

四

那死囚是个黄面皮的男人,嘴上无须,两只凹陷在眼窝里的绿眼珠子骨碌碌转着,那样子怪吓人的。

高羊一进死囚牢就发现自己犯了一个大错。囚室里只有一张床,地上还有一张腐烂的草垫子。死囚手上戴着铐,脚上戴着镣,蹲在墙角上,仇视地盯着他。

高羊点心哈腰地说:"大哥,政府叫俺来和您做伴。"

死囚一咧嘴,笑了。他的脸像黄金一样的颜色,牙齿也是黄金的颜色。

"过来……过来……"死囚点着头招呼他。

高羊有些心虚,但看到他戴着手铐脚镣,行动不便,估计不会有事,就小心翼翼地往前靠拢。

死囚笑着,点着头,招呼他靠前靠前再靠前。

"大哥,您有什么事要俺帮忙?"

一语未了,那死囚抢起双手之间的铁链,猛地打在高羊的头上。高羊叫了一声亲娘,连滚带爬地逃到铁门边上。死囚戴着镣铐蹦起来,凶相毕露,哗啦哗啦拖着镣,朝高羊扑来。高羊从他腋下钻走,跑到铁床上。死囚扑到床边,他又躲到铁门边。斗了几十回合,死囚一腚坐在床沿上,咬牙切齿地说:

"你敢过来我就咬死你,临死我要捞个垫底的。"

这一夜,高羊疲乏至极,但强打精神不敢睡去。死囚牢里昼夜亮灯,给了他一点安全感。他蜷缩在铁门边上,尽量离那死囚犯远点,以便来得及跳起逃命。

死囚犯整夜都睁着那两只绿幽幽的眼睛。每当高羊要昏昏入睡时,死囚就站起来,凶相毕露,哗啦啦地拖着镣,对着高羊扑来。高羊想起了小时听人讲过的看死尸的惊险故事,那些故事里说:夜深人静时,死尸就活了,撵得活人满屋子乱窜,等到公鸡一叫,那死尸就倒了。这一夜的经历与那些故事几乎一样。不同的是,看一夜死尸可赚许多银两,看一夜死囚只能多吃一个馒头。

住在普通监室里,受犯人们虐待滋味难受。

看死囚整夜不敢合眼,滋味也不好受。

他想,这种日子过上一个月,非死了不行。

他特别后悔。

天老爷,保佑我出去吧!出去后,哪怕人家把屎拉到我头上,我也不骂,不打,不找地方说理。

第十七章

> 乡亲们别怕流汗别偷懒
> 打井抽水抗旱天
> 蒜薹着水一夜长一寸
> 寸寸黄金寸寸钱

——四月大旱,瞎子张扣鼓舞群众抗旱演唱片段。

一

一轮明月冉冉升起,犹如一朵肥硕的鲜花。月光犹如鲜花馥郁的香气,洒遍了辽阔的原野。田野里刮着春四月里特有的温暖干燥的风。数月滴雨不落,大地焦渴,农民的嘴唇开裂;庄稼生锈,正在抽薹的蒜苗垂头丧气。

田野里星星点点,闪烁着灯光,家家户户都在挑水浇蒜。高马也在挑水浇蒜。井里泉源不旺,每挑二十桶,就干涸见底。趁着这空儿,高马跑到五十米外的一块蒜地里,与白胡子老头王长礼说闲话。

王老头的井上安装了一架辘轳,井里的泉源也不旺。高马跑过去时,王老头的井恰好也干了。

"三爷,歇歇抽袋烟吧!"高马说。

"好,歇歇抽袋烟。"王老头用脚尖把木桶挑到井沿上,说。

"三爷,说个故事吧。"高马卷了一支烟递给王老头。

"哎,哪有什么故事!"老头抽着烟,火星儿照红了他的嘴巴。

井里响着清脆的泉水声,极远的地方有柴油机的突突声。浇过水的蒜苗,支楞着叶子,叶子上有暗淡的月光。那月亮很大,月亮附近有鸟儿在啼叫。

"你到过张家湾吗?"王老头问。

"没到过。"

"那个湾里的蛤蟆都不会叫!"

"为什么不会叫?"

"你听我说嘛!"

高马作为重犯,单独关在一个监室里,月光从铁窗里漏进来。

张家湾有母子二人,母名张刘氏,子名张九五,九五自小聪明过人,母亲沿街讨饭,供给儿子念书。九五调皮捣蛋,在学堂里捣蛋。先生派下功课来,就走了。去干什么呢?这里头有个故事,咱就先说这个故事吧。

话说这学中有一个学生,小名叫冬生,冬生的娘长得俊,号称茶壶盖子。先生见了冬生就问:"冬生,你娘没想我?"冬生回家就问他娘:"娘,俺师傅问你想没想他?"他娘笑笑,也不说什么。天长日久,先生天天问学生,学生天天问他娘。这天先生又问。学生问。他娘就说:"你回去跟先生说,就说我想他了,叫他明日来咱家耍。"第二日早上,先生又问,学生就按他娘教的说了。先生派下课来,转身就跑了。跑到哪里去了,跑到冬生家去了。冬生的娘油头粉面,坐在炕头上。先生一见就像猫见了耗子一样扑上去,又是摸奶子又亲嘴。冬生的娘笑眯眯的,由着先生摸索,先生去解冬生娘的裤腰带时,冬生娘推推搡搡的,腰带解开了。门外传来敲门声。冬生娘说:"坏了,他爹回来啦!"先生吓得魂飞魄散,不知如何是好,那打门声一阵急似一阵。冬生娘说:"先生,里屋有盘石磨,你进去装驴拉磨吧!"先生只顾活命,哪有个不听?蹿进里屋,果然见一盘石磨,安在房子正中,磨顶上堆着二升麦子。先生拉着磨棍就转开了。那磨不大不小,刚好一人能拉动。先生听到冬生的娘慢吞吞地下了炕,开了门。冬生爹大声叫着:"你在屋里干什么?是不是偷了个汉子?"冬生的娘:"你胡说些什么?我借了一匹驴推磨,麦子面吃光了,你又不是不知道!"冬生的爹问:"这匹驴好使唤吗?""不好使唤,费了好大的劲才套上,要不早就给你开门了!"冬生的娘说,"还赚了个你骂,骂我偷野汉子!"冬生爹说:"你等着,我去打这个驴杂种,替你出出气!"先生在磨屋里吓得屁滚尿流,拉着磨飞跑。冬生娘说:"你听,驴也懂人语,听说你要打它,它走得多快呀。"冬生爹说:"你烫壶酒我喝吧!"先生听着人家两口子在炕上喝酒调笑,心里甜酸苦辣,说不准是个什么滋味,想着,脚下慢了。冬生爹说:"你借了条懒驴,待我下去打这杂种!"先生一听这话,哪敢怠慢,拉着磨飞跑起来。冬生娘说:"别下去了,只要你一说话,它就飞跑!"先生汗流满面,不敢懈怠。冬生爹说:"孩子他娘,趁着孩子不在家咱俩干个事吧。"冬生娘说:"死鬼,那么馋?也不怕被驴听见?"冬生爹说:"我去把驴耳朵堵上!"先生又吓了个半死,拉着磨飞跑。冬生娘说:"不用堵了,这驴光顾拉磨,哪有心听咱?"先生拉着磨,听着人家夫妻在炕上干那件事,真是哑巴吃黄连,有苦说不出来。干完了事,冬生爹说:"他娘,我去南坡锄地去!"冬生娘说:"快去吧!"冬生爹拉开门走了。先生一头栽到磨道里。冬生娘跑进来,说:"先生,趁着他爹去锄地,你快跑了吧!"先生跑了。待了几天,冬生对先生说:"师傅,俺娘说她又想你了。"先生抓过冬生的手打了一板子,骂道:"杂种!还想让我给你们家去拉磨?"

高马哈哈大笑起来:"这个先生可吃了苦头啦!"

王老头说:"饱暖生淫欲,饥寒起盗心,真是一点都不假。前几年遍地盗贼,这几年生活好了,盗贼少了,溜老婆门子的人就多,你小子要是饿得三根筋挑着一个头,也不会把金菊弄大了肚子!"

高马不好意思起来,说:"三爷,我跟金菊是恋爱,迟早要结婚。"

王老汉摇摇头,说:"小伙子,我看你额头上有股黑气,百日之内,你会有血光之灾。你要加小心,能不出门就少出门。"

"我不迷信你这一套。"高马说。

"不不不,你不信不行,"王老头神秘兮兮地说,"今年春天,出了两个太阳,这不是好兆;大年五更里,我去高直楞家看电视,有一个不男不女的人在电视里唱'一把火,一把火,一把火烧在东北角',这也不是好兆。"

高马翻了翻身,想,王老头的话都应了验,我遭了祸,东北大森林起了火。家里有病人,不怕不信神。王老头不是个简单人物。

王老头说:"该浇了,摇干了井咱再接着说。"

高马想,我当时还是很愉快,一想到先生拉磨的样子就想笑。井里又有了半米深的水,我挑水浇蒜,蒜苗青青,月亮升高了,变小,变亮了。田野里的空气新鲜,蒜苗上银光闪烁,蒜畦间的流水像银蛇般爬动,那时我还充满信心和希望。我把全部希望寄托在蒜薹上。我把命都搭在蒜薹上了。现在全完了。什么都没有了。

我的秤被计量所那个狗杂种没收了,"不许骂人",坐在正中的警察说。他说我的秤不合格,我争了两句,他一脚就把我的秤杆踹断了。他还罚了我十块钱。我想,蒜薹价格由六角一斤降到一角一斤,最后降到三分一斤。我们村原先与外县订的蒜薹合同被禁了,外县来收购供销社又派人撵,这一切,都分明是与蒜农作对,我越想越气,就跳到车上喊了那两句反动口号,第一句是"打倒贪官污吏",第二句是"打倒官僚主义"。你们想定我什么罪就定我什么罪,随便,我光杆一条,横竖都是一条,砍头、枪崩、活埋,都随你们的便,我恨你们这些糟害老百姓的混账狗官!我恨你们!

"三爷,抽袋烟歇歇吧!"高马说。

三爷用脚尖把木桶挑到井沿上,蹲下。

月光皎洁,万物都有光辉。

"三爷,你的蒜上化肥了吗?"高马问。

"算啦,不上啦!"三爷说,"我不相信供销社里那些钱迷心窍的家伙,那些化肥里鬼知道掺没掺假?"

"三爷,您也太小心了,无论什么能掺假,化肥里也掺不进假。"高马说。

"自古来'无商不奸',不坑蒙拐骗,他们怎么发财!"王老头气烘烘地说,"这都是皇帝封过的。"

"皇帝封过了就万古不变了吗?"

"就是万古不变。"王老头说,"张家湾里的蛤蟆至今还是不叫!"

"这也是皇封?哪个皇帝?"

"从头说吧,接着刚才那个故事。"

高马缩了缩膀子,他感到有些凉意。

三爷说:"张九五一看到先生溜走,就跑到老师的位子上坐起来,发号施令,让一班顽童分成两队,互相打架。打完了,他论功定罪,赏罚分明,像皇帝一样。有一天,先生在门外看到了九五的把戏。先生咳嗽一声就推门进来。小学生纷纷坐好,叽里呱啦地背起书来。先生一拍惊堂木,说,张九五,你的书背过了没有?张九五一边翻着书一边站起来,站起来就说,背过了！先生心中暗忖:小杂种,你就那么浏了一眼就背过了？背给我听！先生说。张九五把书合上,叽里呱啦,一字不差地背完了书。先生点了点头,说,九五,你坐下吧！从此,先生便对张九五另眼看待,每日授他的学业比别的学生多好几倍。那张九五读书就像牛吃草一样,没用半年,先生那点学底就给抖搂光啦。先生卷起铺盖卷跑了,临走前,给张九五留了个纸条:九五九五,天上星宿,日后飞黄腾达,不要忘记老夫。后来又来了一个饱学的先生,先生慧眼识英才,减免了张九五的学费。师徒二人经常促膝夜谈,甚是投机。谈到深夜,师傅钻进蚊帐睡觉,张九五就躺在课桌上睡觉。那是个夏天的夜晚,蚊子成群结队,隔着蚊帐都把先生咬得够呛。听那张九五,竟是鼻息均匀,好像睡着了。先生好生纳闷,折起身来,大声问,九五,蚊子不咬你？九五说,没有蚊子啊！没有蚊子？先生惊诧地问,不热？九五回答说,一点都不热。先生说,九五,咱俩换换,你到蚊帐里来睡,我到课桌上去睡,中不中？张九五说,中。师徒俩换了位置。先生一躺到那张桌子上,天哪,就觉得凉风习习,连半只蚊子也没有。先生大感不解,正胡乱猜想着,就听到半空中有人说,混蛋,皇上走了,你们为这个穷酸秀才扇打什么？空中一语罢了,那些蚊虫嗡的一声围上来,酷热顿时难挨。先生连忙爬起来,暗暗对天祷告着:各路神祇,恕罪！恕罪！"

"瞎编乱造！"高马说,"全是封建阶级为了维护他们的统治编造出来的谎话。他们把自己打扮成天才和超人,麻痹人民群众,不要人民起来造反。"

三爷说:"你在背书？不服也不行,张家湾里蛤蟆至今都不会叫,你不服能行？"

三爷接着说:"先生知道张九五将来不仅仅是个小小的状元,而是个真龙天子！天子！想想吧，金口玉牙！先生不但不要张九五的学费，连张九五母子俩的衣食住宿也包了。张家母子自然感恩不尽。先生家里有一位女儿，年方二八，花容月貌，能诗善文。先生灵机一动，就跟九五的母亲说，嫂子，九五尚未婚配，我家有一犬女，意欲许配给令郎持帚弄瓦不知意下如何？张刘氏一听，大吃一惊，说，先生，俺孤儿寡母，哪敢高攀？先生说，嫂子甭客气啦，待明日我把女儿接来，与令郎成亲。张母感激涕零，回家与九五说了，九五曾见过这位师妹的天姿国色，哪有不允之理。第二日就结了婚，才子配佳人，说不尽的风流，一夜晚景，你们自己去猜想。那张九五读书日日上进，一日，带着妻子去城隍庙烧香，见香案上有纸笔，手痒，捉起笔来，信笔写道，城隍城隍，差你下洛阳，今晚动身，明晚还乡。张九五写完，带着媳妇回了家。这一夜，先生做了一梦，梦见城隍提着一瓶茅台酒——瞎说，那会儿就有茅台酒了——打个比方嘛！一个肥猪头，来求情。城隍说，国丈大人，求您在皇上面前替小神说说情，让皇上收圣旨，他让我去洛阳，今晚去，明晚还乡，你老人家想想，三千多里路，我怎么能回来？先生惊讶不止，猛醒，原来是南柯一梦，揉揉眼坐起来，点上灯烛，到外屋一看，锅台上放着一瓶茅台酒，一只褪尽了毛的大猪头。先生掐掐腿，咬咬手指，都痛，又去摸摸那猪头，晃晃那瓶酒，果然都是真的。惟恐是梦，他又把老妻叫起来，让她看看这酒与猪是不是真的。老妻说，老头子，你不知道咱家连后天的米都没了，还去买这贵重东西？先生按捺不住高兴，忘了天机不可泄露，便把事情原原本本给老婆说了！"

井里已无哗哗水声，王老头说："浇蒜去吧，小伙子，井里又有水了。"

"三爷，你说完了吧，别吊着我。"高马说。

"别急,小伙子,要能沉住气,好饭不能一顿吃完,好话不能一次说尽。"

"你对社会主义这样仇视?"坐在正中的警察问。

"我恨你们,我不恨社会主义。"高马说。

"你以为社会主义是个招牌?"警察说,"社会主义是一种社会形态,这种形态不是抽象的,而是具体的。它体现在生产资料的公有制上,体现在分配制度上。"

"还体现在你们这些贪官污吏身上,对吗?"高马愤怒地说。

警察有点动怒,他拍了一下桌子,说:

"高马,现在,我代表司法机关在审讯你,并不是跟你进行平等讨论!你要老老实实地交代你煽动群众打砸抢和你参加打砸抢的罪行,你以前是军人,后来是复员军人,现在你是罪犯,拒捕逃窜又被抓获的罪犯!"

"我早说了,要枪毙、要砍头、要活埋,都随你们的便,我恨你们这些打着共产党的旗号糟蹋共产党声誉的贪官污吏!我恨你们!"

已经是后半夜啦,浇蒜的人们在愈加皎洁的月光下变成了精灵。

高马把一支烟递给王老头,王老头说:"那先生千不该万不该,不该把张九五是未来的皇帝这事告诉老婆。天下多少大事,最终都败坏在女人手里,女人的肚子里盛不住酥油,像狗一样。你想,他老婆听说闺女女婿是真龙天子,闺女自然是皇后,自己是皇帝的丈母娘,铁打的皇亲国戚,享不尽的荣华富贵,穿不完的绫罗绸缎,吃不尽的山珍海味。这女人恣疯了,暂且不说。单说那先生次日只身去了城隍庙,到那香案上拿起张九五信笔写出的纸条,什么也没说,把纸条揣在袖子里就回了家。先生对九五说,贤婿,这是你写的吗?九五不好意思地说,是俺写的。先生说,想那洛阳距此地有三千里之遥,一个来回六千里,一天一夜他如何能回来？九五抓起笔来,在一块破纸上写道:城隍城隍,免你去洛阳。当夜城隍又托梦给先生说,多亏老先生从中斡旋,送您肥羊一只,美酒两瓶,以达谢忱。梦醒之后,那肥羊美酒自然又在锅台上摆着。"

一颗流星拖着尾巴落下来。王老头说:"话说这一天,九五的丈母娘跟邻居吵架,气冲脑门,把老头子的嘱咐都忘了。丈母娘说,告诉你们,俺闺女女婿是个真龙天子,等他登了基,把你们全家的人头,一刀一个,全砍下来！那邻居自然不当回事,邻居说,别说你闺女女婿那个瘦干巴猴样没生当皇帝的骨头,即便他有一身龙骨,有你这么个心黑手辣的丈母娘,天老爷也要把他的骨头换了！这句话被巡道神听去,向玉皇大帝做了汇报,玉帝动怒,即命令李天王和哪吒三太子夜里给张九五换骨头。李天王和哪吒下午就到了城隍庙,城隍设宴招待李家父子,李天王喝多了酒,把给张九五换骨头的事告诉了城隍。城隍感念张九五的免差之恩,托了一个梦给了先生,城隍说,先生,你老婆说了坏话,惹恼了玉皇,派下了李天王父子,今夜三更,就要给贤婿换骨,剔掉龙骨,换上一身鳖骨,快快告诉贤婿,无论多么痛,都要忍着,咬紧牙关,万万不能喊叫,这样还能保住金口玉牙,只要一喊叫,连牙也换成鳖牙了。天机不可泄露,对贤婿可稍稍提示,不可把话说尽！城隍叮嘱再三,乘风而去。先生惊醒,汗流浃背,知道绝不是虚诳,便赶紧告诉九五,让他半夜里,无论多么痛,也要咬紧牙关,万万不可喊叫。九五是聪明绝顶的人,一点就透。等到半夜,果然周身奇痛难挨,但他牢记先生的话,死死地咬住牙,半句也没喊。九五的老丈母娘还做着皇帝梦,先生恨不得捏死她,又不能点破。张九五的金口玉牙还是保留了下来。有一年夏天,九五在树下看书,湾里的蛤蟆吵得他心烦,他便说,不许叫,再叫就让你肚皮朝天！从此,张家湾里的蛤蟆再也不敢叫了,有耐不住的,张嘴想叫,一张嘴肚皮就翻过来朝了天。"

"金口玉牙果然是厉害。"高马笑嘻嘻地说,"三爷,皇帝也不容易,不能像咱这样,信口胡咧咧。"

"那是一定了,"三爷说,"天子嘴里无戏言嘛!"

"我总是有点不敢信,皇帝要是说:'马生角,牛生鳞,公鸡下蛋,母鸡打鸣。'难道都能成了实事?"

"这种事,说的说,听的听。"三爷说,"皇帝不会胡说,真要说了,那马也不敢不生角。打个比方吧,乡里的王书记,连个七品芝麻官都够不上,你看他那个威风,不也是说四个牙没有敢扒开口看的吗?"

高马想了想,说:"您说得倒也有些道理。"

二

"高马哥,你告诉我,"金菊不高兴地问,"你和参谋长的小姨子到底是怎么回事?"

"不是参谋长的小姨子,是团长的小姨子。"高马说。

"那你跟团长的小姨子是怎么回事?"

"就那么回事,她想嫁给我,我呢,闻不惯她嘴里那股臭味,看不惯她那副酸样,我不爱她,"说到"爱"字,高马感到很别扭,"我不爱她,但想利用她的关系,提拔成干部,我恨他们,我的心不好,没提成干部也是活该。"

"那你爱上我是真还是假?"

"我们俩都把命豁出一大半了,你还这样问!"

"你要是在军队里提成干部就不会爱我了吧?"

"要是我提成干部,也就变坏啦。"

"要是你提成干部会跟团长的小姨子结婚吗?"

"告诉你吧,我提干部的命令都要下了,我想,反正要下命令了,我就不跟团长的小姨子好了,我提干的命令让团长给撕了!"

"该撕!"金菊咬牙切齿地说。

"不撕我也成不了你的男人。"

"噢,你是没有办法了才来找我呀!"金菊委屈地哭起来。

高马摸着她的肩,安慰着她:

"别哭了,好老婆。年轻时,谁不犯点糊涂?我现在什么都不想,就想着快点把蒜薹卖了,凑够了钱,给你那黑心的爹娘,把你娶过来,平平安安地过日子。当干部干什么?当干部就要卖良心,不卖良心当不了干部。"

"五十一号,听说你跟你本村的姑娘方金菊有过一段不平常的爱情经历?"一个面色苍白的检察官坐在高马监室的床边上。高马坐在墙角上,怒冲冲地瞪着检察官。

检察官笑笑,说:

"看来你也恨我!年轻人,你太偏激了,党和政府的大多数干部还是好的嘛!"

"天下乌鸦一般黑!"高马说。

"小伙子,你要冷静。我今天来,不是想跟你吵嘴,说实话,我想为你辩护,你应该信任我。我提醒你,不要破罐子破摔。"

高马说:"我窝囊了半辈子,窝囊够了!"

检察官摸出一包烟,抽出一支,问:"想抽烟吗?"高马摇摇头。检察官点着烟,用口叼着。他的手翻弄着几张写满铅笔字的白纸,说:"我研究了你的全部案卷,并到你们村调查了你的情况。首先说明,你于今年5月28日冲进县政府,砸碎了两部电话机,放火焚烧了一批档案,还打伤了一名打字员,这些行为,已经构成了犯罪,公安局逮捕你,是完全正确的。另外,你在打砸抢之前,还散布了大量反动言论,你的言论起到了煽动作用,有人认为你犯了反革命罪和妨害社会管理秩序罪,建议两罪并罚。"

"够不够枪毙?"

"不够。我想请你配合我,把你与方金菊的恋爱过程详细讲一遍。我认为,你的不幸的爱情经历是促成你犯罪的重要原因——"

"不是!"高马说,"我恨你们,我恨不得活剥了你们这群贪官污吏的皮。"

"你不愿意我替你辩护?"

"我求你们枪毙我!"

检察官摇摇头,走出监室。高马听到他在走廊里对什么人说话:"这是个神经有毛病的家伙!"

第十八章

说俺是反革命您血口喷人
俺张扣素来是守法公民
共产党连日本鬼子都不怕
难道还怕老百姓开口说话

——张扣收审后对审讯者演唱歌词断章。

一

早晨,监室门打开,进来两个政府,一男一女,男的很面熟,女的是第一次出现。她吃得很胖,脖子短得好像没有,一张通红的脸庞上镶着两只肿泡的小眼睛,一个过分小巧了的鼻子距离嘴巴很远,人中于是很长。高羊很有些厌恶她的长相。闻到她身上焕发出来的香胰子味道,她马上就漂亮了。扑鼻的香气提醒高羊,这也是个高级女人。她穿着一件白大褂,手提一个木盒子。男政府说:

"给你理发,一号。"

死囚——一号——翻弄着眼珠,瞪着胖女人。他把手铐和脚镣上的链条弄得哗啦啦响。

胖女人对着死囚笑。她的眼眯成一条缝,薄薄的上唇紧紧地绷起来,露出了鲜红的牙床和绿幽幽的牙齿。

男政府从门外搬进来一只方凳,摆在监室正中。女政府打开木箱,先拿出一块油渍模糊的披巾,波波地抖一阵。"过来呀。"她说。她嗓音轻柔,十分美妙,高羊听后心乱如麻。

死囚正端坐着不动。男政府过去把他拎起来。他固执地往下坠着,说:

"我不剃!我不剃!"

"你简直是不知好歹!"男政府揪着死囚的头发说,"狗毛这般长了,还不剃?"

这句话非常耳熟,高羊回忆着,但终究想不起来在什么电影上或是在什么戏里听过这句话。

"你他妈的是狗毛!"死囚骂着男政府。

男政府笑着,拍拍死囚的脖颈,说:

"不是狗毛,是人毛,好了,剃去吧!"

死囚坐在凳子上,女政府把那块披巾蒙在他胸前,又在他脖颈后打了一个结,死囚扭着脖子,像淘气的小男孩一样。女政府拍拍他的肩膀,说:"老实点,伙计!"死囚立刻就老实了,像个极乖的男孩。女政府抄起一把推子,咔嚓咔嚓推起来。推子像割草的机器一样从死囚的头上剪出了一条贯通的青白大道,青白大道紧接着变成了十字路口,变成了光秃秃的山丘变成了光葫芦头。这过程顶多有三分钟。死囚的乱发像毡片一样落在地上。死囚的乱毛一去,犹如剪鬃的马,那威风顿减了一半。女政府的小手又白又厚,手背上有一些圆圆的肉涡涡,像婴孩的脸蛋。

高羊呆呆地望着那女政府,连眼珠都不眨动。男政府说:"九号,你想吃人?"他又对女政府意味深长地点点头,说:"郭大姐,你注意点。"女政府泰然自若地看看高羊,说:"贼眼灼灼!过来坐下。"

高羊坐在凳子上,女政府的香味令他忘掉脚上的肿痛。女政府把沾着一层头发渣子的披巾结扎在他脖子上。女政府松软温暖的皮肤轻轻磨擦着他的脊背,身体被如痴如醉的感觉压缩得很小。女政府弹了一下他的脖子,说:"抬起头来!"他顺从地抬起头。推子的铁齿拱着他的头发,麻酥酥的电流贯穿全身。他的眼前花儿草儿跳跃,耳朵里鸟儿啼叫,他想:这么高级的女人给我剃过头,死了也知足了。

"起来吧,你还坐着干什么?"女政府说。

他如梦初醒,站起来。

男政府说:"把头发渣子扫出去。"

他把头发渣子扫起来,盛到一个铁皮簸箕里。

男政府说:"倒出去。"

他端着头发渣子走出监室,男政府跟在身后,看着他把头发渣子倒进走廊里放着的竹筐里,筐里有半筐头发渣,灰的、白的、黑的、黄的。

他走回监室,看到那个黄脸的死囚用戴着镣铐的双手揪住了女政府的奶子。一刹间,他的心里充斥着对死囚的切齿仇恨。女政府脸上那种泰然自若的表情使他牙根酸胀。女政府微笑着,低头看着死囚的手,轻轻地说:"放开,你把我捏痛了。"死囚的嘴大大地咧开,吭吭地喘着粗气。"放开吧,你!"女政府说着,藏在白大褂里的膝盖屈起,往前顶了一下,同时把推子的利齿往死囚光溜溜的头皮上一戳。死囚仰面朝天跌在地板上,紧接着蜷曲起来,双手捧着小腹,脸色金黄,额头上冒出白汗。

男政府走上去,在死囚的屁股上踹了一脚,骂道:

"癞蛤蟆想吃天鹅肉!"

"死到临头还想三想四!"女政府说。

第二天早晨,一位男政府陪同着一位枯瘦的厨子,走进了死囚牢。

政府说:"一号,你想吃点什么,想喝点什么,告诉孙师傅。"

死囚愣了愣,说:

"我不服气,你们这些王八蛋,吃柿子专拣软的捏。要是俺该枪毙,李书记的儿子早该枪毙一百次了!"

政府说:"你的上诉已经驳回,维持原判。"

死囚的头无精打采地耷拉下了。

政府说:"行啦,别胡思乱想了,想吃什么就快说,过了这个村可就没这个店了。我们对你实行革命的人道主义。"

老孙师傅说:"伙计,说吧,死了也要落个饱鬼,黄泉路远,不吃饱了,如何走得动?"

死囚长叹一声,抬起头来。他的目光散漫,脸上闪烁着迷人的光彩。

他说:"俺想吃红烧猪肉。"

"好,红烧猪肉。"老孙师傅说。

"要加上土豆,肉要肥!"

"好,土豆烧猪肉,要肥肉。"老孙师傅说,"想想,还吃点什么?"

死囚犯眯缝着眼,好像在冥思苦想。

"想吧想吧,"老孙师傅说,"别不好意思,别舍不得,不要你花钱。"

死囚犯一歪嘴,眼泪扑簌簌滚下来。他说:

"俺想吃单饼,用鏊子烙的,还想吃大葱,还想吃……豆瓣酱……"

"别的不要了?"老孙师傅问。

"不要了……"死囚犯温顺地说,"老师傅,给您添麻烦啦……"

"这是我的工作。"老孙师傅说,"你等着吧,一会儿就送来。"

政府和孙师傅走了。

死囚趴在床上,抽抽搭搭地哭着。高羊被他哭得心里酸溜溜的,小心翼翼地走上去,用一根指头戳戳他肩头,小声说:

"大哥,别难受了。想开点吧!"

死囚翻身起来,一把攥住高羊的手。高羊大吃一惊,正欲挣扎逃跑,死囚却说:"好兄弟,别怕,我不会打你。人要死时,才感到人亲,我后悔啊。好兄弟,你还能出去吧? 出去后去看看我的老爹,告诉他别难过,你跟他说,我临死时吃了红烧肉,吃了白面单饼,吃了大葱黄豆瓣酱,我是宋家村的,俺爹叫宋双阳。"

"我一定去看看大爷。"高羊说。

孙师傅送来了一钵子土豆烧猪肉,一捆剥了皮的大葱,一碗黄豆瓣酱,一摞单饼,还有半瓶子烧酒。

一位男政府替死囚开了手铐,然后提着手铐,按着腰里的手枪,坐在监室门口一把木椅子上。

死囚跪在酒饭面前,手哆嗦着,倒了一盅酒,仰脖灌下去,叫了一声爹,已是泣不成声。

二

死囚被押走时,回头对着高羊笑了笑。这笑容像刀子一样把高羊的心扎痛了。

"九号,出来!"一位男政府打开监室,喊。

高羊吓得心惊肉跳,一股热尿打湿了大裤头子。

"政府,俺家里还有老婆孩子……要俺吃屎喝尿都行,别枪毙俺……"

男政府愣了愣，说：

"谁要枪毙你？"

"不枪毙俺？"

"国家哪有那么多子弹浪费？走吧，好事，你老婆看你来啦。"

高羊心里一块石头落了地，蹦出监室。政府把黄铜手铐套在他手脖子上，他说：

"政府，俺保证不跑，别给俺上铐啦，省得俺老婆看了难受。"

政府说："这是规矩！"

"俺不跑还不中？您看看我的脚，化脓了，叫俺跑也跑不动。"

"少啰唆。"男政府说，"这就照顾你了，本来，犯人未判决之前是不准家属探望的。"

男政府把他带到一间空屋门口，说：

"进去吧，二十分钟！"

高羊犹犹豫豫地推开门，看到老婆抱着孩子坐在一根板凳上，女儿杏花依着她娘的腿站着。

他老婆猛地站起来，克搐克搐脸，括约括约嘴，呜呜地哭起来。

他双手扶着门框，想说话，咽喉被一团热物堵住，就跟几天前被锁在槐树上看到杏花在槐林里挣扎时的滋味一样。

"爹！"杏花扎煞着胳膊，摸索过来，"爹，是俺爹吗？"

三

老婆把一捆蒜薹放在毛驴车上，捂着肚子弯下腰去。

"怎么，你要生？"高羊惊慌不安地问。

老婆说："她爹，我试着不好，八成是要生……"

"你不能晚两天,等卖完了蒜薹再生!"高羊不满地嘟哝着,"早两天也好,晚两天也好,偏赶在这个时候!"

"她爹,别埋怨我了……我也不愿这个时候生……要是泡屎,我咬咬牙也能憋住……"老婆手扶着车杆,脸上沁出了汗珠。

"好吧,生就生吧。"高羊问,"去叫来庆云?"

"不要叫她……"老婆摆着手说,"她技术不好,要钱还多,我估摸着,去医院生……能生个儿子……"

高羊说:"要是能生个儿子,我买只老母鸡给你吃。"

"我背你去?"

"不用……你扶着我走……"老婆趴在地上说。

"用车拉着你去。"高羊把装到车上的蒜薹卸下来。把车拖出大门,套上毛驴,进屋拿了一条被子,垫在车厢里。

"还要准备什么东西?"

"拿两卷纸……俺准备好了……在炕头上的蓝包袱里。"

杏花醒了,在屋子里高叫着。高羊走进屋子,说:

"杏花,我和你娘给你去拾个小弟弟,你好好睡觉。"

"到哪里去拾?"

"到草窠里去拾。"

"我也去……"

"小孩不能去,小孩一去就拾不到了。"

月亮还没出来,他赶着驴车,颠颠簸簸过了石桥,老婆在车上呻吟着。他有些心烦。有些拉着蒜薹的车沿着柏油马路奔县城的方向去了。他说:

"你哼哼什么? 养孩子又不是长病。"

老婆顿时不哼哼了。车厢里有股子蒜薹味,也有老婆的汗酸味。

乡卫生院坐落在田野里,后面是一片坟墓,东边是一片玉米,西边是一片红薯,南边是刚拔了薹的蒜地。他把驴车赶进卫生院,停住,找到妇产科。妇产科只有一间房。他刚要抬手敲门,胳膊被一个人拉住了。黑暗中看不清那人的脸,他听到那人说:"里边正在生孩子,别敲!"那人嗓音浑厚,嘴巴里叼着一支烟,一点火星在他模模糊糊的脸上闪烁着,烟味很香。

"俺老婆也要生孩子。"高羊说。

"排着队吧。"那人说。

"生孩子也要排队?"

"干什么不要排队?"那人冷冷地反问。

高羊看到妇产科门前的空地上,已有了两辆牛车,一辆马车,还有一辆手推车,车梁上搭着的也许是条毯子。

"屋里生孩子的是你老婆?"

"唔。"

"怎么没动静?"

"动静过去啦。"

"生了个什么?"

"还不知道呢。"那男人走到门口,把耳朵贴到门缝上。

高羊走回大门口,把驴车赶过来。

月亮上来了,暗红色,边缘混浊不清。院子里有了些亮色,沿墙种植的洋金花开得正盛,影影绰绰的花朵像一簇簇白色的蛾子。花的药香味与厕所里的粪便味斗争着,此起彼伏。他将自家的车与那三辆车并排起来。那三辆车上都躺着或是卧着大肚子女人,车旁都站着个男人。

月光渐渐白了,车和人也渐渐清楚起来。两头牛回嚼着,牛唇上挂着的涎线,亮晶晶的,好像蚕丝一样。车旁的男人有一个抽着烟,一个挂着鞭。这三个男人都有些面熟,都是一个乡,东村西村的,也许见过面。车上的三个女人都蓬头垢面,不大像人样子。紧靠西边那辆车上的女人大声哭叫起来,声音难听极了。他的男人在车旁转着,嘴里嘟哝着:

"你别号了,别号了,叫人笑话咱。"

妇产科的门开了,吧嗒一声响,门上檐下的一盏电灯亮了,灯下站着一个穿白衣的医生。她戴着一副装到胳膊肘子的胶皮手套,手套上湿漉漉的,大概都是血。在门口徘徊的男人立刻迎上去,焦急地问:

"医生……是个什么?"

医生咕嘟着嘴说:"小嫚!"

那男人听说是个小嫚,身体晃了晃,仰面朝天跌倒在地,后脑勺子碰到一块瓦片上,发出啪嚓一声响,大概连瓦片都砸碎了。

医生说:"你这是干什么?时代不同了,男女都一样嘛!没有女的,你们这些男的是从石头缝里蹦出来的?"

那男人慢慢坐起来,愣了一会儿,便像个娘儿们一样号啕大哭起来,一边哭,一边数落:

"周金花,周金花,你这个无用的,你算把俺杀利索啦……"

屋里有个女人哭起来,高羊猜到她就是周金花。他纳闷着:怎么听不到小孩的哭声呢?是不是被周金花捏死了呢?

医生说:"你快起来,把你老婆和你的孩子弄出来,后边还有这么多要生的呢!"

那男人爬起来,歪歪斜斜地走进妇产科。隔了一会儿,他抱着个包裹走出来,站在门口,对医生说:

"大夫,有没有要女孩的,您给俺找个主吧!"

医生生气地说:"你死了这条心吧,抱回去养着,养到十八岁,能卖一万块钱。"

那男人的身后跌出一个中年妇女来,头发乱糟糟的好像个喜鹊窝,衣衫破烂,灰脸乌爪,也不大像个人样子。

那男人把包裹着的孩子递给老婆,转身推过车子来,让老婆坐上去。另一边拴上个粪筐子,筐子里盛着一筐黑土。男人把车挂到脖子上,往前推了几步,车子歪倒,老婆抱着孩子跌下来。这一跌之后,老婆哭,孩子哭,男人也哭。

高羊叹气,旁边的男人也叹气。

医生走过来,问:"怎么又多了一辆车?"

高羊慌忙说:"医生,俺老婆要生孩子。"

医生抬腕看到手套,扯下手套看手表,说:

"行了,今黑夜甭合眼了。"

"什么时候发作的?"医生问。

"大概……有吃顿饭的工夫了吧……"

"那还早着呢,等着吧。"

灯光照过来,月光照下来,灯月交辉。医生的脸又大又白,嘴大眼也大。她挨个戳了戳车上女人们的肚皮,对最靠西边那辆小马车上的女人说:

"你轻点叫唤,越叫唤越痛!你看看人家,都闭着嘴不吱声,就你能吆喝。初生吗?"

站在车辕旁的小个子男人替老婆回答:

"三胎。"

医生更加不满意地说:

"三胎了,还吆喝什么!又不是初产妇。你身子怎么这股子臭味?是不是屙下了?要不就是有狐臊!"

那产妇被医生给训得不叫了。

医生说:"来医院前该弄点水洗洗!"

小个子男人说:"对不起您医生,这两天,光顾拔蒜薹了……忙……孩子又多……"

"那就少养一个吧!"医生说。

"两个都是嫚……"小个子男人说,"庄户地里,没个儿不行,闺女大了,就是人家的人,不中用,沉活干不动。再说,没有儿,要受人欺侮,还让人笑话……"

"你要能养出个女儿来像慈禧太后一样,我看比一万个儿子也强。"医生说。

"医生,你逗俺耍呢!"小个子男人说,"俺两口子这样的,鳖头癞相,养出来孩子不瘸不瞎,不聋不哑,就是天照应,哪敢指望生龙生凤呢?"

医生说:"那也不一定,破茧出彩蛾,没准你老婆能生出个国家主席呢!"

"就她那模样,还能生国家主席,生个不缺鼻子不少眼的儿子,我就磕头不歇息了!"小个子男人说。

马车上的女人双手按住车厢板,支着锅跪起来,骂说:

"就他娘的你模样好!你不撒泡尿照照!耗子眼,蛤蟆嘴,驴耳朵,知了龟腰,嫁给你也算俺瞎了眼!"

小个子男人嘻嘻地笑起来,说:

"俺年轻时也是一表人才!"

"狗屁!"女人说,"年轻时你也是狗脸猪头,武大郎转世!"

众人都笑起来。医生笑得最响,嘴巴张大,能塞进去个苹果。野地里洋溢着欢乐的气氛,洋金花的香气压倒了厕所里的臭气。一只淡绿色的柞蚕蛾在电灯泡周围飞舞着,愉快的小白马响亮地弹着蹄子。

"走吧,轮到你生了!"医生对马车上的女人说。

小个子男人把女人从车上拖下来,女人哎哎哟哟地叫着,男人推推她的头,说:

"别叫唤了,一胎痛,二胎顺,三胎跟拉泡厚屎差不多。"

女人抬起手在男人脸上抓了一把,骂道:

"放你娘的酸辣屁,不养孩子不知道肚子痛……哎哟俺的亲娘哩……"

医生说:"你们真是一对活宝贝,恩爱夫妻。"

"疤眼子嫁兔唇,谁也不嫌谁吧!"小个男人说。

"肏你娘,养完了孩子我就跟你打离婚……哎哟娘……"女人说。

医生放那女人进了妇产科,傍着门边,对那男人说:

"你在外边等着吧!"

小个子男人在门口站了几分钟,回到车边,支起笸箩,给小白马拌上草料。小白马喷着响鼻,咯嘣咯嘣吃草。

四个男人凑到一起,小个子男人掏出一包烟,分给众人抽。高羊不会抽烟也接过一支。烟雾呛得他咳嗽。小个子男人问:

"大哥,您是哪村的?"

"就是南边那个村的。"

"您村里有家姓方的?"

"有一家。"

"他家里那个闺女不是个东西!"小个子男人愤愤不平地说。

"你是说金菊呀,她是个挺老实的闺女。"高羊说。

"你少说话!"高羊的老婆说。

"还挺老实呢!"小个子男人撇着嘴说,"她一退婚,散了三门亲事,把俺村曹文弄出了神经病。"

高羊说:"金菊也挺可怜,挨了不知道多少打。她跟那男人不般配。"

小个子男人忧心忡忡地说:

"这世道成了什么样子了?闺女自己找婆家。"

牛车旁那个脸相年轻,满头白发的男人说:

"看电影学坏了,现如今的电影尽教着年轻人耍流氓。"

"曹文也是痴,"又一个男人说,"有那么个当官的好舅架着,还愁个老婆?不值得去发疯。"

"女人太少了,十七八岁就有了主。"白发男人说,"你们说,女人都哪儿去啦?光看到一群群的男光棍,没看到一个女光棍,连瘸的瞎的都是抢不迭的热豆腐。"

高羊咳嗽一声,心里恨这个白发男人。他冷冷地说:

"人不能笑话人,孩子在娘肚里装着,不生出来谁也不知道是什么!没准是个双头怪。"

白发男人并没听出高羊的意思来,他继续说,既像问自己,又像问别人:

"女人都哪里去了?都进了城?城里男人也不喜找乡下女人。也是怪,家里养头牛,养匹马,下崽下驹,一掀尾巴是个母的,就欢天喜地,是个公的,就丧气。轮到人了,正好翻过来,生个男的欢天喜地,生个女的垂头丧气,生出来长大了找不到老婆又是垂头丧气。"

妇产科里传出婴儿的哭叫声,喂马的小个子男人犹犹豫豫地朝前走,双腿似有千斤重。

医生推开门说:"小个子,你老婆给你生了个公子。"

小个子男人身高增长了两寸,快步走进产房,抱出孩子来,放在车厢里,叮嘱白发男人:

"兄弟,给俺看住马,别让它乱动,我去把孩子他娘背出来。"

高羊听到车上女人们的话:

"人家可算扒着人参啦!"

"在男人面前也能直起腰来了。"

小个子男人弯着腰,把老婆驮出来。那臭烘烘的女人脚划着地面,一只鞋子掉了。白头发男人过去帮她把鞋子拾起来。

女人躺在车厢里,说:

"你说话要算数。"

小个子男人说:"算数!算数!"

"给我买件尼龙褂子!"

"买尼龙褂子,要双排铁扣子的。"

"给我买双尼龙袜子。"

"买两双,一双红的,一双绿的。"

小个子男人收起草料筐箩,拿着鞭,把车调出去。他的车横在牛头驴头面前,白马的身上泛着烂银般的光辉。他吆住马,把那盒烟拿出来,散给三个男人。高羊说:

"我不会抽,白糟蹋一根烟。"

小个子男人响亮地说:"抽吧抽吧,不就是一支烟吗,兄弟心里欢喜,难道大哥不替我欢喜?"

"欢喜,欢喜……"高羊接了烟,说。

白头发男人的老婆进了妇产科。小个子男人说:

"各位大哥,你们都是男孩,生孩子就像海里过黄花鱼一样,一批一批的。我敢担保,今晚上都是男孩。咱这四个男孩可是同年同月同日生,长大了让他们拜干兄弟!"

小个子男人在地上打了一记响鞭,高声吆喝着马,兴高采烈地跑了。马蹄嗒嗒,消逝在朦朦月色之中。

白头发男人的老婆生了个女孩。

另一个男人的老婆生了个怪胎。

高羊把老婆送进妇产科后,独自一人在卫生院的院子里徘徊着。月亮已转到当头,白光灿灿,照在那些洋金花上。老婆牙关很紧,产房里鸦雀无声,只剩下驴车和他,他心里很空虚,便向那些洁白的洋金花走去。

他怔怔地站在它们面前,嗅着它们奇怪的香气,看着它们翩翩欲飞的花瓣,不由得弯下腰去。他用指尖触触那些白茫茫的肥大叶片,叶片冰凉,露水滚下来。他的心颤抖了一下。后来,他把鼻尖触到花蕊上,花的奇怪香味爬进他的鼻孔,他抽搐着脸,望着月亮,猛然打了一个响亮的喷嚏。

黎明时分,老婆为他生了一个儿子。他心里暗暗叫了一声娘。美中不足的是,这孩子的脚上有十二根脚趾。老婆心里有些疙疙瘩瘩,高羊安慰她:

"孩子他娘,你应该欢喜,'异人必有异相',这孩子长大了,没准还真能当大官哩!到了那一天,咱老两口子就享起清福来啦!"

四

他说:"我犯了罪,对不起你们。"

老婆叹息一声,说:"别说了,又不是你一个人,方家四婶那么大年纪了,也给捕来了,比比她,咱还好。"

孩子哭起来,老婆撩起衣襟,把奶头塞到孩子嘴里。高羊凑过去,看着男孩的脸。他闭着眼,脸上有一些白皮。老婆用指甲刮着那些白皮,说:"他长得快,一天爆一层皮。"男婴用生着六趾的右脚蹬着母亲的乳房,老婆把男孩的腿按下去,说:"你给孩子起个名吧!"

他想了想说:"就叫'守法'吧。咱这孩子,也不敢指望他当什么大官,老老实实地当个守法的农民吧!"

杏花摸着高羊的胳膊,摸到了手铐,她问:

"这是什么?爹?"

高羊站起来,说:

"什么都不是。"

男孩噙着奶头睡了,女人站起来,慢慢地把奶头从孩子嘴里拔出来。她将孩子放在那张桌子上,然后,匆匆打开一个包袱,找出一双胶鞋,新的。一件蓝制服上衣,新的。一条黑华达呢裤子,新的。说:

"快穿上吧,你赤身露体地被抓走了,俺心里惦挂着,想给你送衣裳,又不知往哪里送,前日托人打听,知道你们关在这里。昨天俺就来了,在外边等了一宿。今早上碰到一个好心的闺女,她帮俺走了后门,才见上你。"

"你们走来的?"高羊问。

"走了有五里路,就碰上了好人。你猜是谁?咱去乡里生孩子那天夜里,不是有一个小个子大哥吗?他赶着马车进城拉氨水,把俺娘们顺便捎来了。"

"这些新衣裳,是你买的?哪里来的钱?"高羊问。

"俺把蒜头卖了。"老婆说,"你就别挂念家里啦,咱既然犯了,就得伏法,政府叫怎么着就怎么着。家里的事有我,杏花也能帮我看孩子。你被抓走后,有什么活儿,邻亲百家都来帮忙,弄得我倒不好意思了。"

高羊问:"高马呢?那天他跳墙跑了。"

老婆说:"我跟你说了你可千万别告诉四婶——金菊死啦!"

"怎么死的?"

"上吊死的……可怜人哪!满腿是血,她都发作了,可怜那个没见天的孩子……在娘肚里乱鼓涌,要是用刀剖出来,定准能活。"

"高马知道了?"

"高马给金菊正办着丧事,被公安局抓走了。"

高羊说:"可惜了一个好闺女,那天下午她还给四婶去送西瓜来着。"

"别说人家的事了,我还给你带了吃食来。"她从包袱里拿出一个塑料袋,倒出一堆煮熟的红皮鸡蛋来。

他拿起两个鸡蛋塞到杏花手里,杏花说:

"爹,你吃吧,俺不吃。"

老婆把一个剥皮的鸡蛋递给他。他接了,往嘴里一塞。鸡蛋还没咽下去,眼泪早流出来了。

第十九章

县长你手大捂不住天
书记你权重重不过山
天堂县丑事遮不住
人民群众都有眼……

——张扣唱到这里,一位虎背熊腰的警察忍无可忍地跳起来,骂道:"瞎种,你是'天堂蒜薹案'的头号罪犯。老子不信制服不了你!"他跳起来,一脚踢中了张扣的嘴巴。张扣的歌声戛然而止。一股血水喷出来,几颗雪白的牙齿落在了审讯室的地板上。张扣摸索着坐起来,警察又是一脚,将他放平在地。他的嘴里依然呜噜着,那是一些虽然模糊不清但令警察们胆战心惊的话。警察抬脚还要踢时,被一位政府官员止住了。一个戴眼镜的警察蹲在张扣身边,用透明的胶纸牢牢地封住了他嘴巴……

一

早晨,走廊里一片喊声,好多监室的门咣啷咣啷响着被打开。高羊的监室也被打开了。一个瘦削面孔的警察站在门口,微笑着对他点点头,他马上明白了警察的意思,穿上新鞋,细心地系好鞋带走到门口。系鞋带时他看到踝骨周围皮肤发白,皮肤下面蠕动着一些青色的脓。警察脸上神秘的微笑经久不退,他感到恐怖不安,也傻乎乎地微笑着,好像有讨好警察的意思,也好像是借这微笑减轻精神上的压力。

瘦削面孔警察刚一抬手,高羊就双手并拢举到胸前。他配合得有些过分,警察退了半步,把他的双手稍稍分开一些,才给他戴上手铐。

警察嚓嚓嘴巴,示意他往前走。这时他看到走廊里有一群警察正在给一群犯人戴铐。他好像害羞似的望了瘦脸警察一眼。他忽然想起在乡政府大院里曾经见过这位警察。警察推了他一把。他往前走去。他前边走廊上的犯人和警察们也开始移动。

他们集合在监狱的院子里,警察命他们站成一队,点号。一共点了十个号。点完了号,他的双臂被抓住了。他往左一歪头,看到了适才给他上铐的瘦脸警察;往右一歪头看到了一位胖脸的警察,胖脸警察绷紧嘴巴,腮帮子上鼓起两砣疙瘩肉,一副严肃的样子。高羊莫名其妙地想看看高墙上的电网,脖子却突然变得僵硬起来。

他走在最后,他的前面是犯人和警察排成的三路纵队,队伍过分整齐,他只能看到两个白脊梁,一个黑脊梁。

走出监狱大门后,他恍然明白了自己为什么想回头看看高墙上的电网:昨天放风时,他看到电网上挂着一根长长的红布条,而那位曾与他同室呆过的老流氓犯正不眨眼珠地看着那根红布条。那位凶狠古怪的中年犯人踱过来,对着高羊眨眨眼,说:"伙计,你明天要受审了,你老婆来看过你。"高羊张张嘴,无话可说。中年犯人扔掉这话头,说:"老畜生疯了,电网上挂着他儿媳妇的裤腰带。你知道老畜生的儿子是干什么的吗？你知道老畜生叫什么名字吗？你知道老畜生怎样勾搭上他儿媳妇吗？你知道老畜生的儿子叫什么名字吗？"高羊连连摇头。中年犯人说："我不能告诉你，告诉你吓死你！"

他感到被两个警察捏着胳膊走路十分别扭，便挣扎了几下。警察更紧地捏住他胳膊上的肉，左耳里听到：

"好好走！"

右耳里听到：

"别捣蛋！"

道路两边站满了群众，都瞪着眼张着嘴，好像要咬住半空里悠来荡去的什么东西。

他们踢踢拖拖地走了很长时间，天上有一群鸟跟着他们飞，雨点般的鸟粪纷纷落下，打在犯人和警察头上，他们好像都无感觉，无人吱声，更无人抬手去擦拭落在头上和身上的黑黑白白的鸟屎。

高羊怀疑这条路永无尽头。道路两边一会儿出现楼房——楼房上涂着大字标语；一会儿出现工地——工地上有蛋黄色的、高入云端的起重机。道路两边始终有人观看，有一个青面獠牙的光屁股顽童抓起一团牛粪打过来，不知他是想打犯人呢还是想打警察呢还是既想打犯人又想打警察抑或是既不想打犯人又不想打警察他只是想投牛粪玩耍。这团牛粪使这支奇怪的队伍里发生了一分钟的骚乱。一分钟后，一切如故。

现在他们走进了一条林间的小径，小径刚好能通过三个并着膀子前进的人。两边的树干上生满绿苔，警察的肩膀蹭着那些苔藓，发出细微声响。小径上有时铺着一层金黄色的落叶，有时布满一汪一汪的绿色臭水，臭水里浮游着一些红色的小虫子。它们在水里做着虾子式的跳跃运动，所以水汪里同时存在着上升的红虫和下降的红虫。

穿越铁道时,天上开始落雨,雨点很大很密,打在光头上,不亚于石头的威力。高羊本能地缩着脖子。他的伤脚被枕木的硬棱碰了一下,一阵触电般的快感从腿肚子外侧飞快爬升到大腿窝。伤脚破了。流出了脓。脓汁流进鞋旮旯里。他委实心痛这双新鞋,便对警察提出请求:

"政府,让我把脚上的脓挤干净再走。"

两个警察都像聋哑人一样,对他的话连半点反应也没有。他们赶过了铁路,就有一列货车吭咚吭咚开过来,车轮卷起强劲的旋风,揪着他的屁股,差点没把他的裤子揪掉。货车开过去,雨也随着停了。一只翅羽未长好的小公鸡从路边的荨麻棵子里跳出来,歪着头,用一双眼睛打量着高羊。他很纳闷:这荒郊野外的,哪里来的公鸡呢?正寻思着,见那小公鸡低着头,伸着长脖子,蹿上来,对准他脚踝上的脓疮,死命啄一嘴,他痛得差点挣脱了左右瘦胖二警察的铁臂膊,两位警察也吃了一惊,更加用力地捏住他胳膊上那两块长方形的肌肉。

小公鸡穷追不舍地跟着他,一口接一口地啄,他痛得大嚷大叫起来,警察不理睬,挟持着他只顾向前走。在一个下坡的地方,小公鸡从他的疮里啄出一根白色的筋络。公鸡双腿蹬地,屁股后坐,半大的冠子憋得血红,脖子上的彩色毛羽也纷纷立起来,死叼住白色筋络往外扯,一直牵拉出一米多长,那筋络才断了头。回头看公鸡,它像吸面条一样,把那根筋络哧溜哧溜咽下去了。瘦警察把尖尖的嘴巴附在他的耳朵上,悄悄地说:"好了,把病根扯出来啦!"他的嘴巴毛茸茸的,刺得他紧缩起脖子来。他闻到瘦警察嘴里有股子浓烈的蒜薹味。

过了铁路后,他感觉到队伍向西拐了一个弯。一会儿向北拐了一个弯。一会儿又向东拐了一个弯。一会儿似乎又折回头向南。队伍在庄稼地里走着。这是些半人高的植物,每个枝杈里都结着一些乒乓球那么大的果子。果子呈青绿色,果壳上生着一层苍白的绒毛。这是些什么果子呢?他费尽心思想着。胖警察弯腰摘下一个果子来,填到嘴里咀嚼着,碧绿的汁液沿着他的嘴角往下流。他咀嚼一阵,张开嘴,把一摊黏糊糊的、网网络络的东西吐到手掌里。这摊东西很像是从牛羊的百叶胃里反刍出来的。

胖警察拉住他不让他走。瘦警察拉着他往前走,他的身体侧过来,双臂弯曲着,手铐中间的钢链条紧绷着发抖。僵持了一会儿,瘦警察屈服了,气喘吁吁地站定,不往前拉他了,但双手依然捏他胳膊上的肉。胖警察把那摊东西贴到高羊脚踝的疮口上,又撕下一片带刺的白叶子,贴在那摊东西上。一阵凉森森的冷气从疮口爬进去。胖警察说:

"偏方治大病,用不了三天,你的疮就会收口。"

他们与队伍脱节了,眼前只有这种陌生的植物,没有一个人影。但茂密的植物上显出人走过的明显痕迹:凡是人走过的地方,那些巴掌大的绿叶都翻覆过白色的叶背。两个警察架着他飞跑起来。

终于赶上了。他看到了铁路,似乎还是方才跨越过的那条铁路。九个犯人和十八个警察站在高高的铁路基础下,排成一路横队,在等着他们。队伍一下子扩大了三倍的长度,两白夹一黑,一黑镶两白,颇像一条僵直的白环黑纹蛇。犯人里只有四婶一人是女的,警察里只有押解四婶那两位是女的。他们张着嘴呼叫,声音洪大而悠长,但分辨不出字眼。

他们重新加入大队。队伍只用了一秒钟,又变化成三路纵队。这次他们钻进了地下隧道。隧道里没有灯火,黑幽幽的。底下似乎有淹没脚面的水,穹顶上的滴水打着底下的水面,发出空空洞洞的响声。有一些马车擦着他们的队伍冲过去,马蹄把水面踏得呱唧呱唧响。

钻出隧道后,想不到就到了熟悉的县城五一劳动大街。又用了五分钟的时间,队伍走进了五一劳动广场。广场上撒着一层霉烂的蒜薹,人脚踩上去,又滑又腻。高羊心痛自己的新鞋子。

广场四周站着无数的农民。他们大多数面皮上结满冰霜,冰霜上又落下了一层尘土,不知何年才能融化,有极少数迎着太阳站立的人,眼睛流着泪,好像被强烈的光线刺激的。流泪的人当中有一位,容貌酷似多年前他在小学课本上看到的周口店猿人,有一个凸出但很狭窄的额头,一张阔大的嘴和两条过分长大了的胳膊。这个怪物跳出人群,高举起一只胳膊来,咧开大嘴,号叫着:"哗啦啦,哗啦啦,一手摸一个大奶子,又有酱油又有醋……"高羊不晓得这些话的意思。他听到瘦警察愤愤地说:

"疯子!典型的疯子!"

走出广场,他们拐进了一条小胡同。一个穿尼龙衣服的小青年把一个扎大辫子的姑娘逼到一个墙角上,伸出嘴去啃姑娘的脸。那姑娘用力往外推着那个小青年。一群浑身沾满黑泥点子的白鹅在他们身后摇摇摆摆地走来走去。队伍擦着小青年的背过去。大概是为了让出空来让三路纵队通过,姑娘双手紧紧搂住小青年的腰,两个人紧密地贴在一起。

穿过小巷,又一拐弯,出现在高羊面前的竟然又是横贯县城的五一劳动大街。街边上正在盖大楼,水泥搅拌机轰隆隆地运转着,两个孩子,一男一女,看模样顶多十一二岁,守在搅拌机旁。男孩往灰斗里铲着沙子,倒着石灰和水泥,女孩子举着一根黑色的胶皮管子,往灰斗里灌水。那流水很急,胶皮管子颤抖着,女孩的双手似乎攥不住它。搅拌机里的桨片划着灰斗子,咔嚓咔嚓地响着。那架蛋黄色的起重机叼着一块满是洞眼的水泥板缓缓地昂起头来,四个戴着柳条帽的人坐在水泥板上打扑克。他们安详镇定的态度令人吃惊。

又转了一个圈,眼前出现了监狱的高墙,高墙上的电网迸溅着蓝色的火花,那根红布条还挂在电网上。

"邢队长,"一个警察喊,"我们是不是需要回去休息一下?"

一位身材高大、面孔黧黑的警察抬腕看看表,又仰脸看看天,说:"回去休息半点钟!"

监狱的大铁门哗啦啦开了,警察把犯人们拉进去。

没让他们进监房。

让他们围成一圈坐在监狱院里绿油油的草坪上。双腿要伸直,双手要放到膝盖上。警察们懒洋洋地散开,过来一个端着长枪的哨兵看守着众犯人。警察们有几位去了厕所,有几位在单杠上吊着。过了十分钟左右吧,那两位押解四婶的女警察每人端着一个红漆托盘出来,托盘里托着两种饮料,都用瓶子盛着,瓶盖已启开,瓶子里站着一根塑料吸管。

"这两种饮料颜色不一样,味道也不一样,每人只能选一瓶。"女警察说。

"你要哪种颜色的?"女警察弯着腰问高羊。

他犹豫地看着托盘里的饮料,一种红的,像血一样。一种黑的,像墨汁一样。

"快点,拿定主意,一口喝定,不许反悔!"女警察说。

"我要红的!"高羊狠着心说。

女警察把一瓶红色饮料递给他。他用双手捧了,但不敢喝。

饮料分发完毕,高羊看到,除了高马之外,犯人们都捧着红色饮料。

"快喝!"女警察说。

犯人们大眼瞪小眼,都不敢喝。

女警察恼怒地说:

"狗屎糊不上墙!喝,我喊,一、二、三!喝!"

高羊轻轻吸了一下,一股混合着蒜薹味的液体痒痒地爬进喉咙。

喝完饮料后,警察们集合起来,各就各位,架住犯人排成三路纵队,走出监狱大门。

一出大门,队伍往北一拐,横过了马路,就开始攀登台阶,攀完了台阶,他们进入了一个大厅,大厅里坐满了人,但没有一点声音,气氛十分严肃。

他听到一个高嗓门的喊叫:

"把天堂蒜薹案有关罪犯押上来。"

两个警察摘下他的手铐,往后别着他的膀子,往前按着他的脖子,半抬半拖地把他弄到被告席上。

二

高羊手扶着为他专设的栅栏抬起头来,第一眼看到的是一枚巨大的、光芒四射的国徽。胖瘦二警察使劲挤着他,他感到很不舒服。国徽下端坐着一位面孔慈祥、皮肤松弛的男政府。在他的左右两边,凤凰展翅般列着七八个政府。那些政府绝大多数眉清目秀,宛若电影里的人物。

正中那位老年男政府清了清喉咙,把嘴巴触到一个红布包裹着的扩音器上,大声说:

"天堂蒜薹案第一审现在开庭!"

说完了他就站起来,旁边的人却依然坐着。

男政府站着,拿着一张名单点名。点到高羊的名时,他竟不晓得如何是好,瘦警察说:

"快答'到'!"

男政府站着说:"被告人全部到庭。现在宣布案由:5月28日,罪犯高马、高羊、方吴氏、郑常年……砸抢、火烧了县政府,并打伤了县政府工作人员若干名。天堂县人民法院受理此案,依照中华人民共和国刑事诉讼法第三编第一章第一百零五条,组成合议庭公开审判!"

高羊听到身后大厅里的群众窃窃私语起来。政府一拍惊堂木,说:"请肃静!"他端起茶杯呷了一口水,说:"本案合议庭由三人组成。审判长由天堂县人民法院院长康伯涛——也就是我担任,人民陪审员由天堂县政协常务委员俞雅和天堂县人民代表大会办公室主任姜希旺担任。书记员宁秀芬。公诉人由天堂县人民检察院副检察长刘峰担任。"

审判长坐下,他好像十分疲倦,又端起茶杯呷一口茶,嘶哑地说:"根据中华人民共和国刑事诉讼法第2章第1节第113条,本案当事人有权对本案合议庭组成人员、本案书记员、公诉人申请回避;被告人有权为自己辩护。"

审判长的话高羊似懂非懂。他十分紧张,心跳得忽快忽慢,他知道自己没尿,却有紧迫的撒尿欲望。他扭曲着身体,借以减轻重压,胖瘦二警察低声警告他不许乱动。

"有没有申请回避的,唉?"审判长有气无力地说,"没有申请回避的,那好,下面由公诉人宣读起诉书。"

公诉人站起来。公诉人嗓子很紧,声音又尖又细,高羊听出他不是本地人。高羊专注地看着公诉人飞快翕动着的嘴唇,看着公诉人紧皱着的眉头,渐渐把尿迫感忘记了。公诉人念了些什么,他也弄不太明白,恍恍惚惚觉得起诉书里的事与自己无有什么关系。

审判长放下茶杯,说:"下面开始法庭调查,被告高马,你在5月28日上午高喊过反动口号,煽动过群众打砸县政府没有?"

高羊歪着头去看站在离自己很远的一个栅栏里的高马,高马双眼望着大庭的上方,那里有一个旋转的电扇。

"被告人高马,本庭的讯问你听清了没有?"审判长加重了语气。

高马把头放平,直视着审判长,说:

"我恨你们!"

"恨我们?恨我们干什么?"审判长苦笑着说,"我们是以事实为根据,以法律为准绳,不冤枉一个好人,也不放过一个坏人。你不承认也不要紧,传一号证人。"

一号证人是一个白净面皮的小伙子,他站在证人席上,一只手不停地揉着衣角。

"一号证人,你叫什么名字?在什么单位工作?"

"我叫王金山,在县政府司机班开小车。"

"证人王金山,你要如实提供证言。如果作伪证要负法律责任,听清了吗?"

证人点点头,说:"5月28日上午,我的车送仲县长的客人去火车站,回来时被堵在县政府东边五十米处。我看到罪犯高马站在一辆牛车上,高呼:'打倒贪官污吏!打倒官僚主义!'"

"证人下去。"审判长说,"高马,你还有什么说的?"

"我恨你们!"高马冷冷地说。

法庭调查持续了很长的时间,高羊腿打颤,头发晕。审判长审问他时,他说:

"政府,俺该说的都说了,您别问俺了。"

审判长口里吐着白沫说:

"这是法律规定,不能更改。"

审判长对这种大同小异的法庭调查大概也厌烦了,他草草地讯问了几句,说:

"法庭调查结束,下面请公诉人发言。"

公诉人简单地说了几句就坐下了。

"下面请被害人上庭!"

上来三个手上缠着纱布的人。

"请被害人发言!"

被害人呜呜噜噜、叽里呱啦、喊喊喳喳。

被害人发言完毕。

"各位被告,你们有什么话要说吗?"审判长问。

"政府,俺老头子死得冤枉啊!一条人命,一辆车,王书记只赔给俺三千五百块钱啊,政府,俺冤枉啊……"四婶手拍着栅栏哭叫。

审判长皱皱眉头,说:

"被告方吴氏,你的陈述已超出本案范围!"

四婶说:"政府,你们不能官官相护啊!"

"被告方吴氏,你在法庭上大哭大闹,是扰乱法庭秩序,我代表本庭对你提出警告!"审判长烦躁地说,"辩护人可以进行辩护!"

辩护人席上,站出了一个身穿军服的年轻军官,高羊感到此人面熟,却想不起来在什么地方见过。

青年军官说:"我是中国人民解放军炮兵学院马列主义教研室正

营职教员,根据中华人民共和国刑事诉讼法第二十六条第3款,我有权为我的父亲,本案被告人郑常年辩护。"

大庭里的观众活了起来,高大的穹顶上嗡嗡地回响着,犯人们也左顾右盼,看着关在中间栅栏里那个白胡子老头。

"肃静!"审判长大声说。

群众静下来,等着青年军官讲话。

他起初面对着审判席,说:"审判长,在我开始为我父亲辩护之前,请允许我说几句题外的话,当然,这所谓'题外',并不是与本案毫无关系。"

"我给予你这个权利!"审判长说。

这时他把脸转向了听众,他稍微有些口吃,个别字眼也有些含糊,但他的语调富有感情,充满感染力:

"各位法官,各位听众,自从党的十一届三中全会之后,农村形势发生了巨大变化,我们天堂县也毫不例外,农民的生活较之'文化大革命'期间,有了很大改善。这是有目共睹的。可是,近年来,农村经济改革带给农民的好处,正在逐步被蚕食掉。"

审判长敲敲桌子,说:

"辩护人,请不要离题太远!"

"谢谢审判长的提醒,我马上进入实质性辩护。近年来,农民的负担越来越重。我父亲所在村庄,种一亩蒜薹,要交纳农业税九元八角。要向乡政府交纳提留税二十元,要向村委会交纳提留三十元。要交纳县城建设税五元(按人头计算),卖蒜薹时,还要交纳市场管理税、计量器检查税、交通管理税、环境保护税,还有种种名目的罚款!所以有的农民说'雁过拔毛'。再加上近年来化肥、农药等农业生产所需物资大幅度涨价或变相涨价,农民得到的利益已经很少。今年以来,这种种违背国家政策的现象到了令人无法容忍的地步,所以,我认为'天堂蒜薹案件'的发生不是偶然的。"

审判长抬腕看了看手表。

"县供销社在收购蒜薹时,无理克扣农民,并且大开后门,优先收购县社各级干部的蒜薹,而无后门可走的群众为卖蒜薹昼夜奔波,民怨沸腾。

"因为卖不了蒜薹,是这次案件的导火索,而根本的原因在于天堂县昏聩的政治!"

审判长站起来,说:"辩护人,你的发言已经大大超出了本案的范围!"

"我们换个角度来谈。解放初期,我们一个区政府,不过十几个工作人员,照样把工作干得很好。可是现在,一个只管辖一万人口的乡政府竟有国家正式干部、招聘干部、勤杂人员六十余人,加上公社这边,将近百人。这些人当中的百分之八十,工资来源是农民向乡政府交纳的提留!

"三中全会之后,实行了分田到户政策,农民的生产根本无需干部操心。干部们便天天大吃大喝,吃喝的费用当然不需自己掏腰包!说句过火的话,这些干部,是社会主义肌体上的封建寄生虫!所以,我认为,被告人高马高呼'打倒贪官污吏!打倒官僚主义!'是农民觉醒的进步表现,并不构成反革命煽动罪!难道贪官污吏不该打倒?!难道官僚主义不该反对?!当然,我没有得到被告人高马的委托,因此我的发言也不是为被告人高马辩护。"

"你如果继续进行这种宣传,我将代表法庭剥夺你的辩护权!"审判长严厉地说。

"我们请求法庭允许他发言!"有人在后边喊。高羊忍不住回头,看到连大庭过道里都站满了人。

"肃静!"审判长高喊着。

"我父亲参与了打砸县政府,打碎了一台二十英寸彩色电视机,焚烧了政府文件,并打伤了一名政府工作人员,构成了犯罪。作为儿子,我很痛心。我并不想为我父亲开脱罪责。我感到很不理解的是:被告人郑常年在解放战争期间,参加担架队,跟随解放军一直打到江西,荣立过一大功两小功。这样一个人,怎么竟变成一个罪犯呢?他对共产党的感情是深厚的,为什么为了几把蒜薹就去砸抢共产党的县政府呢?"

"共产党变了!现在的共产党跟过去的共产党不一样啦!"被告人在木栅栏里吼叫起来。

听众席上人声鼎沸,法庭上的法官们都有些惊慌。

审判长站起来,拼命敲打着桌子,声嘶力竭地吼叫:

"肃静!肃静!!"

吵嚷声好不容易平息,审判长说:

"被告人郑常年,在未得到法庭允许之前,你没有发言权!"

"我继续发言。"青年军官说。

"本庭再给你五分钟的发言时间!"审判长说。

"我不接受你的限定!"青年军官说,"《刑事诉讼法》没有关于辩护人发言时间的限定,也没有给予合议庭以限定辩护人发言时间的权力!"

"本庭认为,你的发言大大超出了为本案辩护的范围!"审判长说。

"我的发言越来越接近为被告人郑常年辩护的范围!"青年军官说。

"让他说话！让他说话！"听众又一次吼叫起来。

高羊看到青年军官掏出一块白布擦了擦眼。

"好，你说吧！"审判长说，"你的发言都记录在案，你要为你的发言承担一切责任。"

"是的，我既然敢说，就敢承担责任！"青年军官结巴了一下，接着说，"我认为，'天堂蒜薹案'为我们党敲响了警钟，一个党，一个政府如果不为人民谋利益，人民就可以推翻它！而且必须推翻它！"

大庭里异常沉静，空气在浓缩，发抖。高羊的耳膜被压得很痛很痛。审判长浑身哆嗦，满脸流汗，伸手去摸茶杯，却把茶杯碰翻，红色的茶水润湿了雪白的桌布，滴滴答答地流到地上去。

"你……你要干什么？你是在煽动！"审判长说，"书记员，记下他的话！一个字都不要漏。"

青年军官脸色苍白，脸上浮现出可怜相来。

高羊祷告着：好兄弟，少说两句吧……他脑子里突然一亮，想起来了：这位青年军官就是那位夜里替他爹浇玉米的人。

"我再重复一下刚才的话，"青年军官说，"一个政党，一个政府，如果不为人民群众谋利益，人民就有权推翻它；一个党的负责干部，一个政府的官员，如果由人民的公仆变成了人民的主人，变成了骑在人民头上的官老爷，人民就有权力打倒他！我自认为并没有违反四项基本原则，我只是说：如果是那样！事实上，中国共产党是伟大正确的，是全心全意为人民的。经过整党，党风正在好转。天堂县的大多数党员干部也是好的。我要说这样一句话：一粒耗子屎坏了一锅粥。一个党员、一个干部的坏行为，往往影响党的声誉和政府的威望，群众也不是完全公道的，他们往往把对某个官员的不满转嫁到更大的范围内。但这不也是提醒党和政府的干部与官员更加小心，以免危害党和政府的声誉吗?

"我还认为,天堂县长仲为民在蒜薹事件过程中,闭门不出,为了保障自己的安全,竟加高院墙、墙上插玻璃,事件发生时,虽然县政府工作人员多番电话催促,他却拒绝到场与群众见面,以致酿成大乱,造成严重后果,中华人民共和国刑法第一百八十七条规定:'国家工作人员由于玩忽职守,致使公共财产、国家和人民利益遭受重大损失的,处五年以下有期徒刑或者拘役。'仲为民身为县长,不为群众排忧解难,置国家利益不顾,是不是玩忽职守?他的行为构没构成渎职罪?如果我们还承认法律面前人人平等的话,天堂县人民检察院应该就仲为民渎职事向天堂县人民法院提起公诉!我的发言完了。"

青年军官站了一会儿,疲疲沓沓地坐在辩护席上。大庭里响起疯狂的掌声。

审判长站起来,静静地等待掌声平息。他说:

"各位被告人,还有什么要陈述的吗?没有,那么我宣布,暂时休庭。合议庭将根据已经查明的事实、证据和有关法律规定进行合议,半个小时后宣判。"

第二十章

> 唱的是八七年五月间
>
> 天堂县发了大案件
>
> 十路警察齐出动
>
> 逮捕了百姓九十三
>
> 死的死，判的判
>
> 老百姓何日见青天

——张扣在县政府西侧斜街演唱。

一

　　唱完了一个段子，他摸起搁在身边的铁皮水壶，喝了一口水，润了润干燥痛疼的喉咙。他听到围在周围的人们噼噼啪啪地鼓起掌来。有几个年轻的嘶哑喉咙大声地吼叫着："张扣，唱得好啊！唱得过瘾！"

　　听着他们的声音，张扣仿佛看到了他们满身的灰土和他们灼灼的眼睛，仿佛嗅到了他们身上若有若无的蒜薹气味。时间已是深秋，天堂蒜薹案件经过一阵大呼小叫之后，早已风平浪静。以高马为首的二十几个农民到劳改农场去服刑。县长仲为民和县委书记纪南城调到别的县去工作。新来的县长和县委书记在全县干部会上做了几个报告,并组织县委机关的干部搞了一次义务劳动,将腐烂发臭的蒜薹推到横贯县城的白水河中。在盛夏季节里,河道中腐烂蒜薹臭气弥漫,熏得人恶心欲吐。但几场暴雨过后,臭味渐渐淡薄了。起初,老百姓还在为这件事情议论纷纷,随着农活的繁忙和话题的陈旧,百姓们的议论也与蒜薹的臭气一样,渐渐地消逝了。只有这个因为眼瞎而得到了宽大处理的张扣,还每天坐在县政府旁边的斜街上,弹着三弦,不知疲倦地演唱着天堂蒜薹之歌,并把这歌子越编越长。

"……都说是当官的热爱人民,却为何将百姓当成仇人?催捐税要'提留'如狼似虎,逼得咱庄户人东躲西藏。老百姓满腹冤恨不敢说话,一开口就给咱戳上电棍……"唱到此处,他感到自己的瞎眼窝里有热辣辣的感觉,仿佛有热泪涌了出来。在县拘留所里受过的苦难,一桩桩一件件涌上心头。他想到警察将高压电警棍捅到自己嘴里的情景:那个声音比蒜薹还要毒辣的警察骂着:"臭瞎子,闭住你的嘴!"然后便把哔哔做响的电警棍捅到我的嘴里。我感到那强大的电流似千万根钢针,扎着牙髓、舌头和咽喉,千头万绪的巨大痛楚,猛冲上头颅,并飞快地流遍全身。我发出了连我自己听了都感到毛骨悚然的号叫,两股腥血,从我干涸多年的眼窝里流出来。随即我便昏死过去……

"让我吃屎不困难,但让我闭嘴难上难,肚里有话就要说,俺张扣和乡亲们心相连……"

"好啊,张扣大叔!"几个小伙子又吼叫起来,"天堂县六十万人,只有你一张嘴还敢说话!"

"张扣,我们要选你做县长!"一个小伙子起哄道。

"都说父母官民众推选,可为何干部们四处花钱?老百姓不过是辛苦牛马,用血汗养肥了污吏贪官!"唱到此处,张扣咬牙切齿,一字一顿。旁边的听众们情绪激奋,议论纷纷。

"屁!什么人民公仆?是吸血鬼!"

"听说花上五万元就能买个乡长干干!"

"招待所里天天摆大宴,一桌菜就够咱挣一年的。"

"太腐败了!"

一个苍老的声音说:"年轻人们,少说几句吧!张扣兄弟,你也少说几句吧!那些砸县政府的人就是榜样哩!"

张扣唱道:"好大哥你站好听我细言——"

一语未了,只听到人群外有几个人嚷叫着挤进来:"都围在这儿干什么?妨碍交通,影响秩序,都散开,散开!"

张扣听出,这喊叫着挤进来的几个人,就是那些给自己上过刑罚的警察。他手拨三弦,唱道:

"……说的是一个大姐模样俏,鼓鼓的胸脯细细的腰,走起路来风摆柳,成群的小光棍跟着她瞧……"

"张扣,又在说流氓段子!"他听到一个警察问。

"政府,您可不能给俺戴大帽子,"张扣说,"俺一个瞎子,就靠这张嘴混点饭吃,担不起罪名。"

他听一个小伙子嚷着:"张扣大叔说了一下午书,累了,让他歇会儿,大家凑几个钱,十元不嫌多,一元不嫌少,凑几个钱,让他去吃顿肉包子!"

他听到人们将硬币、纸票儿,乱纷纷地扔在自己面前。他连声说着:"谢谢,谢谢各位老少爷们儿。"

"警察叔叔,你们吃皇粮的,钱多,从指头缝里漏几个出来,可怜可怜瞎眼的人。"

"屁,我们哪里有钱?"那个警察愤愤地说,"我们辛辛苦苦干一年,还不如你们种一亩蒜!"

"还提蒜,明年让孙子种蒜去吧!"一个青年道。

"你站住,你这话是什么意思?!"警察说。

"什么意思? 没有意思! 我不种蒜,栽巴豆种大烟!"那青年恨恨地道。

"种大烟? 你小子长了几颗脑袋?"警察道。

"一颗。宁愿沿街讨饭,老子也不种蒜!"青年人走了。

"你给我站住! 你叫什么名字? 哪村的?"警察喊着追去。

"快跑啊,警察又要抓人啦!"一个人大声吼叫起来,人群吵闹着,乱纷纷如一群蜂,往四下里散开去。

张扣周围顿时变得静悄悄的,他侧耳倾听着,那些散去的人犹如游进深水的鱼,没有了声音,但他们身上散发出来的羼杂着蒜薹气的汗臭味还留在他的周围。远处传来军号的声音和一群孩子拥出校门的声音。他感觉到,西斜的秋天的夕阳温暖地照耀在自己身上。他收拾好三弦,摸索着捡起人们扔在地上的硬币和纸币。摸到一张十元面值的纸币。他的手指不由自主地颤抖起来。他心里洋溢着感激,感激那个慷慨施舍的人。

他手持着探路的竹竿,沿着这条崎岖不平的斜街,往火车站附近走,那儿有一座废弃的旧库房,是流浪汉们的居所。张扣在那库房的角上,有一个固定的位置,自从他受尽酷刑被放出来后,便享受着小偷、乞丐、算命先生们——这些社会渣滓对他的特别优待。小偷们为他偷来了几张苇席和几包棉花短绒,为他打了一个柔软的地铺;乞丐们讨来饭食也分些给他吃。在养伤的日子里,就是这群人照顾了他,使他感到了人与人之间的温暖与真诚,就是这种下层人对下层人的热爱,变成了不畏强暴的力量,促使他不顾安危,继续高唱蒜薹之歌。

当他走到斜街的中段那株散发着枯萎气息的老树下时,他警觉地嗅到一股金属和清冷的防锈油的味道,随即有一只坚硬的手按在了他的肩膀上。他下意识地缩着脖子紧闭住嘴巴,等待着来自对方的沉重打击。那人却友善地笑笑,低声说:"甭缩脖子,我不会打你。"

他惊恐地说:"你想干什么?"

那人低声道:"张扣,忘记电棍捅嘴的滋味了吧?"

他道:"我什么也没说……"

那人道:"真的吗?"

他道:"我一个瞎子,唱几段荤话儿,混口饭吃罢了。"

那人道:"我是为你好,记住,唱什么都可以,就是不要唱天堂蒜薹之歌。是你的嘴硬还是电棍硬?"

他道:"谢谢您的提醒,我明白了。"

那人道:"明白了就好,千万别再犯糊涂。祸从口出,古来如此。"

那人转身走了。几分钟后,他听到一辆摩托车轰鸣着,沿着斜街,颠颠簸簸地驶去了。

站在树下,他一动不动,好久好久。

大树旁边那个水煎包铺子里的老板娘发现他走出来,热情地招呼着:"这不是张扣大叔吗? 站在这儿干什么? 进屋,刚出炉的热包子,吃几个,不要您的钱。"

他苦笑一声,用竹竿敲打着老树,突然像发了疯一般高声叫着:"你们这些人面兽心的畜生,想封了我的嘴?! 我张扣活了六十六岁,早就活够了!"

水煎包铺子的女老板吃了一惊,道:"大叔,谁惹了您,值当的发这么大的火?"

"俺张扣本是个瞎眼穷汉,一条命值不了五毛小钱,要想让俺不开口,除非把蒜薹大案彻底翻……"他嘶哑着嗓子唱着,沿着斜街前去。老板娘看着这瞎眼老人单薄的背影,不由得长长叹息一声。

三天之后,一场秋雨落下来,斜街上满是泥泞。老板娘站在门口,看着斜街尽头那盏昏黄的灯光,密密的雨丝在灯光下明亮地飞舞着。她心中充满落寞的感情,百无聊赖。正要关门回去睡觉,突然,幻觉般地听到瞎子张扣凄凉的歌唱声在半空中飘来飘去。她拉开门,探头出去张望,那歌声便消失;她关上门,那歌声便亲切地、撩人肺腑地在半空中响起来。

第二天早晨,人们在斜街上发现了张扣的尸体。他侧着身子卧在泥泞中,嘴巴里塞满烂泥,在他的脑袋旁边,还横卧着一只没头的猫尸。

因为天气阴沉,整个县城里弥漫着一股催人呕吐的腐烂蒜薹的味道。

那群小偷、乞丐、下三滥们抬着张扣的尸首在斜街上又哭又笑地胡闹了整整一个白天,傍晚时,他们便在大树下挖了一个深坑,把张扣埋葬了。

从此之后,水煎包铺子的老板娘,夜夜都听到张扣的歌唱声。于是这斜街便成了一条鬼街,居民纷纷搬走,那老板娘却在老板栗树上吊死了。于是,斜街更成了鬼街,大白天,行人都不敢从这里路过。

二

四婶整夜喘息咳嗽,吵得整个监室的女犯们都睡不着觉。那个外号小野驴的女犯大声骂道:"老东西,你要死就快点!"

四婶满怀歉疚地说:"好闺女们,不是俺愿意咳嗽,也不是俺愿意喘……"

四婶头上双层床上的那个长眉毛咕哝着:"造孽啊,这么大年纪的人了,还要来服刑……"

四婶听到姑娘的话,心中一阵酸楚,热泪便冒了出来。她越想心里越苦,忍不住便放了悲声。

同室的十几个犯人都坐起来,好心的披衣下床过来相劝,心硬一点的嘟嘟哝哝地骂。小野驴道:"别号了,早知道如此,当初逞什么好汉? 火烧县政府,判你五年是便宜了你!"

四婶哽咽着,喘息着,道:"闺女啊,俺注定要死在这劳改队里了……"

一个睡眼惺忪的女看守站在窗外,敲着铁窗栅问:"怎么啦? 半夜三更的,你们闹什么?"

长眉毛姑娘道:"报告政府,三十八号病了。"

女看守问:"什么病?"

长眉毛姑娘道:"咳嗽,喘。"

女看守道:"老毛病嘛! 别吵了,快睡,明天一早还要跑操呢。"

女看守走了。长眉毛姑娘倒了半缸水,喂四婶喝了几口,然后,从自己枕头底下摸出几片药,道:"大婶,这是消炎止痛片,您吃两片吧,兴许能管用。"

四婶道:"闺女,俺不好意思吃你的药。"

长眉毛姑娘道:"都到了这时候了,还客气什么呢!"

长眉毛姑娘服侍四婶吃了药。四婶眼泪汪汪地说:"姑娘,让俺怎样报答你呢……"

小野驴插嘴道:"让她给你做媳妇么!"

四婶道:"俺那些儿子,哪里配得上……"

长眉毛姑娘骂道:"东屋里卖骡子,西屋里伸进根鳖脖子!"

小野驴猛地坐起来,瞪着眼道:"你骂谁?!"

长眉毛也不示弱,道:"骂你了。骂你个卖屄的臭婊子!"

小野驴被揭到痛处,恼羞成怒,弯腰捡起一只破皮鞋,对准长眉毛投过来,嘴里嘈嘈着:"我卖屄,你难道没卖?在老娘面前装什么正经,进了这里的,没有一个贞节淑女!"

长眉毛一闪身,破皮鞋打在三床那个犯有溺婴罪的泼妇头上。泼妇捡起破鞋,狠狠地砸在长眉毛姑娘的头上。

一时间,房里乱了营,长眉毛和小野驴滚成一团,泼妇破口大骂,四婶放声大哭,其余的女犯们,有的敲铁窗,有的吼叫,有的帮打太平拳。

两个女看守提着警棍冲进来,不问原由,对着长眉毛和小野驴各抡了十几棒,平息了动乱。

女看守道:"谁再敢出声,罚你们饿饭三天!"

另一个女看守道:"二十九号,四十号,出来,跟我走!"

长眉毛姑娘道:"不怨我!"

女看守捅了她一棒子,道:"闭住你的嘴!"

小野驴嘻嘻地笑着,道:"领导,我错了,再也不敢了,你让我睡觉吧。"

女看守道:"少废话,穿衣服,跟我走。"

四婶折起身,求情道:"领导,不怨姑娘们,都怨我这死老婆子不争气,又喘又咳,吵烦了她们的心……"

女看守道:"行了,你也别来装慈母啦!"

女看守们把长眉毛和小野驴带走了。

四婶捂着嘴,不敢哭出声响。

这一夜,四婶又做了许多噩梦,她先是梦到金菊挺着大肚子来看她,待她往前一扑时,金菊的舌头突然伸了出来,眼珠子也凸了出来。四婶一声惊叫,满身冷汗,醒了,听到高墙外的田野里,秋风吹得电话线发出呜呜的声响。一缕月光斜射进来,照着四床下铺那个女贼的脸。这是个还没长成形的姑娘,小鼻子皱着,正在睡梦里咬牙切齿。四婶继续睡,刚一闭眼,又看到四叔顶着一个血头颅站在她床前,道:"孩子他娘,你怎么还在这里?快跟我走吧……"四叔伸手来拉四婶,四婶又一次惊醒,心脏怦怦地狂跳着,浑身都是冷汗。她听劳改农场伙房里的公鸡正在啼鸣。鸡叫三遍了,天就要亮了。

起床哨吹响,四婶挣扎着起床。她突然感到一阵头晕,一头栽倒在地上。正在匆匆忙忙叠被子的女犯们一阵惊呼。女看守冲进来,看到了趴在地上的四婶。

女看守命令道:"把她抬到床上去!"

女犯们七手八脚地把四婶抬到床上。

女看守叫来狱医。狱医给四婶打了一针。四婶醒来,嘴巴歪了几歪,混浊的眼泪涌了出来,狱医给她额头上流血的地方消了毒,蒙上了一块纱布。

早饭后,女看守对四婶说:"三十八号,你今天在家休息吧。"

四婶感动得说不出话来。

女犯人们在院子里集合,排成队,到田野里劳动去了。

监狱里一时十分安静。一群肥硕的大老鼠在院子里窜来窜去。正在觅食的麻雀被老鼠惊起来,落在监室的窗外,歪着头,用黑黑的小眼睛盯着四婶看。四婶一阵心酸,眼泪又滚了出来。她一个人低声哭着,哭够了,自言自语道:"他爹,俺这就去找你……"

四婶解下裤腰带,挽了一个扣,拴在铁床的架子上,又一次嘟哝着:"他爹,俺的罪,今日受到头了呀……"

四婶将脑袋伸进扣子,然后,把身子往下一扑……

她没有死成,一个女看守救了她。

女看守狠狠地扇了四婶一个耳光,骂道:"老混蛋,你要干什么?"

四婶扑通一声跪在女看守面前,道:"闺女,好闺女,您行行好,让俺死了吧……"

女看守犹豫着,脸上显出了女人的温存表情。她拉起四婶,低声道:"大娘,今日你寻死的事,千万不要对人说起,我给你包住了。你别再哭哭啼啼,好好表现,我想法让你提前出去。"

四婶刚要下跪,就被女看守拉住了。

四婶道:"好心的闺女啊,俺老头子死得冤枉啊……"

女看守道:"这事儿,你千万别再提起,你带头烧县政府,罪行很大!"

四婶道:"俺一时糊涂,俺再也不敢了……"

一个月后,四婶被保外就医,终于回到了家乡。

三

一九八八年元旦那天,劳改队放假。几百个犯人们,有的躺在床上睡觉,有的坐在床上写家信,有的挤在院子里,从窗户外往里看那台放在队部桌上的黑白电视机里播放的歌舞节目。

高马和高羊坐在院子里那块大青石上,脱下棉袄捉虱子。暖烘烘的太阳照耀着他们。院子里,三三两两的知己的犯人坐在那儿晒着太阳说悄悄话儿。二门外的炮楼上,哨兵抱着冲锋枪警惕地站着,头道门的大铁网门关闭着,门鼻子上挂着大锁。

几个劳改队的干部在为犯人们理发,并跟犯人们开着玩笑。

成群的大老鼠在院内的露天厕所墙上穿梭般地跑动着。头道门和二道门之间,一只黑猫被一群老鼠追得蹿上了树。

高羊叹道:"耗子大了猫也怕哟。"

高马笑笑,没有吱声。

高羊道:"我跟你嫂子说了,过了年,让她给你送双鞋来。"

高马感动地说:"不敢再麻烦大嫂子了。她一个人,带着两个孩子,够不容易的了。我光棍一条怎么着也好办。"

高羊道:"兄弟,慢慢熬吧,等熬够了年头,出去好好过日子,再娶个媳妇。"

高马淡淡一笑,没说什么。

高羊道:"你到底是复员军人,我看队领导都另眼看你,好好表现,肯定能给你减刑。没准儿你比我还要早出去呢。"

高马道:"我早出去晚出去还不是一样?我倒想把你的刑替你服了,让你出去养家口。"

高羊道:"兄弟,咱哥俩是命里该遭这一劫,男人么,遭点罪也就罢了,只可怜四婶……"

高马急问:"她不是保外就医了吗?"

高羊吞吞吐吐地说:"你嫂子反复叮嘱,不让我告诉你……"

高马抓住高羊的手,着急地问:"她怎么啦?"

高羊道:"嗨,怎么着她也算是你丈母娘呢,不让你知道也不好。"

高马道:"大哥,你快告诉我吧,别让我着急。"

高羊道:"你嫂子年前不是来探过监吗?都是她跟我唠叨的。"

高马道:"她说什么?"

高羊道:"方老大和方老二真是畜生,一点人性也没有!"

高马有点生气地说:"高羊哥,你竹筒里倒豆子,痛快点,别这样说半句留半句让我着急。"

高羊道:"嗨,跟你说了吧!乡里杨助理员也不是人种子,他不是有个外甥叫曹文吗?曹文不久前跳到机井里死了,曹家就张罗着给他结阴亲……"

高马道:"什么阴亲?"

高羊道:"你连什么是阴亲都不知道?"

高马摇摇头。

高羊道:"就是让两个死人在阴间结亲,曹文死了,曹家就想到了金菊……"

高马猛地站起来。

高羊道:"兄弟,你听我慢慢说。曹家让死去的金菊给他家死去的曹文做老婆,托杨助理员说媒。"

高马咬着牙骂道:"我日他老祖宗!金菊活着是我的人,死了是我的鬼!"

高羊道:"气人就在这里,村里谁不知道金菊是你高马的人?她肚子里还怀着你的孩子呢!可方家兄弟俩财迷心窍,硬让那杨助理员给说转了,将金菊的尸骨卖给了曹家,卖了八百块钱,方家兄弟收了钱,哥俩对半分了,曹家就派人挖开金菊的坟墓,将金菊的尸骨起走了!"

高马脸色铁青,一声不吭。

高羊道:"你嫂子说曹家把这门阴亲办得比阳间的婚事还热闹,从外县请来吹鼓手班子,吹吹打打,设宴请客,将金菊的尸骨和曹文的尸骨装在一个大红棺材里,埋在了坟里。'结婚'那天,周围几十个村里的人都来看热闹,人们都在骂曹家,骂杨助理,骂方家兄弟,他们这事办得伤天害理!"

高马沉默着。

高羊偷偷看他一眼,忙道:"好兄弟,这事,你千万别往心里去,他们伤了天理,丧了良心,自有天老爷惩治他们……嗨,都怨我这张盛不住话的嘴,你嫂子千叮咛万嘱咐,不让我告诉你,可我这张臭嘴,硬是藏不住话……"

高马脸上浮起了古怪的笑容。

高羊惊慌地说:"好兄弟,千万别胡思乱想啊,你是当兵的出身,不信鬼神的……"

高马低声问:"四婶呢?"

高羊吭哧了一会儿,说:"曹家来掘金菊尸骨那天,四婶……上吊死了……"

高马哇地吼了一声,喷出了一股鲜血。

四

元旦过后,下了一场大雪。

劳改队的犯人们把院子里的雪堆起来,装在平板车上,往监狱外边的麦田里送。

高马抢先拉起了平板车,拖着一车雪,出了监狱大门。

因为大批犯人没出院门,所以没设警戒哨。一个劳教干部站在大门口,袖着手,与炮楼上的哨兵聊着天。

哨兵说:"老李,你老婆生了没有?"

劳教干部忧心忡忡地说:"还没有,比预产期超了一个多月了。"

哨兵在上头道:"别着急,俗话说'瓜熟自落'嘛。"

劳教干部道:"不急?让你老婆晚生一个月试试看,站着说话不腰疼!"

高马拉着空车,满头大汗地返回来。

劳教干部满怀好感地看着高马,道:"八十八号,你歇一会儿,让他们拉几趟。"

高马道:"我不累。"

高马拉着车进入监狱院内。

哨兵对劳教干部说:"这个八十八号不错。"

劳教干部说:"复员兵,火气太盛,嗨,这年头,什么事都有。"

哨兵道:"天堂县那些混官们也太过分了,也别光怨老百姓不好。"

劳教干部道:"所以,我早就跟头儿建议过,给这小伙子减刑,说真心话,这小伙子的罪,不该判这么重。"

哨兵道:"这年头,都这样。"

高马又拉着一车雪过来。

劳教干部道:"不是让你歇一会儿吗?"

高马道:"我拉完这车。"

高马拉着雪向麦田走去。

哨兵道:"老李,听说于副政委要调走?"

劳教干部道:"谁不想调走?这算什么工作,年没年、节没节,钱也挣不着,我要有路子,我也调走。"

哨兵道:"实在不行就辞职嘛,反正我打定主意要去当个体户啦。"

劳教干部道:"这年头,能当官最好,当不上官,就去捞钱。"

……

"哎,八十八号怎么还不回来?!"哨兵惊叫道。

劳教干部往前望去,在他的眼界里,展开了一片无边无际的原野,灿烂的阳光照耀着皑皑白雪,反射出耀眼的美丽光芒。

岗楼上的警报器尖利地鸣叫起来。

哨兵高叫着:"八十八号,站住!再不站住就开枪了!"

高马迎着太阳狂奔,强烈的光线刺着他的眼睛,雪的原野上,新鲜的自由的空气如浪潮一样翻滚着。他狂奔,他不顾一切,他想报仇,他感觉到自己在腾云驾雾。突然,他感到自己莫名其妙地栽在了雪地上。他的脸触到了冰凉的雪。他感到有股灼热的液体从背后喷出来。他低唤了一声:"金菊……"便将脸埋在了雪里。

第二十一章

蒜薹事件众口传
谁是谁非真难辨
俺师傅多言招祸殃
这样的错误俺不再犯
让俺抽您一支高级烟
送一张《群众日报》您自己看

——瞎子张扣的徒弟对本书作者演唱片段。

《群众日报》

1987 年 7 月 30 日

农历丁卯年七月五日

严重官僚主义和工作失职酿成恶果
天堂"蒜薹事件"主要责任者受到严肃处理

中共苍天市委决定:撤销仲为民天堂县委副书记职务,县委书记纪南城停职检查;省委、省政府就此通报全省。

本报讯 中共苍天市委对天堂"蒜薹事件"已作了全面调查,最近作出处理决定:撤销对天堂"蒜薹事件"负有主要责任的仲为民天堂县委副书记职务,并建议撤销其县长职务;县委书记纪南城停职检查,视检查情况另行处理。对借机煽动搞打砸抢的少数违法分子,天堂县司法部门依法进行了严惩。

天堂县盛产优质蒜薹,是我国传统的大蒜出口基地之一。近年来,随着农村产业结构的调整,大蒜作为当地的一种主要经济作物,种植面积不断扩大,今年内达到17.2万亩,产蒜薹九千多万公斤。蒜薹丰收本是一件好事,但由于天堂县委、县政府存在严重官僚主义,领导不力,工作失职,造成蒜薹滞销,引起部分群众的不满。首先,他们缺乏商品经济观念,对蒜薹生产销售中出现的新情况、新问题,缺乏正确的对策;对今年蒜薹销售中可能出现的问题没有引起足够的重视。当发生蒜薹滞销时,又没有把多渠道经营抓起来,致使商业、供销等主渠道和集体、个体的购销渠道均未能发挥应有的作用。蒜薹大量上市后,县委、县政府对各业务部门的购销活动基本失去控制,对经济管理部门乱收费、滥罚款等现象没有及时制止。在蒜薹购销经营和管理中,该县一些业务部门经营思想不端正,不为农民着想,片面追求部门利益。在蒜薹开始上市时,他们抬价收购,挤走了外地部分客户。有的地方为了装满自己的恒温库,规定不准外地客户收购,甚至连一些村民委员会和蒜农与外地签订的购销合同也强令作废。尤其是在蒜薹购销活动中,该县计量、工商等部门借机巧立名目,乱收费、滥罚款,从而造成了与蒜农的对立。对此,县委、县政府听之任之,没有及时纠正和制止。另外,天堂县委、县政府对今年蒜薹产量和销售进度也心中无数,指导价格定得晚,宣传不够,致使开始收购价格每公斤高达一元至一元二角,严重滞销时则下降到每公斤一角,甚至六分、四分钱,使蒜农的利益受到很大损害。更为错误的是,在蒜薹事件发生后,县委、县政府主要负责人不深入现场,研究采取具体有力的措施,制止事态扩大,最终导致了蒜薹事件的严重后果。

天堂"蒜薹事件"发生以后,省委、省政府十分重视,立即组织有商业、供销、交通等部门主要负责人参加的工作组,协同苍天市委、市政府工作组,连夜赶赴天堂,帮助蒜农销售蒜薹;同时通电各地、市,要求他们来天堂运销蒜薹。这样很快将天堂剩余蒜薹销售出去,保护了农民的利益。此后,又有省、市委领导带队组成调查组对整个蒜薹事件进行了全面调查,认为天堂蒜薹事件主要是由于县委、县政府主要负责人思想上、作风上严重官僚主义和失职造成的,据此对他们分别进行了上述处理。

省委还将天堂"蒜薹事件"的处理情况通报全省,要求各级党委、政府认真吸取这一事件的教训,防止和克服官僚主义,转变领导作风,改进工作,适应农村商品生产发展的新形势,努力加快脱贫致富的步伐。苍天市委还就天堂"蒜薹事件"召开民主生活会,认真总结经验教训,并帮助天堂县采取自上而下、自下而上的方法,有领导地组织各地党组织和广大干部群众总结经验教训,提高思想认识,增强团结,振奋精神,搞好工作,弥补损失。天堂县的广大干部群众对省、市委及时果断地处理蒜薹事件,感到满意。县、乡(镇)、村的干部说,吸取"蒜薹事件"的教训,牢记党的宗旨,进一步树立商品经济观念,关心群众疾苦,努力做到全心全意为人民服务。蒜农们说,省、市委正确处理"蒜薹事件",把坏事变成了好事,今后在大力发展商品经济中,努力加强自己的社会主义精神文明建设,遵纪守法,反对无政府主义,维护和支持各级政府的工作。为把天堂建设成社会主义的物质文明和精神文明的先进县贡献力量。

述评

天堂"蒜薹事件"的反思

本报记者

对酿成天堂"蒜薹事件"负有主要责任的原天堂县委副书记、县长仲为民,县委书记纪南城,分别受到撤职和停职检查的处分。

政法部门收审、逮捕了乘机搞打砸抢的违法分子。

至此,造成恶劣政治影响和重大经济损失的天堂"蒜薹事件"平息了。但是,各级领导,广大干部群众应当从这一事件中吸取哪些教训呢?事件平息之后,深思一下这个问题,是很必要的。

领导商品生产必须有商品经济观念

发展社会主义商品经济,对于各级领导、各业务部门和广大农民群众来说,都是一个新课题,都还缺乏经验。因此,商品生产绝对避免盲目性,使产和销始终处于绝对平衡的状态,是不可能的。但应该和可以减少盲目性,避免大起大落。这就要求商品生产的领导者树立商品经济观念,尽可能全面、准确地了解市场需要,及时做好测报工作,疏理流通渠道,为农民提供产前、产中、产后的各项社会化服务。

但恰恰在这一点上,原天堂县委、县政府的领导人却大大忽略了。

大蒜,是天堂县的主要经济作物。近几年来,随着蒜薹价格的不断上升,农民种植大蒜的积极性越来越高,今年蒜薹种植面积扩大到17.2万亩,可产蒜薹九千多万公斤。今年的蒜薹市场与去年相比,也发生了许多变化,出现了一些新的变化:一是大蒜种植面积扩大,蒜薹的上市量更加集中;二是南方的一些省份扩大了大蒜种植面积,南方蒜薹上市早,一定会冲击天堂蒜薹市场,不少原来的老客户,早早转向了南方市场,相对减少了在天堂的购货量。对于今年蒜薹生产和销售中已经和可能出现的这些新情况,原天堂县的主要负责人缺乏全面了解、认真分析,缺乏相应的对策和措施。当蒜薹出现滞销时,不仅销售措施不得力,而且没有及时报告领导机关,请示他们出主意想办法。对于蒜薹集中上市时可能出现交通堵塞、收购力量不足等问题,他们也没有充分的估计和妥善的安排,商业、供销部门没能发挥主渠道的作用,以致多处出现了流通渠道不畅、蒜薹积压的现象。农民因卖蒜薹难而心急如焚,此时领导又不出面和群众对话,加以疏导。再加上不法分子乘机煽动,局面越发不可收拾,终于酿成了5月28日砸、抢、火烧县政府办公大楼的恶性事件。

这一事件告诉我们:使用老一套、一般化的工作方法,没有掌握真实情况,就忙着开广播会、电话会、发紧急通知等来领导有计划的商品经济,是根本行不通的。只有正确分析改革、开放、搞活的新形势,增强市场观念、价值观念、竞争观念、信息观念,及时了解、分析国内外市场各种产品的生产和销售情况,从本地实际出发,采取相应的对策和措施,在宏观上加强科学的指导,才能立于不败之地,促进农村商品经济的稳定发展。

没有群众观念,领导不好农村商品生产

我们现在讲领导要树立牢固的群众观念,主要是指经常倾听群众呼声,了解农民群众的要求,为他们发展商品生产提供尽可能多的、及时的、有效的服务,真正急农民所急、想农民所想、办农民所需。如果不是这样,而是用粗暴的态度、简单生硬的方法对待农民,动不动强迫命令、乱扣滥罚,甚至运用手中掌握的权力刁难勒索农民,变着法子占农民的便宜,揩农民的油,那就完全颠倒了主人与公仆的关系。

纵观蒜薹事件的前前后后,原天堂县的主要领导及某些业务部门,正是在如何对待群众的问题上,他们的指导思想和采取的行动是错误的。

在事件发生之前,县委、县政府一些业务部门端正为农民服务的思想教育抓得不好,致使一些部门在蒜薹经营中,为了片面追求部门利益而不惜损害农民利益。在蒜薹开始上市时,有些业务部门不执行指导价格,抬价收购,挤走了一部分客户;有的地方为了装满自己的恒温库,便限制外地收购。蒜薹大量上市以至出现滞销时,有些部门又不积极收购,甚至停止收购。加上各收购点价格不一,蒜薹流动量增大,更加加剧了市场混乱,交通堵塞。此时工商、计量等部门,非但没有为农民提供方便、排忧解难,反而乱收费、滥罚款。据不完全统计,县计量所仅5月20日至25日即向农民罚款九千八百元,拿走秤砣数十个。这种

做法,对于已呈严重态势的蒜薹问题无异于火上浇油、雪上加霜。群众说他们,去年蒜农发了财,他们眼红,今年就想在蒜薹上捞一把,这话恐怕并不为过。

5月28日上午,数千群众聚集在县府大门外,高喊着"找书记、县长讲理,蒜薹卖不出去怎么办"时,主要负责干部依然是"千呼万唤不出来"。尤其严重的是,当形势一触即发时,县长仲为民照样回家睡觉,办公室人员三番五次把电话要至其家,请他到场同群众见面,仲置之不理,后来干脆把电话拔掉!真不知他是怎么想的!是怕群众,还是不屑于同群众理论?要知道,这是人民对公仆的呼唤,是人民对政府的信任啊!

也许有的同志会说,难道县长还要帮助农民卖蒜薹吗?是的,不仅要帮助农民卖蒜薹,还要帮助农民卖粮食、卖棉花、卖大葱、卖西瓜……还要帮助农民买化肥、买农药、买柴油、买良种……总之,农民的各种买难卖难,都要帮助解决。这是人民公仆的天职。试想,群众有了困难,不找领导去找谁?

人民是主人,干部是公仆。公仆只有全心全意为人民服务,才能得到群众的拥护。这是一个极其简单而又易懂的道理。我们应从蒜薹事件中明白这个道理,真正树立"农业发展我发展,我与农民共兴衰"的思想,为农民多多办实事,齐心协力唱好发展农村商品生产这场戏。

官僚主义一定要反,但不能用无政府主义反官僚主义

天堂蒜薹事件,是由于原县委、县政府主要负责人,在思想上、作风上的严重官僚主义和工作失职造成的。是不是这样呢?

我们只要看看他们在事件发生前后的表现,就很清楚了。

月晕而风,础润而雨。这次事件是有预兆的。事件发生前数天,因蒜薹滞销跌价,群众已流露出明显的不满情绪。5月21日傍晚,一部分卖不出蒜薹的农民砸碎了恒温库办公室的玻璃,割破了沙发,拦截烧毁了市商业局的轿车。这些事件发生后,该县主要负责人除了派人加高自家院墙,在墙头上插防攀碎玻璃之外,并没有采取必要的防范措施和正确对策。这是不是官僚主义呢?

5月26日中午,少数蒜农口出怨言,拉车进县政府大院,四处抛撒蒜薹,一些工作人员围观,戏谑,县长视而不见,不管不问,这是不是官僚主义呢?

蒜薹事件发生时,市委、市政府,多次电令天堂县委、县政府主要负责人亲临现场做工作,制止事态进一步扩大,县委、县政府主要负责人置若罔闻。这是不是官僚主义呢?

事件发生后,他们又强调客观理由,企图缩小情况,减轻责任,这大概不仅仅是官僚主义的问题了。

他们开始估计全县蒜薹总产量七千余万公斤,又说是九千多万公斤,后又说是一亿公斤,到底产多少,总也没弄清楚,致使后来外地来帮助购销天堂蒜薹的大批车辆放空返回,再次造成不必要的损失。他们心中无数到如此地步不是官僚主义是什么?

正是由于原县委、县政府主要负责人的严重官僚主义和工作失职,才酿成了蒜薹事件。

蒜薹事件暴露了该县领导思想和作风上的严重问题,有关领导要很好地吸取教训。

作为参与这一事件的群众,也是有教训可取的。这个教训就是:不能用无政府主义反官僚主义。无政府主义作为一种反动的政治思潮,否定在任何历史条件下的一切国家政权,反对任何组织、纪律和权威,在人民当家作主的今天,其危害性是不言而喻的。"文化大革命"中,林彪、"四人帮"两个反革命集团都曾竭力煽动无政府主义思潮,鼓吹"打倒一切"、"踢开党委闹革命",结果使广大干部受到摧残,把国民经济推向崩溃的边缘。无政府主义曾把我们的国家搞成一团糟,使我国人民吃尽了苦头。难道我们还能允许这种反动思潮死灰复燃吗?!

在蒜薹事件中,少数不法分子烧毁汽车,打碎县府办公大楼门窗玻璃,砸坏办公室桌椅板凳、打字机、电话机等办公用品,烧毁、抢走人事档案、文书档案及其他文件,使国家财产遭受严重损失,也使党和政府工作无法进行。这种无政府主义的行为是社会主义法律所不能容许的。

我们的国家是人民的国家,政府也是人民的政府。人民群众要爱自己的国家,爱自己的政府。当然,人民群众对各级领导和政府工作人员的官僚主义和不正之风有意见,是完全有权提出批评的,但要通过正常的渠道,采取合法的手段。有了问题,要依靠党和政府去解决。如果不是这样,而是采取非法手段向政府施加压力,甚至采用打、砸、抢的非法行为,不但反不了官僚主义,解决不了实际问题,还会使自己走上犯罪道路,受到法律的制裁。蒜薹事件中少数犯罪分子受到惩处,就是因为他们的行为触犯了法律。法律面前人人平等,谁犯了法,法律就惩罚谁!

本报社论

应当吸取的教训

今天,本报发表了关于天堂"蒜薹事件"的消息和述评。这个事件不仅造成了严重经济损失,而且造成了很坏的社会影响,教训极为深刻。认真总结吸取这一事件的教训,对于教育各级领导干部防止和克服官僚主义,严肃党的纪律,改进工作,转变作风,杜绝类似事件的发生,都是十分必要的。天堂蒜薹事件的发生有着多方面的原因,但主要是领导上的严重官僚主义和县委、县政府的主要负责人严重失职所致。天堂县的主要负责干部,对全县大蒜生产情况、市场情况缺乏确切的调查研究,情况不明,心中无数;对某些欺行霸市的不法行为和行业不正之风,制止不力;事件发生前许多蒜农已表露出严重的不满情绪,却没有给予应有的重视,未能采取消除隐患的得力措施;事件发生后,又表现了"怕"字当头,采取回避矛盾的态度,致使事态蔓延扩大。这说明,在事件发生、发展的几个环节上,天堂县委、县政府主要负责干部都表现了严重的官僚主义和失职。

近几年,苍天市,包括天堂县各级党委、政府和广大干部,认真贯彻执行党中央的路线、方针、政策,做了大量工作,取得了许多成就,政治经济形势是好的。天堂蒜薹事件,恰恰发生在农村改革不断深入、农村经济蓬勃发展的大好形势下,这就更应当引起我们各级领导同志深思,并引以为训。我们各级领导同志必须牢固树立社会主义的计划商品经济观念,从宏观上及时掌握市场信息。分析生产、销售形势,有效地调节供求矛盾,具体组织、指导好商品生产的发展。在新时期坚持党的群众观点,全心全意为人民服务,很重要的是体现、落实在关心和扶持群众发展商品经济的实际行动上,从多方面为群众提供服务。如果做不到这一点,就会脱离群众,犯严重官僚主义错误,给社会主义事业带来损失。这是党纪所不能容许的。

发生天堂蒜薹事件的另一个重要原因,就是有些业务部门存在着严重的行业不正之风。他们不从全局出发,不着眼于为群众服务,而是仅仅从部门利益出发,有的单位巧立名目,乱收费,滥罚款,几同敲诈勒索,激起群众的强烈愤怒。这一沉痛教训说明,随着商品经济的发展,对各级业务部门来说,如何解决部门和整体之间的利益矛盾,维护广大农民利益,纠正行业不正之风,是当前面临的一个十分重要而紧迫的课题。各级业务部门只有牢固确立"农业发展我发展,我与农民共兴衰"的指导思想,想农民之所想,急农民之所急,帮农民之所需,千方百计为农民排忧解难,才能得到广大群众的信任和拥护,才能在商品经济发展中不断壮大自己。

天堂蒜薹事件后来严重恶化的另一个重要因素,是少数不法分子从中煽动的结果。对他们绳之以法是完全必要的。这就再次告诉我们,进一步加强对群众的法制教育,不断增强群众的法制观念,是极为重要的。群众对政府暂时难以解决的问题要加以谅解。决不允许用无政府主义来反对官僚主义,更不允许少数坏人兴风作浪。对违法者必须依法严惩!

我们认为,天堂蒜薹事件是不应该发生、也是完全可以避免的。天堂盛产大蒜,这本来就是一个优势,今年蒜薹丰收也是一件好事。所以把好事变成了坏事,根本是领导脱离群众、脱离实际,存在严重的官僚主义,当前最重要的是做好善后工作,认真总结经验教训，再把坏事变成好事。犯错误的同志应当深刻认识错误，从中学到比别人更多更深的东西，"吃一堑长一智"，在实践中改正错误，弥补给党和人民造成的损失。全省各地要联系本部门的实际，从正反两个方面吸取经验教训，转变工作作风，搞好对群众的服务。一定要看到，类似天堂蒜薹事件，在别处和别的事情上随时都可能发生。因此，认真学习贯彻党的十一届三中全会路线，牢牢掌握两个基本点，提高贯彻执行党的路线、方针、政策的自觉性，提高驾驭经济和政治全局的能力，创造性地进行工作，是至关重要的。

您看完啦？

嗯。

告诉您一个最新消息：在蒜薹事件中犯有严重错误的原天堂县委书记纪南城同志和原县委副书记、县长仲为民同志，认真学习党的路线、方针、政策，深刻检查思想，认识了错误，并决心在今后的工作中改正错误，弥补过失，苍天市委、市政府经研究并报请省委、省政府：拟任命纪南城同志为岳城县委副书记兼岳城县县长；拟任命仲为民同志为三河县委副书记兼三河县副县长。此系小道消息，不要张扬。

噢，我们的小道消息几乎总是准确的。

请您赏俺一支烟。

新版后记

十九年前,现实生活中发生的一件极具爆炸性的事件——数千农民因为切身利益受到了严重的侵害,自发地聚集起来,包围了县政府,砸了办公设备,酿成了震惊全国的"蒜薹事件"——促使我放下正在创作着的家族小说,用了三十五天的时间,写出了这部义愤填膺的长篇小说。在初版的卷首,我曾经杜撰了一段斯大林语录:

> 小说家总是想远离政治,小说却自己逼近了政治。小说家总是想关心"人的命运",却忘了关心自己的命运。这就是他们的悲剧所在。

小说发表后,许多人问我:这段话,是斯大林在什么时候、在什么地方说的?为什么查遍斯大林全集,也找不到出处?

我的回答是:这段话是斯大林在我的梦中、用烟斗指点着我的额头、语重心长地单独对我说的,还没来得及往他的全集里收,因此您查不到——这是狡辩,也是抵赖。但我相信:斯大林是能够说出这些话的,他没说是他还没来得及说。

长期以来,社会主义阵营里的文学,总是在政治的漩涡里挣扎。为了逃避政治的迫害,作家们有的为政治大唱赞歌,有的则躲在黑屋子里,偷偷地写他们的《大师与玛格丽特》。

　　进入80年代以来,文学终于渐渐地摆脱了沉重的政治枷锁的束缚,赢得了自己的相对独立的地位。但也许是基于对沉重的历史的恐惧和反感,当时的年轻作家,大都不屑于近距离地反映现实生活,而是把笔触伸向遥远的过去,尽量地淡化作品的时代背景。大家基本上都感到纤细的脖颈难以承受"人类灵魂工程师"的桂冠,瘦弱的肩膀难以担当"人民群众代言人"的重担。创作是个性化的劳动,是作家内心痛苦的宣泄,这样的认识,一时几乎成为大家的共识。如果谁还妄图用作家的身份干预政治,幻想着用文学作品疗治社会弊病,大概会成为被嘲笑的对象。但就在这样的情况下,我还是写了这部为农民鸣不平的急就章。

　　其实也没有想到要替农民说话,因为我本身就是农民。现实生活中发生的蒜薹事件,只不过是一根导火索,引爆了我心中郁积日久的激情。我并没有像人们传说的那样,秘密地去那个发生了蒜薹事件的县里调查采访。我所依据的素材就是一张粗略地报道了蒜薹事件过程的地方报纸。但当我拿起笔来,家乡的父老乡亲便争先恐后地挤进了蒜薹事件,扮演了他们各自最合适扮演的角色。

　　说起来还是陈词滥调——我写的还是我熟悉的人物,还是我熟悉的环境。书中那位惨死在乡镇小官僚车轮下的四叔,就是以我的四叔为原型的。也许正因为是人物和环境的亲切,才使得这部小说没有变成一部纪实文学。当时在书的后记里我申明:这是一部小说,我不为对号入座者的健康负责。现在我还是要申明:这是一部小说,小说中的事件,只不过是悬挂小说人物的钉子。事过多年,蒜薹事件已经陈旧不堪,但小说中的人物也许还有几丝活气。

在刚刚走上文学道路时,我常常向报界和朋友们预报我即将开始的创作计划,但《天堂蒜薹之歌》使我明白了,一个作者的创作,往往是身不由己的。在他向一个设定的目标前进时,常常会走到与设定的目标背道而驰的地方。这可以理解成职业性悲剧,也可以看成是宿命。当然有一些意志如铁的作家能够战胜情感的驱使,目不斜视地奔向既定目标,可惜我做不到。在艺术的道路上,我甘愿受各种诱惑,到许多暗藏杀机的斜路上探险。

在新的世纪里,但愿再也没有这样的事件刺激着我写出这样的小说。

二〇〇五年四月十二日

图书在版编目(CIP)数据

天堂蒜薹之歌/莫言著. —杭州:浙江文艺出版社,2019.7
(莫言作品典藏大系)
ISBN 978-7-5339-5708-7

Ⅰ.①天… Ⅱ.①莫… Ⅲ.①长篇小说—中国—当代 Ⅳ.①I247.5

中国版本图书馆 CIP 数据核字(2019)第 104588 号

统　　筹	曹元勇
责任编辑	王丽荣
文字编辑	刘梦蝶
封面设计	一千遍工作室
插页设计	夏艺堂艺术设计
责任印制	吴春娟

天堂蒜薹之歌
莫言　著

出版	浙江文艺出版社
地址	杭州市体育场路 347 号　　邮编　310006
网址	www.zjwycbs.cn
经销	浙江省新华书店集团有限公司
印刷	浙江新华数码印务有限公司
开本	650 毫米×970 毫米　1/16
字数	285 千字
印张	24.5
插页	10
版次	2019 年 7 月第 1 版　2019 年 7 月第 1 次印刷
书号	ISBN 978-7-5339-5708-7
定价	76.00 元(精装)

版权所有　侵权必究

(如有印、装质量问题,请寄承印单位调换)